U0622603

浙江小说10家

玄白

玄

吴玄自选集

白 / 吴玄 著

作家出版社

吴玄

一级作家，《西湖》杂志主编。主要作品有《陌生人》《玄白》《西地》《发廊》《谁的身体》等。长篇小说《陌生人》被认为是中国后先锋文学的代表作，塑造了中国的一个新的文学形象。

CONTENTS

CONTENTS

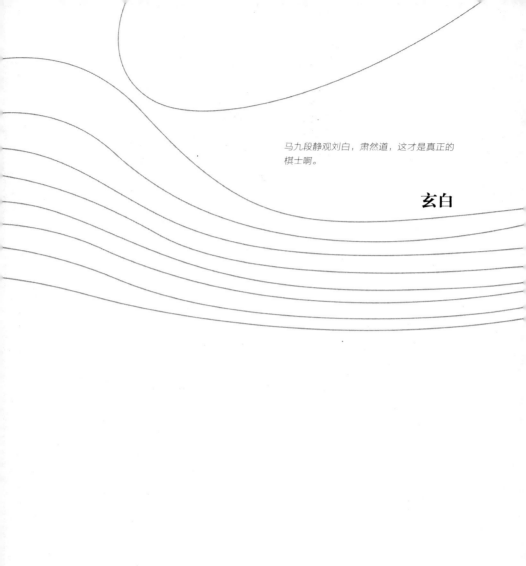

马九段静观刘白，肃然道，这才是真正的棋士啊。

玄白

WUXUAN

ZIXUANJI

XUANBAI

1

　　刘白的围棋是他妻子教的。

　　刘白端着两盒围棋回家的时候，还根本不会下棋，只觉着那天的生活有点戏剧性。他喜欢生活中常来点小小的莫名其妙的戏剧性。其实谁都喜欢生活有点戏剧性。围棋盒子是藤编的，瓮状，透着藤的雅致，那时他喜欢盒子远甚于里面装的棋子，没想到就是这一黑一白的棋子完全改变了他既有的生活。多年后刘白想到那天的情景依然历历在目：那天早晨他原是出去开一个文学座谈会，这样的会他经常开，所以没有感觉。在一间被作家和准作家们弄得乌烟瘴气的会议室里嗑瓜子，长时间听一个省里来的据说很有名的作家张着阔嘴阔论什么文学，若干小时后，名作家谈乏了不谈了并且要求大家也谈谈，大家生怕班门弄斧露丑虽有满腹高论却不敢开口，会议就进入冷场，主持人不断鼓励大家说呀说呀但是大家就是不说，只得指名刘白先说几句。他早已讨厌名作家居高临下钦差式的口吻，白了名作家一眼，说我也没什么可说，念首儿歌吧，儿歌是这样写的：一只蛤蟆一张嘴，两只眼睛四条腿，扑通一声跳下水。大家始则莫名，继而哄笑，弄得主持人很费了些口舌圆场，会议才又庄严又隆重地继续下去。到热闹处，刘白就溜了，结果端着两盒围棋回家，心里怀着一点难以言说的兴奋。

刘白夫人雁南正在屋里坐月子。坐月子的任务就是吃喝拉撒睡，不准看书不准看电视不准打毛线。雁南闲得发慌，见刘白乐呵呵端了两盒围棋回来，就说我们来一盘。

刘白说，不会。

真扫兴，忘了你不会。雁南揉揉棋子，又说，是云子，手感很好，送我的吧？

不，人家送我的。

那就是送我，反正你不会。

可人家说我是棋王呢。

雁南大笑说，有意思，谁说你是棋王？

就是广场上天天摆石子玩的那个棋癫子。

是他？雁南吃了一惊，问，他怎么送棋给你？

他说我是棋王，就送我了。

你棋王个屁。

怎么是屁，你先成为棋后，我不就是棋王了？

雁南兴致大增说这还差不多，随即动员刘白也学围棋，说毕竟棋癫子有眼光，你确实是块下棋料子，我怎么不早发现，免得老找不到对手。

刘白懒懒地说，教吧。雁南受宠若惊便有板有眼地教，先讲序言，说围棋是国技，很高雅很中国特色的一种文化，相传是尧所创。弈者，易也。黑白象征阴阳，可能与《易经》同出一源，或者就是《易经》的演示，是一门玄之又玄无法穷究的艺术。那时文化界正流行《易经》热，刘白像大多数文化人，虽然并不了解《易经》，却很推崇，听说围棋与《易经》有关联，顿时脸上庄严肃穆十分，呆子似的坐着。雁南摊开棋盘，比比画画，不一会儿，刘白觉着懂了，说原来这么简单。雁南说大繁若简，妙就妙在规则简单。刘白说对。忘了雁南坐月子不能用脑，急着想试一盘，高手般拿双指夹起一粒黑子啪地一着打到星位上说，来！婴儿即被惊醒，呀呀乱哭，吓得雁南直伸舌头，忙着去哄，一边嘘嘘嘘地把尿，婴儿很快便又睡了，雁南说，你把星位都摆上黑子。

刘白说，我不要让。

那怎么下？

就这样你一颗我一颗下。

就让你试试吧。雁南随手拿子就碰，几招下来黑子被吃得一粒不剩，刘白扔了棋子，非常沮丧。

气什么？你已经学会就不错了，我的棋是家传的，几代人心血呢。你不是不知道，不让怎么行？

气倒不气。我懊丧的是怎么不早学围棋，这棋真不是雕虫小技，什么气、势、劫，还挺哲学的。

当然。

一会儿刘白说，怪。

怪什么？

说围棋是国技？

当然是国技，这还不知道？

可这围棋，棋子一颗一颗全都一样，没有大小、尊卑、贵贱，棋盘也是一格一格的，全都一样，没有固定位置，不像象棋，象有象路，车有车路，不能越雷池半步；也与《易经》明显不符，《易经》是有尊卑贵贱的，围棋体现的却是完全平等的精神，大同世界。中国文化缺乏的正是这种精神，恐怕不怎么中国特色吧？

雁南听了睁大眼睛，觉着有理，又似乎牵强，这是她不曾想过的，竟不知怎么回答。刘白见老婆被难住，也就不再发挥，转而说，我还真喜欢上围棋了，你怎么早不教我？

怎么我不教，你自己不学嘛！

唉唉，刘白叹道，怎么就不早学……我真的是下棋料子？

嗯。

你怎么知道？

雁南想了想说，你不是老谈静虚，围棋就是静虚，静而虚，虚而神，神游局内，意在子先，是围棋的境界。你平时写东西，一个字往往要思考半天，围棋最需要长考，你把长考用到围棋上，准行。

我的妈呀，你静虚了？

雁南笑道，这些话是我父亲说的，我这个人缺乏耐性，心猿意马，哪能呢。你要是早学，可能比我强多了。

2

当地弈风颇盛，且源远流长，像雁南这样的围棋世家算不了什么。四十年前，曾出过一位大名鼎鼎的国手。国手少年东渡扶桑，拜吴清源门下，受日本现代棋风熏陶，得吴先生新布局之趣。时国内棋运不振，与日本差距甚远，棋手多为搏杀型，靠蛮力取胜，跟日本棋手下棋，就像扛长矛的碰上拿机关枪的，少有不败。国手学成归来，行棋大方明快，一招一式尽合棋理，如鹤立鸡群，深得棋瘾十足的陈毅元帅器重。国手自然士为知己者死，竭力振兴国技，扶持后学，期望不远的将来赶上日本。国手常说，差距虽远，并不足畏，日本棋士力量不足，最惧白刃战，我们取彼之长，攻彼之短，很快就能比肩。不幸若干年后"文革"作俑，国人忙于革命，百业俱废，陈毅元帅挨斗，国手也在劫难逃。

国手祖传一副比国手更知名的棋具，有天下第一棋子之誉，当时棋界几乎无人不知。去年日本《围棋》杂志还专门著文追寻那副棋具，顺便也怀念起国手其人，引经据典说棋盘是明朝的楸木，白子是白玉磨的，黑子是琥珀磨的。传说当时光磨一颗棋子手工费便要纹银四两，但是活着的人们谁也没有见过，终不识其真面目。国手的不幸即来源于此。"文革"一起，造反派就觊觎国宝，先是批斗游街，而后抄家，说棋具是"四旧"，应当销毁。造反派如何从国手手中夺走棋具，如今已经无据可查，但结局是清楚的，那就是国手疯了。

国手回到故乡，展现在人们面前的举动是日日在广场上摆石子玩。广场的西南角有一株老柳树，不知何年何月被雷劈成两截，腰粗的树干兀立着，顶上疏疏落落长些枯条，似柳非柳。国手就盘腿坐在树下，构成小城最具沧桑感的一处风景。国手面朝广场，脸上似笑非笑，一动不动好像一段枯木，每长考个把小时，才往面前的空地上轻轻放下一粒石子。起初，小城的人们都有点扼腕，久而久之，也就熟视无睹，走过老柳树甚至感觉不到棋癫子的存在。十年后，浩劫过去，中国开始复苏，棋界记起国手，派人专程从北京赶到小城，来人见国手这等模样，感慨万千，嘴里表示些尊敬，便怅然而归。

地方体育官员也想起用国手，重振棋乡之风，但不知棋癫子是否还会下棋，要考核一下，又有所不便，特意购了一副云子，叫了几位本地高手，去老柳树下请棋癫子手谈。国手看见棋子，倏地脸色大变，静物般的身子凌空跃起，上前一把夺过棋子，一步一步后退，退到一丈开外，好像被什么东西挡住，无处可退了，双手抱紧棋子，怒目而视，嘴里嗫嚅着想说什么，却什么也说不出来。官员连忙脸堆笑容道，这是我们送您的，请您手谈一局呢。面对官员的笑容，国手惊惶失措，脸部扭曲得不成样子，无疑是十年前疯狂的表情，看了令人心酸不已。

官员不甘就此作罢，总觉得国手没有全疯。有人强调看过棋癫子摆的石子，尽管看不真切，但确乎是棋谱。隔日，官员又费尽心机相邀了几位棋手，到柳树下对局，期望能唤起国手的关注。棋癫子盘坐弈者身旁，脸上似笑非笑，慢条斯理每隔个把小时投下一粒石子，一连三日，依然如故。官员终于泄气，叹息道，国手确实疯了。

国手看中刘白，很难说是因为疯癫，还是独具慧眼，按传记的惯例，从结果推导原因，那自然是独具慧眼。这之间总有一种缘分吧。刘白对棋癫子的兴趣是从那次文学座谈会上萌发的，当时他们正儿八经地讨论世上哪类人最具文学性。有人说女人，有人说当然是作家，刘白信口说是疯子，刘白的高论淹没在一片聒噪之中，并未引起别人

的重视，倒是他自己心血来潮马上产生写写疯子的冲动。他在脑子里
搜罗疯子的形象，倏忽间棋癫子的形象极鲜明地从脑海深处闪现出
来，盘坐在记忆的中央，使他兴奋不已，不得不溜出来，三步两步赶
到广场，面棋癫子而坐，朝圣似的观察起棋癫子的举动来。

　　刘白以前也耳闻过棋癫子的事略，但他不会下棋，也就没有多
加关心。现在，棋癫子是作为一个疯子才引起刘白兴趣的。棋癫子盘
坐眼前，刘白不知怎样才能接近他，棋癫子的形象无形中有一股排斥
力在拒绝他前去聊聊。这是3月。老柳树在阳光下爆着鹅黄，似乎还
知道春天的到来，棋癫子静坐树下，闭目沉思，脸上似笑非笑，如一
尊深不可测的佛。渐渐地刘白心中有种异样的感触，觉着棋癫子并非
疯子。天下哪有这般斯文恬静又深不可测的疯子？刘白想到疑处，就
恶作剧起来，随手抓起一颗石子儿，朝棋癫子投去，不偏不倚正中鼻
尖。不料棋癫子却浑无知觉，石子掉落面前的石阵里，棋癫子拿双指
夹起轻轻放回另一只手心，好像石子是从手心里掉落下去的。刘白觉
得这个细节妙不可言，同时被某种神秘的东西所笼罩，心里生出歉
疚，便相当虔诚地上前道歉说，请大师原谅，刚才我故意拿石子打
您，真对不起。被刘白称作大师的棋癫子良久才有所反应，抬眼注视
刘白，忽地笑容满面，不胜欣喜道，就是你，我等你很久了，你等一
下。说着起身离去。刘白莫名其妙地目视棋癫子步履迟缓地穿过广
场，发现棋癫子个子不高，身体微胖，有点老态，似乎并无奇异之
处，不一会儿就消失在颜色斑驳的人群之中了。刘白不知棋癫子去干
什么，一时茫然失措，思忖着该不该等他回来。路人来来往往，发觉
刘白取代棋癫子的位置，都诧异地拿眼觑他，让他很不好意思，干脆
埋下头去关注棋癫子摆的石子儿。刘白不懂这是棋谱，只觉得石子排
列有致，绵绵延延，似断若连，有一种难以言说的美感。那石谱隐隐
透着一种气息，使他沉静下来，不再在乎路人的目光，心平气和等棋
癫子回来。

　　棋癫子故意考验他似的，偏偏迟迟不归，刘白想毕竟是疯子，大
概不会回来了，想走又不甘心，万一他回来岂不可惜？正想着，棋癫

子却从背后钻了出来，手里端着棋盒，分明很高兴，刘白以为找他下棋，正要说不会，棋癫子却先开口了，庄重道，送你的。刘白赶紧推辞，说自己不会下棋，不敢当。不想棋癫子听了很开心，说笑话笑话，哪有棋王不会下棋的？刘白疑惑道，你认错人了吧？我真不会下棋。棋癫子正色道，你就别推辞了！不瞒你说，这是重托，人人知道这棋是祖传的，当今天下，除了你，还有谁有资格执这棋子？就受了吧。刘白知道国手祖传的棋具早已被抢，棋癫子手里的不可能是传家之物，这才明白是疯言，但看棋癫子执意要送，拗不过只好受了。再三道谢之后，逃也似的离开棋癫子，心里咕噜着真是个疯子，他大概把我当成吴清源了。

那天刘白上班远远见棋癫子凝坐树下，想他郑重赠棋与他觉着有趣，就兴致勃勃上前招呼，棋癫子却是不理，脸上似笑非笑好像彻底忘了赠棋那回事。刘白想着好端端的一个国手就这么发疯，心下落了点悲怆，下班干脆绕道而行。回家见棋子散乱桌上，小心装进棋盒间，这是云子吗？

雁南说是。

刘白沉默一会儿说，在棋癫子心里，这不是云子，这是他祖传的天下第一棋子。因为是疯子，更要尊重，以后我们好好替他保藏。

刘白就这样与围棋结缘，有点不合逻辑，是吧？

3

刘白的棋龄跟他的孩子同龄，学棋那年已年届三十，这在棋界是少有的。一般棋士早在五六岁就开始学棋。当然也有例外，像日本的某某某某九段学棋的年龄就与刘白差不多。三十而立，这是个忙碌的年头，又要当丈夫，又要当父亲，又要干一些为了"而立"的事业，照理是无暇他顾的。刘白是个不怎么出名的作家——倒也不见得他缺乏应有的才气，大家都知道山上的小树和山下的大树的道理，如果他不是迷恋围棋而舍弃写作，日后时来运转名重文坛也未可知。不管怎么说，能在这种年头放弃刚刚起步的一切而专事通常属于消闲的围棋，实在是叫人惊异的，足见其人秉性与众不同，对这种人很难下结论，也无必要。

刘白确实是个围棋坯子，棋艺的长进令雁南瞠目，棋瘾也日重一日，下棋的兴趣很快超过了写作，逮空就逼着雁南陪他下棋。有时下着下着，孩子闹了，雁南去哄孩子，自己也不觉就睡了，刘白久等不见出来，进去强行将她从床上拉起，说下棋呢。雁南咕哝着困死了不下。不行！刘白不由分说将雁南抱到棋枰前，坐好，说轮到你下。雁南睡眼蒙眬哈欠连连抓着棋子就投，刘白斥道，认真点！接着恭恭敬敬递上茶水，要雁南喝下清清脑子。雁南苦着脸说真困死了，明天再下吧。刘白说下起来就不困，明天你睡懒觉，孩子我带。雁南犟不过，只好认真思索起来，刘白看雁南认真对付了，心里畅快，点上一支烟，旋即开门出去小便，回来胸有成竹地应上一着，倾着身子等候雁南落子。这样几个回合，刘白又点烟出去小便，雁南说你怎么搞的，再走来走去，我不下啦！刘白急道，别别别，你知道我一思考，就要小便，不小便，没有灵感。

小便频繁，原是刘白写作时的习惯，只要拿出稿纸，就得先去小便，回来唰唰唰写几行，又去，而且一定要到户外，即便房间里厕所现成也不例外。好像他思考的器官不是脑袋，而是肾脏。他所有的作品都在来来回回的小便之中完成，这种时候，他走路不带声响，仿佛足不着地，飘来飘去。这习惯，甚至就是写作过程本身。如今下棋却完完全全重复了写作所独有的习惯，这使刘白自己很惊讶，并伴有一种莫大的满足感。据说吴清源也有这种习惯。其实这不难理解，一个人过分专注或者紧张的时候，通常就会尿频或者尿急，人们都有考试尿急的体验。这种习惯于写作无伤大雅，但下围棋是两人对垒，频繁地走动，很容易引起对方的不快，往往要事先声明。

刘白战败雁南的日子是一年后的 6 月 2 日，这天正好是他生日，算起来离他学棋的时间也一年多了。这盘棋是雁南精心创作送给刘白的生日礼物，虽算不得珍品，但棋谱刘白一直珍藏着。这也是刘白棋艺猛进的一个标志。雁南为人极看重人家的生日，他们恋爱也是从祝贺生日开始的。一个月前，雁南就唠叨着刘白的生日该怎么过，刘白说好好下盘棋吧，雁南说好，也蛮别致。6月2日这日子，是梅雨季节的一天，梅雨绵绵是难免的。早上雁南醒来，刘白还在睡觉，侧身，弓着身子，表情甜甜，雁南想起三十年前刘白在母亲腹中也是这个姿势，就觉得很有趣。悄悄退出卧室，盥洗完毕，抱了孩子撑了雨伞兴冲冲上街。因为是雨天，人们大多还在做一年将尽的春梦。街上很少行人。雁南将孩子送到保姆家，保姆刚在准备早餐，见雁南这么早送孩子来，有点迷惑，雁南说，今天我有急事，就早送来了，孩子还未吃饭，麻烦你喂他些。

雁南又赶到菜场，买了酒菜，回家刘白还在睡觉，他是很会睡懒觉的，雁南并不去叫醒他，去客厅泡了茶，摆了棋盘静候。雁南想，去年自己无聊教他下棋，他还真行，现在差不多可以匹敌了，围棋是智者的玩物，他进步那么快，当然再次证明他是智者。雁南想到得意处，竟独自笑了，此刻她不会想到日后却会为他下棋而烦恼。不多时，刘白披了衣服出来，嘴里含含糊糊地嘀咕着可惜可惜。雁南说又梦见输棋了？刘白说没有，一眼看见雁南早摆了棋盘等他，喜道，嗨嗨，这盘棋我提前下了，刚点目，发现优势明显，一高兴就醒了。说着脸也不洗，就坐到棋盘前，梦里你执黑，下吧。

雁南说，梦里我第一手下哪里？

刘白做回忆状想了一会儿说，全忘了，我一想反而全忘了。

好，要不你脑子里有两盘棋准输。

这盘棋从上午到下午，两人都不吃中饭，一气呵成。雁南棋风细腻含蓄，又暗藏杀机，女性和棋士的形象跃然盘上，下到得意处，手里搓着棋子，摇头晃脑说，不行了吧？我倒希望你赢。刘白眼看技穷，却不服输，说高兴太早了吧。果然一轻松灵感就来，连发令人叫绝的妙着，雁南便又击节赞叹名师出高徒，了不起，但要扳倒师傅，还不到火候。因为认真，不时有所创造，雁南一直自我感觉良好，盘面上白方死子明显比黑方多，粗看确乎黑优，但不知不觉黑棋竟贴不出目，下到二百四十二手，刘白见胜势已不可动摇，站起来就跑，冒雨跑到街上，一时想不出新奇的方式庆贺，不管自己会不会喝酒，也按传统的方式拎一瓶酒气喘吁吁跑回来，手舞足蹈大叫我赢了，赢了。雁南见他得意忘形，笑道，傻瓜，酒我早准备好啦。雁南由于感觉好，充分证明着刘白取胜的必然，比自家赢了棋还要快活，边吃边喝边夸刘白棋感好，不争寸土，有大将之风。

刘白说，原来你也不过如此尔尔。

那是你聪明，笨蛋，你赢了我，在城内大概就无人匹敌了。

无人匹敌了？

不信，你自己去试试看。

那我真像棋癫子说的是棋王了。

在这种地方称王算什么。

那也是王，大小而已。

雁南出身围棋世家，当年她父亲也算一代名手，在江南一带颇有名气。雁南少年时进过国家女子围棋队，还在全国性大赛中获过名次，后来过早陷入情网中途而废，才很伤心地回到故里。所以说话口气大，压根儿不把这种地方放在眼里，说有机会让你见识见识专业棋手的风采。

恐怕还不是他们的对手。

那当然，等你进步了，可以去找表兄下几盘指导棋。

雁南的表兄就是目前活跃棋坛的马九段，棋艺与棋圣聂卫平不差上下，行棋轻灵飘逸，如行云流水，算路又非常精确，很善于把握瞬间的机会，正如日中天耀人眼目。刘白听说找表兄下，摇头说，虽然是亲戚，我还是不敢找他下。

没关系的，我们是师兄妹，小时候天天一起下棋，他的棋越下越空灵，可小时候他棋风很健，是个杀手，而我绵里藏针，我们有输有赢。因为他比我大一岁，很不服气。我父亲挺宠他的，说他将来是个好棋手。他确实很会想，下棋的时候，双手托着下巴，眼睛看着天花板，从不看棋盘，一想就是个把小时，现在也还这样，弄得我很烦。

父亲看见他这个样子，就夸他有棋士风度。父亲真是个棋迷，棋瘾发作，又找不到对手，就拉我和表兄下让子棋，下完复盘，指指点点不厌其烦，我们就是这样学起来的，我好像跟你讲过了。

嗯，要是父亲还在就好了，我们天天下棋。

那他不知道有多高兴呢。

4

小城时常要举办围棋赛，刘白也去参加，不无紧张地坐在赛场里，全神贯注下每一着棋，令人遗憾的是对手很不经打，到中盘就不行了，但对手并不知道已经无可挽回的失败，依然顽强地下一些无理棋以争胜负，因此后半盘刘白毫无例外都是陪下，有点大炮打蚊子的感觉。果然如雁南所言他在小城已无人匹敌。这使他很没趣，参赛不过是聊以解瘾而已。对他来说，留下深刻印象的倒不是比赛，而是赛场。小城的棋赛不像国际性大赛那样严肃，是允许闲人观战的，十几张棋桌一溜儿排开，观战者往往把棋手严严密密地围在里面，致使棋手不知道左右还有棋赛。刘白是需要走动的棋手，这给他带来一些麻烦，得从人缝间钻来钻去。观战者虽众，但赛场却是静默的，谁也不敢开口说话，发现疑问手或者妙手，也只是努努嘴互相示意。观棋不语，小城的棋迷是很有君子之风的。棋手能听见的只是计时钟催命似的嘀嗒声。赛事完后是很热闹的，棋手们复盘商讨得失，这时观战者也七嘴八舌加入进来。因为刘白是常胜将军，他的发言有权威性，遇到争执不下每每请教于他，他也一点都不谦虚，加上声音洪亮，个子矮小，外围的人就只闻其声，不见其人。刘白讲着讲着就脱离棋盘，漫无边际地阔论起棋道来，斥责比赛其实有悖于棋道，计时钟更是不合理的存在，有了计时钟，我们就无从体会山中方七日世上已千年的真味了。围棋类似于宗教，有一种出世感，是一门纯粹的艺术，是一种时空的存在。一盘棋从起始到终盘，全都是气，气分阴阳，彼此互相消长，始则微弱，继而繁复，轻重缓急，错错落落，气象万千，最后气都化为实地，一盘棋戛然而止，分出胜负是自然而然的结果。我们不应该只看结果，结果不就是胜负？有什么意思！一盘棋应该是一首和谐的即兴的二重奏，有音乐的节奏美和建筑的结构美，我们应该体味的就是其中的节奏和结构，一着棋如果表现出某种美，就必有力量，美就是力量，就是个性。现在棋坛只看胜负，不重艺术，只有棋艺，没有棋道，还和名利挂钩，不断鼓励棋手争胜负，把围棋作为一项竞技项目，棋坛是热闹了，棋道却失落了，这是围棋艺术的悲哀。我们业余棋手棋艺虽不如专业棋士，但我们不靠此吃饭，我们下棋是为下棋而下棋，专业棋士却不得不作为生存的手段，这是我们的幸运。刘白语气是亢奋激越的，也是坦诚有感而发的，虽然狂妄，却句句说到棋迷心里去，没有哗众取宠之嫌，使他更加受人尊敬，觉着此人不只棋下得好，说得也头头是道，大有来源。有人问他棋是跟谁学的，刘白不加掩饰道，跟老婆学的。众人于是取笑说，怪不得这么厉害，原来阴阳合璧。

刘白本是作家，论棋侧重艺术是顺理成章的事。他明知计时钟是竞技用的，跟艺术无关，还要抨击，显示了他的苛求。相比之下，他的棋道比棋艺确实要成熟早些，早在跟雁南下让子棋时，就能捕捉到专业棋手也很难捕捉的棋道的一些影子，这是天赋。后来他棋艺臻至成熟，才发现棋道和棋艺不可分，难得有业余棋手对棋道的领悟高于专业棋士的。规则是外在的，只要你心里没有胜负，即便比赛，也就没有胜负，想起自己曾经于稠人广众之中，高谈阔论华而不实的棋道，很是羞愧。智者无言，当时刘白对棋道的理解还一知半解。这是后话。那时候刘白有点高处不胜寒的孤独，但高处也有高处的好处，外面来了强手，大家自然就会想到他。某日，一群棋迷兴致勃勃窜进家来，匆匆忙忙拉他起床说，快走。刘白还在梦里，昏头昏脑也就跟着走。雁南说，什么事这么急？棋迷们这才注意到刘白还有个老婆，回头看她，发觉雁南长得漂亮，也就不急了，停下说，下棋呢，有个专业五段等他下棋。刘白听说是专业五段，来了劲说，好。

好。有这种劲头，准赢。

刘白说，走，下了再说。

雁南像教练临战前指导说，对专业棋手要智取。

刘白说，你也一起去。

雁南说，我还要带孩子。你去吧。

刘白和五段对局是棋迷们自发筹办的，安排在一间僻静的茶馆里。刘白走进茶馆的时候，五段已经被另一群棋迷请到了，坐在一个角落里戴了耳机听音乐。见一大群人簇拥着一个人进来，叫叫嚷嚷说，这就是刘白，这就是刘白，五段就卸了耳机过来握手，说你好，我来这里串亲戚，很想见识当地的棋艺，听说你很好，请多关照。刘白看那五段，原来是个少年，身体尚未发育完全，脸上满是稚气，讲话却彬彬有礼像个成人，觉着有点滑稽，说原来你这么年轻，真没想到。

五段说，我是国家少年队的。

刘白说，好，好。

棋迷搬上棋具，选了靠窗的一处，请他们开始。五段说，你先吧。

刘白说，还是猜先吧。

五段看一个无名的业余棋手要与专业棋士猜先，稚气的脸上有些不悦，胡乱抓了一把棋子伸到刘白的眼前，刘白说单，结果五段执黑先行，五段捏了一粒黑子，想也不想放在了一个星位。

这是地方队对国家队的一次比赛，棋迷们要好好研究研究，又纷纷搬出棋具，跟着五段在星位上放了一颗黑子，然后等候刘白落子。

刘白脑子里一片空白，他对五段一无所知，第一手落子就艰难，眼睛注视着棋盘，只有一颗黑子气势昂扬地占着星位，五分钟过去了，刘白还是不肯落子。第一手就长考把对局的气氛搞得很沉闷，棋迷们窃窃道，第一手有什么好想的。五段也有点烦躁，戴了耳机听音乐。又五分钟过去，刘白也占了一个星位。

接下去落子轻快，战斗先从左上角开始，白十四挂黑十五托之后，刘白明知征子不利，却明知故犯扳了一手，五段马上说，征子不利。五段的意思是让刘白重下，刘白却固执地说知道，五段见刘白这么不识好歹，孩子气就爆发了，故意落子很重地扭断白棋，又戴了耳机嘟嚓嘣嚓地听音乐。刘白也不在乎五段的不逊，只是笑笑，抓起白子毫不思索便长，黑十九抢打，白二十立下，黑二十一跟着立下，白二十二拐，黑二十三长，这样白三子成为黑棋的瓮中之鳖，这是大家知道的，会下棋的都不会这样下。

棋迷们看摆到这里，纷然道崩溃了白输了结束了，一副失望甚至伤心状，他们确实指望刘白能赢，好长当地志气，谁想到刘白这么不争气，简直不懂常识，输得这么混账刘白不羞他们还脸红呢。这时刘白起身思考，有几个紧跟了出来，指责道，怎么能这样下！刘白诡秘地笑笑，没有回答。回来放置左上角不走，去右上角扳了一手，进行至白三十八，刘白埋头长考，来回苦思了好几次，棋迷们听见茶馆外面索索作响，哄道，这手有什么好想的，立下吃角成空。他们通常是观棋不语的，这回实在忍无可忍了，看刘白走来走去真想把他的小东西割掉。五段忽然关了耳机问，他是你们当地最好的棋手？大家被五段这样提问，都感到受了侮辱，但又毫无办法，只好互相解嘲。等刘白回来，就把窝囊气发在他身上，不客气地催促道，立下，有什么好想的！刘白好像有意要激怒棋迷，又思考许久，脱离定式出乎意料地跳了一手。见了活鬼，长考那么长时间走这么一步臭棋！有人愤愤大叫，有人觉得惨不忍睹干脆默默离开，有人索性抹了研究用的棋谱，以示罢看。五段见刘白那么专心致志走一着臭棋，也觉着很逗，笑道，这种创新精神还是值得鼓励的。说着理所当然托靠取角，你不要我要。白棋扳出先手拔去一子，然后回到左上角爬出三子，这下境界全出了。棋迷们见白棋左右联络，起先征子有利的几个黑子反而成为白棋的囊中之物，大悟道，原来如此。大家便愧疚地看着刘白，讨他原谅，又幸灾乐祸地看着五段出洋相。原来有这等佳构，五段也大吃了一惊，现在判断形势，白子熠熠生辉，黑棋明显落入圈套。五段大概很后悔自己的轻狂，堂堂五段这样败给业余棋手面子怎么搁下？五段脖子变粗了，脸涨红了，到底是少年，慌乱中不够冷静地下了一着莫名其妙的棋。

刘白毕竟是业余棋手，算路没有专业棋士那么精确、熟练，看见五段下了着新手，一时摸不着头脑，又要长考。棋迷们都屏声静气耐心等候刘白的下一手。五段对自己这手棋心里大概很忐忑，刘白长考对他无疑是种折磨。面对刘白的空位，五段手里惶惶地搓着棋子，看刘白怡然出去又怡然回来，终于怒不可遏，猛地一把掀翻棋盘，吼道，你下棋还是散步！刘白惊愕间，正要解释，五段却排开众人，独自走了。

这盘棋就这样不欢而散，棋迷们除了说说五段小孩子脾气外，也没有办法。

刘白回家哭笑不得道，真扫兴。

雁南说，输了吧？

不是，大概是我走来走去，他以为故意怠慢，说你下棋还是散步，就掀了棋盘走了。

你没有先跟他讲一下你的怪癖？

今天我只想着下棋，忘了说。

这也难怪人家呢。

是啊，是啊，只是我棋兴未尽，这盘棋蛮精彩呢，五段真不够意思，我们一起下完它吧。

不行，我正等你回家看孩子，我得出去买几件衣服。

下完棋再买嘛。

不行，衣服都尿湿了，现在就没的穿，我走了，醒来泡奶粉给他吃。

刘白蹑手蹑脚观察一下孩子，见孩子睡着，做一个鬼脸，就兴致盎然去复盘，实在意犹未尽，五段真他妈让人恼火，他几乎想出去拉五段非下完这盘不可。摆到五段掀盘前的一着，刘白又继续长考起来，仿佛五段就坐他对面等他落子，想了半天，点点头又摇摇头自言自语说，这着好像无理，但也未必，专业棋士一般不会下无理棋，貌似无理，说不定是妙着。这时孩子哭了，声音尖尖的很刺耳，可是刘白没有听见，过了一会儿，孩子还在哭着，并且提高音量，嘶哑了嗓子，刘白还是没有听见。身子俯棋盘前，恍恍惚惚如临三界，自言自语说，这着真玄，有机会碰见五段，一定请教一下。

雁南回来远远地听见孩子哭闹，跑了进去，即刻大叫，刘白，你怎么搞的！刘白仿佛听见雁南叫他，低低"哦"了一声，雁南又恼怒大叫，该死的，你怎么照顾孩子？你进来看看。刘白惊道，孩子醒了？跑进去一看，傻了眼，孩子斜卧床上浑身上下粘满了黏糊糊的粪便。雁南喊道，还不快打水！忙乱一阵，孩子擦了身子，趴雁南怀里就安静了，雁南心疼不已地"宝宝宝宝"了一会儿，抬头训刘白道，孩子哭了那么久，你怎么不管？

刘白道，没听见。

你是聋子？

那倒不是，真的没听见。

你就在外间，怎么会听不见？

我也不知道，确实没听见。

你一下棋，就像死人。

嗯，嗯。刘白惶惶应着。

你这样看孩子，我必须惩罚你。雁南想了想说，以后再也不跟你下棋了。

5

刘白说，你真不跟我下棋了？

当然。雁南突然觉得不该再怂恿刘白下棋了，也许自己本来就不该教他下棋，现在他除了下棋，还是下棋，都已经一年多没有动笔了，简直玩物丧志。你也该写写东西了。

有棋下，还写什么东西？

你不是专业棋手，怎么能天天下棋？

那才是真正的下棋，下吧。说着刘白搬了棋具，把棋子塞进雁南手里，恳求道，下吧，下吧。

不下，你真的应该写写东西了。

下吧。写作有什么好，远远不如下棋。

刘白看雁南还是不下，又雄辩说，你不知道下棋确实比写作好，你想棋子本身没有生命，每一手棋灌注的都是棋手的生命，而文学不一样，文字本身就是活的，每个字都有几千年的历史，你动用它的时候，它也在动用你，实际上谁也无法真正驾驭文字，所谓语言大师，也常常似是而非，反而被文字操纵。再说写作是很孤独的事情，人往往被文字弄得怪诞，你看哪个作家是正常的？而下棋是二重奏，是两个人心灵的沟通，使人变得平易、沉静。下吧。

不管你怎么说，我就是不下。下棋必须棋逢对手，我不跟你下，你就没有对手了，看你怎么沟通。以后你不写作，就帮我干家务带孩子吧。

唉，你这个人真牛。

我就是这样，还是老老实实给我写作吧。

不。我不下棋心里就没着落，没心思写作，你真不跟我下，我去找表兄下，他比你厉害多啦。

那当然，可惜你又下不过他。

数日后刘白真要去找表兄下棋，雁南阻挡不住，顺水推舟说，真要去，就去吧，顺便可以看看老同学，你要是赢了表兄，以后就专门下棋吧。刘白说好。其实刘白尚不敢想要赢表兄，不过想见识见识大名人的神韵而已，要不是他跟雁南有那么亲密的关系他是绝对不敢找马九段下棋的。

刘白到了北京后，却突然害怕见到表兄了。虽然是亲戚，他们却素未谋面，只是互相知道而已，表兄他在电视上见过，是个瘦瘦的小伙子，留一头长发，样子倒没什么威严，但就这样突如其来窜进去找他下棋，是不是太唐突？棋艺是不分亲疏的。

好在马九段生肝炎住院了，这棋也就不可能下了。刘白反而感到一阵轻松，上街买了一些慰问品，去医院探望表兄，只见他无聊地躺在床上挂盐水，穿了件格子病服，脸色蜡黄，眼珠子也蜡黄，因为浮肿，看上去胖了不少。见人进来，睁了睁眼，发觉不熟，又无精打采闭上。刘白看他这副模样，暗藏的畏惧心理一扫而光，马九段现在不过是个需要同情的病号。

刘白说，马九段，我来看你，我是雁南的先生，应该叫你表兄。

马九段听来人叫他表兄，从床上坐起，喜道，哦，你就是刘白？可惜我们在这里见面，当心传染。

不能握手，隔一段距离互相寒暄，雁南好吧好谁谁好吧好谁谁谁好吧都好，问完了，马九段说，你来北京出差？

不是，我特意来找你下棋。

马九段只当是玩笑，笑道，你也喜欢下棋？

是的。

真可惜，下次我们一定下一盘，日本很多作家也都下棋，而且棋艺不低。

是的。

雁南还经常下棋吧？

偶尔也下。

当地没有对手吧？她下棋天赋很好，可惜半途而废，小时候她经常赢我。

又说了许多。病人说话欲特别强，马九段也如此。刘白怕他体力不支，贻误静养，尽管意犹未尽，也只得早早告辞，祝他早日康复重返赛场，电视里见。

刘白走在街上，想着要不要去看看老同学，自己原是为下棋而来，并未想过探望他们，现在棋下不成了，去探望，不见得有兴，还是回去吧。

刘白上了至杭州的火车，刚安顿下身子，棋瘾就爬上来了。一节一节车厢去找，看是否有人下围棋，来来回回看见的只是打牌下象棋喝酒睡觉吃零食，就是没人下围棋，很扫兴，回到座位上一靠，就睡了。一觉醒来，太阳好像已从另一边升起，透过窗子，惺忪地瞅着大片大片掠过的原野和静止不动的天空，渐渐地脑子里明晰出一个棋盘，棋子像黄昏的星辰慢慢地露出端倪，大概这就是神游局内了，兀地一种灵感阔大地冉冉地上升，顿觉自己进入一种新的境界。原来这趟北京没有白来，虽然不曾对局，和表兄见见面也熏陶了一遍，自己的棋艺已经焕然一新，差不多和表兄立在同一境界了。待睁眼想明确地留住这一意念，却从眼皮之间消失了，刘白有一种坠落的感觉。

很久没吃东西了，胃有点疼，刘白起身去餐车找吃，走过两节车厢，意外地看见有人下围棋，刘白站在过道里，就不动了。这件逸事，两年后郑虹六段在报上回忆说，当时他们一班人南下参加一个邀请赛，在车上对局的是张文东和陈临新两人，快到南京的时候，不知哪里钻出一个人来，站在过道里很专注地看他们下棋，那人个子短小，脑袋也不特别大，但眼睛炯然有神，显然是个聪明又不引人注目的人物。有人观棋是平常事，他们只把他当作一个棋瘾很重水平不高的棋迷，并未引起注意。那人大概技痒，看他们下完，就夸他们棋艺了得，说我们也来一盘吧。他们两人都想休息一下，又不好意思推却，就建议我跟他练练，我点点头，那人就很兴奋，指着对面座位说，请挤一点，他们挪了挪，也只能挤出一点空，那人就半爿屁股坐在坐垫上，半爿屁股放在过道里，不断让行人擦来擦去。当时我们只是暗笑，不敢披露专业棋手的身份，怕吓跑他，真没想到他棋艺居然那么好，思路阔大悠远得让人难以想象，张文东他们都看傻了，很遗憾才下到中盘，车就到杭州了，我们不得不收枰下车，出了月台，正想探问他的来路，那人却不见了。

刘白懵里懵懂跟他们下车，脑子里想的还是下一手，出了月台，猛记起包裹还搁车上，急急忙忙跑回去拿，早有贪小便宜者替他拿走了。刘白想丢就丢了，反正也不贵重，就是几件衣服和一些日用品，有棋下，丢个包裹算什么。三五步奔出月台，四下寻找郑虹他们，哪里还有？刘白叹道，为了一个破包裹，把对手丢了，真不值得。垂头丧气走到街上，需要钱用，摸摸口袋，一点钱也不翼而飞了。这下倒霉了，没有钱怎么回家？刘白猴急着搜遍口袋，结果一无所获，更加沮丧，偏偏这时胃也凑热闹似的疼痛起来，逼得刘白用手去按。既已如此，也只好先找个地方休息吧。刘白回到候车厅，寻个座位坐下，反反复复按摩胃部，额上竟出了些虚汗。又坐了些时，刘白才想起可以求人援助，一下乐了，胃就不疼了。杭州他有不少文友，男男女女总有一打，找谁都可以。那么让谁慷慨解囊当一回义士，他就必须有所选择了，男人没意思，讲起自己的窘况准被嘲笑一顿，当然要找女人，回去也好让雁南吃点醋，可惜会写作的女人都难看，相比之下还是瘦竹的样子有点意思。她在一所大学教书。刘白看咨询台那边有电话，就去查阅电话号码，守台的忽然说，市内打一次五角。刘白心悸一下，查了号码默记心里就走，刘白听见背后守台的骂他小气。五角哪里有，找枚五分的吧。刘白漫不经心地在候车厅踱来踱去，终于眼前一亮，一枚五分硬币银亮地躺在那里不动，刘白一步跨上踩牢，手煞有介事伸进口袋，提起半张废纸让它从口袋边沿朝脚下滑去，然后自自然然猫腰拾起，重新塞回口袋，然后悠然自得步出候车厅。

　　找到公共电话间，刘白独自玩赏了一会儿那枚得之不易的硬币，才慎重地投进去，像下棋投下一粒白子。电话立即通了，瘦竹在那边问，喂，谁呀？我是刘白。刘白呀，你在哪里？我在车站。快来吧，我在校门口等你。刘白正要说自己非常需要她来车站接，电话却捣乱似的断了。

　　去瘦竹那里，要换两班车。刘白硬着头皮挤进公共汽车，胸部里面有个东西老是颤颤的，眼珠子从乘客的肩膀间透过去，一直严密地监视着售票员。一路总算有惊无险，车一到站，逃亡似的跳下车门，松一口气，不料忽然有人拍他袖子，喂，你的票！刘白抬头看边上立着两个红袖章，吓得起一身鸡皮疙瘩，见前面有个厕所，急中生智，说我急死了，你等一下，跑进厕所蹲下，约莫过了方便五回的工夫，刘白才从厕所里一闪出来，拼命就跑，惹得路人反而注意起他来，掉头看背后并无红袖章追来，才气咻咻停下喘息。

　　刘白无论如何也不敢再乘公共汽车了，简直使人精神分裂，还是发扬愚公精神步行过去轻快些。刘白赶到校门口时间已过七点，离他跟瘦竹通话的时间约有四个小时了。刘白在校门口东寻西看，不见瘦竹等他，很是奇怪，进传达室问她办公地点，说早下班了，现在都七点多了。刘白才如梦方醒，有苦难言，晚上完了，现在到哪里去找寄身之所？他平时生活马虎，连自家的门号都不知道，哪里会记人家的住址？杭城朋友虽多，但现在都下班了，竭力在脑海里搜索他们的住址，想了半天，半个也没想起来，反而弄得心力交瘁，气得面对大街破口大骂：钱真他妈是个混账东西！

这一夜刘白只好露宿街头。

6

刘白说，你猜我那夜怎么过？饥寒交迫，胃疼得难受，只好找了一支粉笔，在校门口画个大棋盘，画谱自搏。围棋真是好东西，能使人废寝忘食，面对绝望，棋手最好的解脱方式就是下棋。画着画着，胃就不疼了，饿感也不存在了。一盘棋画完，瘦竹就上班了，小心翼翼问我是不是就是刘白。

雁南说，她准以为你是个疯子。

是这样。刘白突然一拍大腿，啊，我理解棋癫子了，他不是疯子。

我也觉得不像个疯子。

明天去看看。

刘白一夜无心睡觉，窗帘微微泛白，就匆匆赶往广场，于薄明中见棋癫子遥坐树下，尚未开局。隔一点距离，盘腿面他而坐，摆出要与他对局的架势。棋癫子看也不看刘白，手指间夹一粒石子悬在面前，看来就要落子了，迟迟却不落下。耳旁传来鸟噪，刘白仰头看去，见是一群麻雀在柳叶间跳来跳去。忽然那上面即将逝去的夜空吸引了他，星子一粒一粒淡淡地隐退，刘白想起天做棋盘星做子那半句对子，觉得天确实像个棋盘，棋盘渐渐地透亮，深蓝得一无所有。

太阳从东边屋群的空隙处升起，一抹紫红的光线照射过来，映得棋癫子仿佛一团凝固的紫色。他终于无声息地落下一粒石子。地上并无棋盘，也就是四方的一块空地。棋癫子的棋盘就在心里。刘白凝视空地上的那粒石子，茫然不知石子落在何处。待空地上落子渐多，摆出某种模样和阵式，刘白才感觉到棋盘从地上隐现出来，石子落在棋盘上，看得分明又无法穷究。刘白如同进入宇宙，陷入浩渺的惊叹之中。

路人发觉老柳树下又多了一个人，重新勾起了兴致，都驻足探问。刘白并不作答，任他们发着各式各样的议论。有几位熟悉的却一个劲儿追着问，刘白，你干什么？

刘白移过身子说，还能干什么？

跟他下棋？

看看。

有什么好看？

妙极了，你也看看。

熟人看看又看看，说看不懂，实在没什么可看，刘白看他们扫兴，也就不再勉强。

中午雁南见刘白没有回来，吃了饭，也来广场看个究竟。这是夏天，广场一片白光，老柳树被晒得蔫枯，行人都躲阳伞下或草帽下急走。刘白依然蹲那里样子像一只烫熟的虾，脸上滚着热汗。雁南说，看出名堂没有？

刘白很激动地点头。

还是回去吧，看你热的。

还行。你看他，一点汗没有，心静体自凉。

雁南细看棋癫子，果然无汗，觉得不可思议，说真玄。

是玄，他的棋更玄，回去我把谱记下来慢慢研究，这是围棋史上的奇迹。

我们这样说话，会不会影响他的思路？

不会吧。早上不断有人打扰，我说了不少话，不见他有反应。

太热了，太阳真辣，我都站不住了，我看你还是等秋天再看吧，这样曝晒要中暑的。

不行，晒死了也要看，其实也不热，就是汗多点。

路上我听见有人议论纷纷，说老柳树风水好，又多了一个疯子。

我也听见了。

我去给你弄点吃的，给他也带一点吧。

不要，不能破坏他的习惯，以免发生意外。

伞给你。

不要，我也锻炼锻炼。

这年夏天，刘白在广场上度过。因为地面太烫，他一直蹲着观棋，没有练就像棋癫子那样席地而坐的功夫，脸晒得黑红，肉瘦了一圈，但是没有中暑。太阳能使草木枯蔫，大地干裂，却晒不倒一个刘白，这也是令人费解的。大概脑子清静，也就水火不入。疯子都生活在季节之外，夏穿棉袄，冬着单衣，时常可以见到。这其间发生了一件趣事，刘白的母亲从乡下赶到广场，见儿子果然曝晒着看人玩石子，顿时号啕大哭。刘白说，妈，你怎么啦？刘母说，白儿，你这是怎么啦？三伏天在这里晒着？我听大家说你疯了，好端端的你怎么就疯了，我就你一个儿子啊。刘白说，我干事情，我哪里疯了？刘母说，你真的没疯吗，让妈考考你，你还记不记得你三岁时在地上抓鸡屎吃？……这则笑话，后来随《沧桑谱》在棋界广为流传。太阳轰轰烈烈烤了刘白三个月，没烤倒刘白，只好收起了炎威。秋风起了，然而意外也发生了，棋癫子不见了。这是9月8日，令棋界伤感的一个日子，《沧桑谱》因此不得不画上句号。

事先没有任何迹象表明棋癫子要在这天消失。那日清晨，刘白一如既往走到广场，见树下空空荡荡，说奇怪，他今天怎么迟了？也不着急，蹲到老位置上静候，他已习惯于蹲着。这是个好日子，风凉而不寒，天空高远得令人神往，刘白默默地赞美着天气。广场上渐有人活动，一些老人疏朗地排列各处练太极拳，轻柔曼舞，飘然欲仙。太阳升到广场上空，四围熙熙攘攘，人声嘈杂。棋癫子还是没有来。刘白这才意识到他今天不会来了，他突然觉得烦躁，心中有种不祥的预兆，要去找他，又发觉自己并不知道他的住处，甚至不知道他来去的方向。那就只好漫无目标满城去找。刘白逢人就问看见棋癫子没有？不是坐老柳树下？不见了。那就不见了。再问他住处。谁也不曾注意他的住处，好像他根本不需要有个住处。刘白找到天黑，只觉着渺茫，心里陡然产生虚幻感，觉得棋癫子并不曾真实地存在过，自己整整一个夏季蹲树下观棋只是一场梦。

刘白疲乏地回家，伤心道，棋癫子不见了。

怎么不见了？

就这样不见了。我找他一天，哪里都跑遍一点踪影也没有。

雁南凝思一会儿说，这之前有没有反常现象？

没有。

你有没有打扰他？

没有。我没有打扰他，从来没有跟他说过话，也不敢。谁也没有打扰过他。

他是不是讨厌你观棋，躲起来了？

不对呀，要是这样，我观棋的第二天就该躲了，干吗过了那么久才躲？我有种不祥的预兆，怕他是死了。

我也这样想。

不管怎样，我们都得找到他。

刘白和雁南发动所有的熟人，开始大规模地寻找棋癫子，并在报上、电视上登了广告，说一代国手乃国之瑰宝，突然失踪令人痛惜。这样说说无关痛痒，自然不会引起广泛重视。几天后，刘白和雁南商讨，说得付出代价，便重登广告，特别声明有谁发现，本人愿以彩电一台酬谢。本来人们觉得兴师动众找一个疯子很滑稽，但广告者愿以彩电酬谢，那么棋癫子也就是彩电，兴趣就异乎寻常了。那段时间，小城的人们有意无意都在寻找棋癫子。他应该是很好找的，因为人人都认得，然而最终却像一场骗局，谁也没有找到棋癫子的一根毫毛。刘白愤愤说，真岂有此理，死了也该有具尸体啊。他无法相信棋癫子会这样不留痕迹地消失。小城的人们都把这事淡忘了，他尚不甘罢休，不断去老柳树下守候，期望棋癫子会在某一瞬间突然闪现。这种顽强的寻找，不久之后因刘白的入狱而告结束。

棋癫子就这样如一缕轻烟彻底消失了，至今无人知道其下落，但他留下的《沧桑谱》却震撼了棋坛，以后还将久远地震撼下去。《沧桑谱》的名字是刘白取的，就是他从广场上记下的棋谱。棋癫子自搏，一日一局，刘白共记录了八十八局。令人不解的是八十八局中没有一局是完谱，都到中盘就中断了，一百至一百五十手不等，黑子和白子关系微妙，无从判断优劣。刘白在后记中郑重说，这不是他的疏忽，国手每下至中盘就走了，翌日重新开局。至于什么原因，他也不知道，也许是自搏特有的现象吧，终盘必有胜负，然而都是自己下的棋，究竟谁胜谁负呢？也有几谱是自然原因造成的，夏日雷雨多，一下雨地上就积水，将石子淹没，国手虽然照弈不误，但地上水波翻腾，无法看清落子位置，只好如此了。

《沧桑谱》最初是雁南寄给表兄马九段的，马九段阅后认为古今无类，很快就送给《围棋报》《围棋天地》两种报刊分别发表，同时出版单行本，由他作序，叙述国手简历。对棋谱本身，马九段只泛泛赞叹为伟大的杰作，没有细加讲解，这是他的聪明之处。一个月后，日本几乎所有的棋类报刊都部分转载了《沧桑谱》，并且也出了单行本。又一个月后，早已隐退的吴清源先生发表评论，称颂《沧桑谱》得道家真趣，入逍遥之境，无为而无不为。从境界上看，棋谱是完美无缺的，没有后半盘，正像中国传统山水画里的留白，魅力无穷。吴先生最后追忆了国手年轻时的音容笑貌，说人世沧桑而棋道恒一。此后，《沧桑谱》的棋风顺理成章地被命名为"逍遥流"，模仿研究者日众。短短几年，《沧桑谱》已有二十余种版本，见仁见智，众说纷纭，恐怕要成为棋坛的《红楼梦》。

给《沧桑谱》抹上最后一笔悲剧色彩的人是刘白。《沧桑谱》轰动之时，正是他身陷囹圄之日。这之间冥冥中的联系，确有点玄。

7

也就是期待棋癫子重新出现的某日，刘白从老柳树下毫无目的地往北走去，进入一片新盖的居民区。这地方他没来过，所以免不了东看西看。忽然一个五岁上下的小女孩吸引了他，他觉得那女孩长得清秀，幼稚可爱，长大一定很动人。小女孩一个人立在日光下，一只小手很有兴味地按着另一只手心揉搓。揉一会儿，撮起手心里的东西眯眼细看，刘白看见小女孩玩的原来是一粒棋子，白的，那白子质地清纯，磨得柔嫩滋润，仿佛透明，又不反光，很不同于通常的棋子，好像妇女颈上卸下的玉质饰物。刘白来了兴趣，就过去问，小朋友，你手里玩什么好东西呀？

小女孩见刘白满脸笑容，吃吃说，棋子啊。

真好看，给叔叔看看好吗？

小女孩大方地将棋子塞给刘白，刘白揉揉看看看看揉揉，确定是粒玉质棋子，喜不自禁，马上联想到棋癫子失踪多年的祖传之物，想不到今天在这里出现了，那么棋癫子失踪肯定和棋具有关，他一定也是发现自己的传家之宝而去追寻了……

叔叔，叔叔，你也喜欢棋子吗？

刘白激奋得忘了身边还有小女孩，赶紧说，喜欢，喜欢极了，告诉叔叔哪里来的？

自己房间里捡的。

还有吗？

没有了，就一粒。

送叔叔好不好？

你给我买泡泡糖。

好。

再买一辆小汽车。

好。

小女孩高兴得拍手大叫，爸爸，爸爸，有个叔叔给我买泡泡糖还买一辆小汽车，我不要你买了，爸爸，爸爸，坏爸爸。

屋里的爸爸说，是哪位叔叔，不许买。

不许你管，是位新叔叔。

那人听说新叔叔，从屋里出来，朝刘白不知所以地笑笑。小女孩过去说，这位叔叔要我送他棋子，他给我买小汽车。

刘白说，这棋子很漂亮，你一定也是个棋迷吧？我叫刘白。

你就是刘白？久闻大名，听说你棋下得很好。

见笑。能否把你的棋具借我看看，开开眼界？

其实也很平常。那人进屋去端了两盒围棋出来，塑料罐子装的，刘白掀开一看，是随处可见的磨光玻璃制品，说，不是这副，跟这粒棋子不一样。

我就一副棋。那人看看刘白手上的白子，确实比盒里装的可爱得多，就沉默了。

你听说过没有？广场上的棋癫子有副祖传的棋具，白子是白玉磨的。黑子是琥珀磨的，价值连城。

的确听说过。

刘白夹起白子目光逼人地说，这粒白子就是白玉磨的，就是那副棋子中的一粒。

那人听了勃然大怒，指着刘白骂道，你的意思是我抢了棋癫子那副棋具？岂有此理，血口喷人！那人恶恶地一把夺过刘白手上的白子，走回屋去，出来砰的一声关门，抱起立在一旁发傻的小女孩，理也不理刘白走了。

刘白自语道，哼，你不要装模作样，你走得正好，看我搜出那副棋具，你还有什么好说。刘白哼完就去敲门，确证里面无人，寻了一块铁皮当工具，弄开门，进入房间，反锁了房门，翻箱倒柜折腾半天，撬开所有锁着的柜子和抽屉，却是不见棋癫子的祖传之物。刘白搜寻得大汗淋漓精疲力竭，对着被他捣腾得乱七八糟的房间骂，活见鬼，藏哪里去了？

刘白拿了那粒玉磨的白子赶回家里，心急火燎向雁南叙述了整个过程，雁南听了脸铁青着道，天下真有你这样的笨蛋，你不知道你在犯罪？

刘白说，做也做了，先不想这些。我猜测这里面隐藏着一件骇人听闻的谋杀案，棋癫子失踪绝对和棋具有关，他发现后一定想方设法拿回，那人心狠手辣，把他杀了，并且毁尸灭迹，棋癫子肯定完了，围棋史上最伟大的大师遭人谋杀了，真令人痛心疾首。

雁南说，走，我们上公安局去。

刘白庄严地向警察讲述了事情经过和自己的推理，义正词严要求他们侦破国手失踪案，以告慰国手于泉下。警察听后也像雁南一样问，你不知道你在犯罪？

平时知道，当时忘了。

你讲的基本属实，那人已经报案了，说你还拿走了三千元钱，你拿没有？

没有。房间里好像是有钱，不过我没注意，我只拿了一粒棋子。刘白把白子交给警察，补充说，这是重要线索。

好了，国手失踪我们会立案侦破，谢谢你的合作。但很遗憾，你已经触犯刑律，我们必须把你关起来。

好。我再声明一下，钱我没拿，不能污人清白。那人怎么这样下流，居然诬告我偷钱？

现在还不能证明你没拿，我们会查清楚的。

刘白被带进监牢，进门先闻到一股浓重的厕所味，被熏得感冒似的打了一个喷嚏。他看见犯人都把光头埋在腿弯里默不作声。警察锁门走后，忽地一人弹上前来，朝他劈头盖脸就是一拳，打得他嘴里涌上腥味。他舔了舔嘴唇茫然地看他们哄笑，其中一人眼珠子一轮，又有三人同时蹿上，二人按了臂膀，一人在他身体上下乱搜，搜完了，下作地朝他胯下不轻不重捏了一把，大家又是哄笑，笑足便审问犯人般要他交代"进宫"经过。刘白让他们惹得恼火，说等我有兴趣时再说吧。也好。大家说着先后伸出臭脚泡入一个脸盆互相铲，铲了片刻，一人端了洗脚水迫他喝下，刘白见洗脚水墨黑，一层油垢厚积着，气味逼得人要吐，才体验到监狱为什么恐怖，就明智地改变态度，笑道，这个怎么能喝？

不能喝才要你喝，这是规矩。

免了吧，大家都是难兄难弟，何必这样，我给诸位讲个故事，怎么样？

先讲吧？

大家要不要听下棋的故事？

谁要听！讲操×的，讲得好可以免喝。

男女之间的荤话，刘白有很多现成的，以前当作家时，文人相聚经常说这些逗乐。刘白挑了几则含蓄而又充分体现中国人幽默感的说了，这方面犯人悟性都好，大家听了相当满意。刘白出狱后说，后来大家就患难与共了，倒也蛮有意思。

刘白交给警察的那粒白子，经过科学检测，证实是磨光玻璃，并非白玉制品，只是经小女孩揉搓，色泽起了变化，感觉上确乎像玉。重要线索如此谬误，刘白因此入狱的国手失踪案也就不了了之。后来刘白也反省说，当时自己可能有点走火入魔，忘了棋癫子早已不用棋具，即便发现了自家祖传之物，也未必会在意。把国手失踪假设为骇人听闻的谋杀案，恐怕只能存在于侦探小说里。

8

刘白入狱后，不断受到审讯的是那三千元钱，这使他感到受辱，时常要跟审讯者吵起来。三个月后，被刘白搜家的那人上公安局说钱找回了，掉在柜子的夹缝里，这才真相大白。

刘白出狱那日，天下了大雪，有许多人早早立在薄薄的雪地里，准备迎接他。雁南抱了孩子站在看守所的铁门前，雪花一阵紧一阵落到他们身上。七点三十分，刘白光着一个脑袋出来，大家见着都默笑了，刘白见那么多人看他默笑，有点尴尬。雁南上前接着，说受苦了吧？还行。雁南便催孩子叫爸爸快叫爸爸，孩子怯怯地看着刘白，往雁南怀里躲，刘白伸嘴去亲了一口，正想抱他，孩子就哭了。刘白讪讪道，认不得老子了？说着转向大家，大家就纷纷围拢来问寒问暖，刘白发觉圈外还立着一圈陌生的脸孔，不解他们干什么也来接他，又不好意思问，只好先表示感谢，抹抹光头上的雪水说，谢谢大家，有那么多人接，我倒像个凯旋的英雄了，真不好意思。雁南把一件灰色呢大衣披在他身上，又替他戴上一顶绅士帽，刘白形象就改观了。雁南说，你今天最想干什么？

刘白想也不想，说，下棋。

好，表兄等你呢，我们走。

他来啦？这么巧！刘白白里透青的脸上很兴奋。

马九段是雁南个人邀请的，好让刘白一出狱即和表兄对上一局，以慰狱中的苦辛，后经中国围棋协会和当地政府的参与，场面就变得空前隆重了。由于《沧桑谱》震撼棋坛，棋癫子又不幸失踪了，人们就把荣耀都加到刘白头上，安排在出狱那天，有同情的意思，也是雁南的用心。这是他当时不知道的。

刘白走进体委会议室，发现里面坐满了当地党政头面人物，而毫无下棋的意思，吃惊道，这是什么意思？雁南说，大家欢迎你呢。正惶惑间，表兄前来握手，说又见面了，祝贺你。接着市委书记握手接着市长握手，刘白手伸外面只觉得发僵，接着被热烈地推上主席台就座，市委书记吹吹话筒宣布会议开始，接着市长代表当地政府致辞。刘白不知所措地坐在主席台上，恍恍惚惚耳朵似乎漏风，只嗡嗡听得有人鼓掌有人说话，却不清楚说什么，等他逐渐清醒过来，适应了这种气氛，已是马九段在讲话了。马九段说，众所周知，没有刘白，就没有《沧桑谱》，刘白对围棋事业的贡献是不言自明的，有鉴于此，我代表中国围棋协会授予刘白杰出贡献奖。授奖毕，主持人市委书记请刘白发言。刘白持着话筒，见那么多人那么严肃地听他说话，突然觉得无话可说，将话筒送回去，说免了吧。市委书记又将话筒送回来，说不能免，讲几句。刘白只得应付，清清嗓子说，真是受宠若惊，一小时前我还是囚犯，想不到现在坐在这里，好像很荣耀，谢谢大家。

散场后，刘白发牢骚说，莫名其妙，下棋就下棋，搞什么名堂！

雁南说，还怕没棋下？要不要让子，你想想。

刘白掀开大衣掏出一团纸揉开，说，这是我在狱中画谱自搏的棋谱，拿给表兄看看，他知道要不要让子。

马九段和刘白对局，虽然是纪念性的，只表示友谊，不是正式比赛，但当地体委为了尊重马九段，完全按照正式比赛的规格，有裁判有记录，还挂盘以满足棋迷兴趣，唯一缺憾的是因为缺乏合适人选，没有讲解。照雁南的意思，马九段原准备授二子，实际上是一盘指导棋。刘白拿来棋谱，马九段说，看看也好，知己知彼。五分钟后，马九段脸上现出惊异的神色，改变主意说，我们猜先吧。

刘白说，好。

这盘棋刘白幸运地猜到黑子。他突然觉得对局室有点热，脱了帽子露出光头朝表兄笑笑，礼节性地将一颗黑子放到对方星位上。

马九段看看刘白，然后视线缓缓上升直到天花板，习惯性地支起双手托住下巴，旁若无人地进入沉思，跟雁南描述的他小时下棋模样无异。这确是大棋手才有的风度。刘白感到心里发紧。十七分钟后，马九段伸手摸子，以他拿手的小目开局。事后马九段说，这段时间他脑子里盘桓着刘白狱中画谱自搏的形象。

马九段一起手就长考，自然给对局造成异常紧张的气氛。但是接着二人却意外地落子如飞，不到半个小时，就下了五十手，这或许是一种心理战术吧，你快我也快，很是胸有成竹。至五十四手，马九段率先停下长考，马九段又手支下巴，眼珠子朝天，手指间却不停地玩弄着一颗白子。这手棋马九段用去两个小时，外面的棋迷见里面久不落子，就前前后后赶回家吃饭，纷纷说刘白确是怪才，能逼得马九段这样长考就不得了了。

这漫长的两个小时，刘白脱离了棋盘，拿过记录的棋谱一动不动地伏在那里看，光头上袅袅地冒出热气。他又回到了画谱自搏的状态，忘了是跟马九段对局，不觉间，伸出食指用指甲在谱上画了一圈。这个细节马九段没有看见，他们一仰一俯，谁也不看谁。两个小时后，马九段从容地把白子下到盘上。记录者诧异地发现马九段的五十四手，正好落到谱中刘白画的圈内。

马九段和刘白对局，人们原以为胜负是不言而喻的，可看的只是过程，现在居然出乎意料地不分伯仲，立时兴趣倍增。挂盘本来放在会议室里，下午人越聚越多，不得不移到体委大楼门前的空地上。这时雪止了，大家立在雪地上不断地跺脚驱寒，很快把积雪给跺烂了，稀里糊涂汪汪一片，大家就不断踩着一汪污水看棋。进入中盘，局势越发微妙，马九段已经读秒，落子飞快，却接连施放胜负手，显示了马九段深奥的功力。现在是考验刘白的时候了。很长时间黑子没有动静，大家都静场翘首以待。这时，人缝中挤入一人，很突兀地大声问：刘白是不是在这里下棋？大家别转脸看，正要发话，那人又大声说，他的电报。雁南说交给我吧。那人急急把电报递给雁南，表情晦涩一言不发就走了。

电报是刘白老家打来的，说母丧速归。雁南捏了电报只是发木。大家便问怎么回事，雁南说，没什么事。这时，刘白下楼来小便，人群自动闪出一条路来，刘白毫无表情地穿过积水，到外面雪地上，也不管是否有人看见，掏出小东西嘶嘶一会儿，又毫无表情回去，雁南默默地跟他上楼，到走廊拉住刘白沉痛地说，刘白，刚接到电报，你母亲过世了，怎么办？雁南见他木木的没有反应，又说，你母亲过世了，怎么办？刘白喉咙滚动咕噜了一下，好像咽下一口痰，却什么也没说，失血的脸孔毫无表情地朝对局室走去。

刘白关了门，若无其事坐到棋盘前，又想了一个小时，才沉重地将黑子按到盘上。这手棋他用了两小时十三分，此后两人都进入读秒，弈至二百六十四手，马九段见刘白读秒也不出错，吸一口长气，气度不凡地投子认输，说，差半目。刘白手里捏着黑子，闭了眼睛，坐那里木然不动，脸上现着哀伤的神色，马九段觉得怪异，谁赢了棋都喜形于色，他怎么反而悲伤？细看刘白眼皮缓慢地鼓胀着，有两颗泪珠子鼓破眼皮即将滑落，马九段以为他大喜若悲，欣喜道，好，有风度。我为棋坛增添你这样的奇才而感到衷心的高兴。你的棋师承《沧桑谱》，又有独创之处，动极静极，自成一派，前途不可估量。马九段说到此处，听得刘白喉管咯咯作响，以为他要说话，就做凝神静听状，不料刘白却抱了光头大哭起来，泪珠子不断线地滚到棋盘上。这时雁南闻声进来，扶了刘白，含泪说，表兄，两个小时前接到电报，他母亲过世了，我在外面告诉他，你不知道。

马九段静观刘白，肃然道，这才是真正的棋士啊。

那年 9 月，父亲来信说：我决定与你母离婚，务必回家一趟。信简短而急切，如同电报。

西地

WUXUAN

ZIXUANJI

XUANBAI

1

那年 9 月，父亲来信说：我决定与你母离婚，务必回家一趟。信简短而急切，如同电报。"决定""务必"之类的公文语言是父亲当村长时学的。我讨厌这类语言，但父亲会写"务必"，已很不错了，他只读过三年小学。

我去找领导请假，含糊其词只说家事，领导说原因不清，不得准假。我只得说："父亲要离婚。"

"父亲要离婚？你父亲多大了？"

"五十多了。"

"五十多了，还要离婚？"领导瞪大眼睛说。

"是的。我父亲是这么说的。"

领导想一想，下结论说："你父亲真是风流人物。"

"是的。"

"那你回去也没用啊。"

"是的，不过，我得回家一趟。"

我觉得父亲离婚有点荒唐可笑，他郑重其事要我"务必"回去一趟更是不妥，可能被哪个女人搞昏了头，他不怕我回去反对他离婚吗？若是我，我想我会先离婚，然后若无其事通知子女，生米煮成熟饭再反对也无济于事了。

故乡离我居住的城市有一千里之遥，我坐在车子里，无聊得要命，回想起那个名叫西地的村子。那里漫山遍野都是竹子，村口有一棵老柳杉，像一座绿塔镇着，塔上栖着乌鸦和喜鹊，乌鸦报丧，喜鹊叫喜，很勾人情绪，乌鸦多数沉默，喜鹊总比乌鸦叫得多，村子似乎喜事多多。老柳杉总有千把来岁，树龄也就是村史，据说是老祖宗手植，村人很敬畏的，树下安了香炉朝拜。本来，这种村子的开创者应该是个篾匠才对，他上山伐竹，久而久之便定居于此。实际上老祖宗是个仕途失意的读书人，曾经做过部长一类的官，具体管些什么，我不大清楚，他像所有的读书人有股乡村情结，稍不高兴就想起隐居，好像他不高兴是城市惹的。他在西地过着耕读生活，大约希望后代们也过耕读生活的，遗憾的是，后代们退化了，严重退化了，他们只耕不读。确实，在这种村子里，读书是奢侈的，也是无用的。老祖宗之后，西地再也没有像样的读书人，只出产农夫和手工艺人，偶尔也出父亲这等浪人。

父亲天生不像个农夫，但生活又偏偏安排他当农夫，这就很有些悲剧性或者喜剧性。父亲缺乏农夫必备的诸如吃苦耐劳、质朴勤快等品性，他懒散，喜欢夜游，喜欢睡懒觉，这些通常是读书人才有的习性。他也像读书人有十分强烈的自我感觉。农夫，除非喜庆，是不大在乎身体哪个部位美丑的，父亲从头到脚都时刻注意，并且刻意包装。二十多年前，那时村子叫作大队，村民叫作社员，社员在家穿布鞋，劳作穿草鞋，皮鞋是可望而不可即的。父亲是村里拥有皮鞋的屈指可数的人物之一，还不时拿手里把玩，神情很自得的。社员自家不刮胡子，那是走村串户的理发匠的事。理发匠每月来村一次，随便将他们的头发剪短，顺便也刮掉胡子。父亲理发比他们讲究许多，发型是自己选择的，平头，头发上翻，这是当时非常体面的发型，因为报纸上的国家领导人都是这个样子，他接触的公社干部也是这个样子，社员一般不敢理成这样，那基本是国家干部的专利。父亲连大队干部也不是，居然敢理这种发型，遭人嘲笑自然难免。社员们说，伯虎，你像个公社干部呢。父亲谦虚地说，我们种田人，哪里会像公社干部？社员们又说，像是像，可惜有干部的相，没干部的命。父亲并不在乎挖苦，他以为像公社干部已很值得自豪，他也像公社干部自己料理胡子，隔三岔五，便端一脸盆水，对着镜子，脸部涂上肥皂，取出刮须刀小心翼翼来来回回地刮，然后对镜长时间地自我欣赏。父亲五官端正，脸型方正，确实富有观赏价值，田间劳作又给他抹上一抹古铜色，颇具质感，若是蓄起胡子，男子气更重些，可能更美些，可惜当时举国上下无蓄须之习，蓄须甚至是颓废的，犯罪的，父亲当然不知美髯之说了，否则，他一定会精心护养胡子。

父亲左腕还套一块东风牌手表，他是全村唯一戴手表者。父亲就是这样，他足蹬皮鞋，身着中山装，左胸口袋里插一支自来水笔，脸修理得干干净净，在村子里转来转去，完全像个驻村干部。

父亲的行为，使母亲横竖看不顺眼。父亲刮胡子，母亲说，你刮什么胡子？你又不是公社干部。父亲插自来水笔，母亲说，你插什么自来水笔？你又不是公社干部。父亲穿皮鞋，母亲说，你穿什么皮鞋？你又不是公社干部。母亲看不顺眼的原因是穷，当地方言叫作跌股，就是跌破了屁股的意思，暗喻穷困潦倒的狼狈状。父亲只知道睡懒觉、刮胡子、夜游，或者拉二胡、下象棋、闲聊，再则便是赌博，找女人睡觉，家里焉能不跌股？

父亲嗜赌在村里很出名，听说我两岁那年的一个雪夜，母亲抱了我闯进赌场，将我扔到赌桌上回头就走，企图迫使他回家。父亲抱上我一路追来，见追不上，放我在路旁，说，孩子放这里，给我抱回去。母亲头也不回，说，不要，你扔掉。父亲说，你不要，就扔掉。说完只管自己回赌场。那夜我作为他们的赌注躺在雪地上，差点儿要了我的命。父亲好色也同样有名，他的形象颇讨女人喜欢，据说村里村外总睡过数打女人。

父亲是典型的浪人，对母亲的劝告、嘲讽、咒骂，既不反驳，也不理睬，很有特立独行我行我素的派头。母亲曾多次吵着要离婚，但都没有离成，大约也是说说而已，威吓一下。她嫁鸡随鸡，嫁狗随狗，整日陀螺似的忙里忙外，一家子全靠她一人操持，在村里有口皆碑，与父亲形成了鲜明的对照，大约这也是阴阳相生相克吧。

2

我小时可能弱智，村人都叫我呆瓜，呆瓜就是我在村里的名字。我到六岁才开口说话，在我的记忆里，六岁以前一片空白，若有，也是听说的，近乎传说。呆瓜头大身子小，像个长柄的葫芦，喜欢仰头面无表情看天，谁叫都无反应。那样子看来不是天才便是白痴，可成人后我完全正常，像所有的庸人一样，是个庸人。不知道人们怎样对待呆瓜，大约很受歧视吧，即便我开口说话了，也说得极少，寡言乃至沉默，照样谁叫他都无反应。

但我毕竟会说话了，母亲也就忘了我是弱智的，把我当作了一个劳力。我六岁那年，母亲买了一头牛犊回来，让我养，那牛犊一身纯黄，很是可爱。后来牛犊就成了我童年最好的伙伴，也是唯一的伙伴。我穿着开裆裤，赤着脚丫，日日带它上水草茂盛之处。我给它取名叫"老虎"，这是村人骂牛的前半句，全文是"老虎咬的"，它性子有点野，轻易不让人碰，即便苍蝇飞它身上，也使它浑身不适，甩起牛尾巴，奔跳不已。我与人难得说话，但与老虎却有说有笑，它似乎懂我的话。我说，老虎，再吃两口。它就再吃两口。我说，老虎，到前面一点。它就到前面一点。我说，老虎，你笨死呢。它就拿大牛眼瞪我。它长得飞快，到第二年春天，我可以骑它身上了。村人都说呆瓜乖，牛养得好。他们训斥孩子，就说，你还不如呆瓜，你看人家牛养得这么肥。

父亲开始打牛的主意，牛成为父母争论不休的一个话题。

"卖了。"父亲说。

"不卖，再过两年给生产队犁田，顶一个劳力呢。"

"卖，我要送呆瓜上学，他上学，谁放牛？"

"一边上学一边放牛。"

"上学还顾得上放牛？"

"人家孩子不都是一边上学一边放牛？"

"我要让他专心上学，讨饭也送他读到高中毕业。"

"读那么多书干吗？识几个字，会记记账也就够了。"

"你懂个屁，我就吃没读书的苦，要是高中毕业，还在这儿种田？不也当个公社干部！"

母亲嘻笑说："他当公社干部？将来他会不会种田吃饭，我都担心呢。"

父亲说："我看他不比别人笨，不就是少说几句话，聪明人都心里做事少说话。"

母亲争不过父亲，问我会不会读书，我说会读。父亲高兴地说："你听，你听，他说会读，我看他一定会读，他性格就像读书人。"

母亲又嘻笑说："你会算命？要是像你说的，我也放心了。呆瓜，你喜欢读书还是放牛？"

我说放牛。父亲狠狠地说："没出息的东西。"

一天早晨，我醒来照例先上牛栏，平时，它听到我的脚步声，就"姆妈，姆妈"叫上两声，算是向我问好；我若躲着不见，它便"姆妈姆妈"地乱叫一气，那是我一天快乐的开始。那天，我意外地没听见它的叫声，跑去一看，栏里竟是空的，老虎？老虎？老虎呢？"老虎不见了，呜……"母亲不知什么时候路过牛栏，见状先赏我屁股一巴掌，说："大清早跑这里哭丧干什么？"

我说："老虎，老虎，老虎不见了。"

"总是肚子饿跑出去吃草。"

"不会，它不会。"

"这也用哭？我去找。"母亲在村子里走走停停，边走边喊，"谁看见我家牛牯？我家牛牯不见了。"

母亲的叫声招来了村人，都说没看见。母亲这才慌了，与我村里村外找了多遍，希望侥幸能找到老虎，在焦急中想起经常彻夜不归的父亲，骂骂咧咧道："他死哪儿去了？死哪儿去了，家里牛丢了也不知回来。"

牛丢了，在村里是大事，村人也很关心，他们猜测说，说不准伯虎牵去卖了。母亲说，嗯。继而又摇头说，不会的，他要卖，也不用偷偷摸摸。村人说，说不准他打赌输钱牵去押赌账。母亲说，要是那样，我跟他拼命。于是大家对父亲都产生了一种期待心理，可是父亲不知哪儿去了。

傍晚时分，父亲的身影总算出现在村口，大家呼叫道："回来了！回来了！"父亲走过老柳杉，隔着一排一排的棕榈，身影不断在棕榈间闪动，看上去走得飞快，好像家里有急事等他回来解决，到离我们不远处，他突然停住，挽起袖子，右手扶着左手仔细地看，这时，大家发现了他手上的手表，不约而同呼叫道："手表，手表，伯虎手上戴手表。"大家让手表吸引，遂忘了牛，都围上去观赏手表，这稀罕物儿村人只有在进村的公社干部手上远远见过，可以这么近观还是头一遭，一时间，父亲成了兴趣中心，俨然重要人物。他对这种戏剧性效果显然相当满意、得意，不厌其烦回答众人的提问：

"准不准？"

"准，仅差三十秒。"

"什么牌头？"

"东风牌，带夜光的。"

"还带夜光？我看看，我看看。"

"现在看不见，夜里才看见。"

"钟点怎么数的？"

"讲起来蛮复杂，以后有工夫慢慢教你。"

父亲戴手表，母亲大概觉得也蛮有面子，明知故问："什么东西？这么神奇。"

"手表。"父亲说。

母亲盘问说："你哪里得来？"

"自己买的。"

"你有钱买？"

"那就借的。"

"谁借你手表。"

父亲开心地说："偷的。"

"偷？"

"打赌赢的，相信了吧。"

"打赌赢的？不稀罕，手还未戴暖，就是人家的了。"虽说不稀罕，到底缓和了情绪，母亲平静地问，"牛你牵去卖了？"

父亲一惊，挥一挥手说："你做梦？说梦话。"

"那牛怎么丢了？"

"牛又不是跳蚤，那么大东西怎么会丢？"

"找了半天，也没影迹，怕是被偷了？"

父亲随即显出紧张，急忙要去找牛，母亲确信牛是丢了，顿时号啕大哭起来，说她忍饥挨饿花三担稻谷买得牛犊养得这般大，说丢就丢，家里就它值钱，它怎么能丢？它怎么能丢？父亲大丈夫气概说，你哭丧？不就丢一头牛。好像他家有几十头牛似的。村人也安慰说，丢一头牛，赢一只手表，也算扯平，莫哭，莫哭。我忽然手指着父亲说，是他偷卖了我的牛，换得手表。我的语气坚硬、冷漠，充满仇视，村人全被我的话所震惊，父亲涨红了脸，一时不知所措，待他反应过来，我脸上挨了重重一记耳光，像一挂鞭炮在众人中间炸响。你个兔崽子，我宰了你。父亲骂道。我并不屈服，用更加坚硬、冷漠的口气说，就是你。我看见父亲的巴掌苍鹰搏兔似的朝我猛扑过来，但立刻被众人挡住，纷纷拉扯道，小孩子言，不要当真，不要当真。

此后多日，村人都沉浸在手表带来的新奇之中，特别是妇女们，有事没事总爱问现在几点，父亲抬起左腕，很庄严地瞟上两眼，高声说几点几分。好奇一些的还要上前亲手摸摸，脱下戴自家手腕上试试，父亲趁机胡乱捏她们乳房几下，引得一阵"要死，要死"的欢笑来。更有迷信者，家里孩子受惊哭夜，亦别出心裁欲借手表一试，父亲虽然不舍，但事关人命，也偶尔出借，嘱咐千万小心千万小心。他们嘴里喏喏，千万小心拿去悬挂孩子床前，孩子夜里看着手表的一圈荧光，果然不哭。这使村民愈发感到手表神秘。

手表确乎唤起了村人的时间意识，它不仅是计时工具，同时也明确昭示着生命存在。现在，我在回乡的车子里想起村子，它与手表何其相似，手表对于时间，不过一圈一圈循环往复；村子对于历史，不过一代一代循环往复，它们不停地重复，时间就记下了，历史就延续了，就这么简单。村子似乎也可以拿来作为计算历史人生的工具。

但手表也险些被没收，父亲戴手表很使大队长伯良不快，看他得意扬扬地向妇女们宣布现在几点几点，颇有犯上之嫌。他表情严肃地说，伯虎，你这手表，打赌赢的，来路不正，应当上交。父亲就像三九天被当头泼了一瓢冷水，嗫嚅着半天应不出声。伯良又严正说，手表你暂时戴着，等大队研究后，再做处理。伯良说完急急离去，好像马上就要研究。父亲愣在那里惹得妇女们嗤笑说，看你爱出风头，活该。好在母亲明察暗访，很快探出手表并非打赌赢来，而是偷卖了牛牯拿钱买的。你可以想象接踵而来母亲铺天盖地滔滔不绝的诅咒和谩骂，可父亲对付母亲向来很有办法，就是不予理睬。

父亲自然不关心他偷卖老虎给我带来的伤害。不久，我正式入学，一位女教师来到村子，她美丽的形象渐渐替代了老虎在我心中的位置。

3

西地在很冷僻的山坳里，下车后还得走两公里山道。下车时我毫无来由被一种孤独感攫着，那感觉来得突兀而强烈，若不是千里迢迢，我可能会回头逃走。我就坐在岔口上抽起烟来，不一会儿，一辆拖拉机轰轰烈烈地驶来，伯乐站在车斗内，我看见他就不能做孤独状了，他是我的小学老师，我招呼道："伯乐老师。"

当伯乐从车斗爬下来，我吃了一惊。他走路一跛一跛的，像船夫摇橹，身体也比先前短了许多，肩膀和背好像在同一个平面上了，他仰了脸朝我点头说："呆瓜，你回来了？"

我看着他的腿，又说："伯乐老师？"

伯乐也看看自己的腿，丧气地说："别提，去厦门开牛肉铺，让车撞的，钱没赚来，白白赔一条腿。"

"你不教书？"

"腿都瘸了，不教书还能干吗？"

我说这样的。伯乐从袋里搜出一根劣质纸烟，见我手里有烟，划根火柴独自点了，说："呆瓜，你回家是为父母的事吧？"

"是的。"

"你知道了？"

"不太知道，你说说吧。"

"其实我也不懂，说错了别怪罪。"

"随便说吧。"

伯乐想了想，慎重地说："我得先总结一句，要说你母亲，不用说是个好人。你父亲自然也是个好人，就是风流一些，这也不算什么，当皇帝的更风流呢。关键出在离婚上，依我看，这一层大可不必。为什么这样说？第一，快六十的人都闻到棺材气了，离婚让人笑话；第二，让当子女的难堪；第三，……"伯乐严肃地大口大口吸烟，大约在搜索词汇。

乡里人，识几个字的，都喜欢在他认为重要的人物面前，动用公文体以显示水平。经他这么认真总结，我反倒觉得滑稽，游戏似的。我说："我父亲新找的女人，你见过吗？"

"当然。她也住在村里，就跟你母亲一块住。"

"跟我母亲一块住？"

"奇怪了吧。"伯乐看我一眼，突然幽默起来，"其实也没什么奇怪，以前男人娶三房四房女人，还不是都住一个屋子里？"

伯乐说得确实没错，那么我父亲就是继承民族的优良传统了。这些年，父亲在外面经商，大概很赚了些钱，属于先富起来的那批人，用官方的话说就是致富带头人。重新换个女人，在这些新阔起来的人里普遍得很，官方内参称为"蓄妾""养小老婆"。这是容易理解的，富贵思淫欲嘛，连女人都不想要，还阔起来干吗？与众不同的是父亲正儿八经闹离婚，他大概刚看过"没有爱情的婚姻是不道德的"这类洋话。

村边照样还立着一排一排的棕榈。村里棕榈是很多的，它们屋前屋后随处生长，将村子覆盖，毛糙的圆杆撑着一团团大叶子，像一朵朵绿云飘浮在村子之间，这恐怕是西地最值得自豪的地方。村子变化不算大，却也触人眼目，这变化来自村子中间的两间水泥房子。村子原先一律是祖父辈以上留下的木房子，苍老而古朴，颇具文物价值。现在，山下随处可见的两间水泥房子生硬地插在中间，显得格外愚蠢而又傲慢，村子就像被强暴了似的。

我说："那两间新房子谁家的？"

伯乐说："你家的，你不知道？"

"我家的，是吗？"

"你家是第一个盖新房子的，我们村的好事都给你家包了。"伯乐很是羡慕地说。

我在新屋门前站了好些时间，而懒得进去。周围的老屋都围在厚重的石墙里面，墙上爬满了爬行类植物，隐约有人声自墙缝间漏出，墙边摇摆着几只懒散的母鸡，公鸡们昂首跟在边上，不时振翅咯咯寻欢。这景象我是很熟悉的，便认真观赏它们，几乎忘了我是因为父母闹离婚回来的。

突然，我头顶上有人说话，楼下那个人是谁啊？我抬头看见三楼阳台的栏杆上倚着一个女人，她正好奇地观赏着我。不一会儿，父亲的脑袋出现在她的身后，我想她就是父亲的小老婆了。父亲低声说，你回来了。那女人很灿烂地笑了笑，立即下楼来替我开门。

开门出来，那女人又很灿烂地笑了笑，说："呆瓜，我还是头一次见你呢。"

"我也是。"接着我又不怀好意地问，"我叫你什么呢？"

"当然是名字，我名字叫李小芳。"她倒是没有一点不好意思，好像很早我们就是一家人似的，一点也没有因拆散我的父母而觉得有点对不起我，比如脸上露出那么一点尴尬。她倒是像我妹妹，很热烈地迎接我回家。

她应该比我还小几岁，脸儿也白净，身段也挺，衣着也是城里打扮，甚至可以说时髦，不像西地一带的女人那么土里土气，在村里实在是很跳的。她使我想起以前的女老师林红，这样一想，我对她也就不那么敌视了。

父亲迟迟不下楼来，似乎是在躲我，也许在后悔，要我"务必回家一趟"。在他眼里，我已经是个大知识分子，他可能有些怕我。

我不见母亲，上楼问父亲："我娘呢？"

父亲表情有点僵硬，说："她在老屋整理房间。"

"她不住这儿？"

"她住这儿，但是她说要搬回老屋住。"

我说知道了，便去老屋，但又有些怕见母亲，路上就磨磨蹭蹭的。青石砌的门楼里面是天井，走过将天井砌成两半的碎石子路，踏上三级踏跺，是八开间正屋，住十几户人家，中间一个大厅，供红白喜事用，楼上中间也是一个大厅，供奉祖宗用，踏跺两旁挖两眼水塘，原意大约模仿富贵人家的莲池，实际上专门做垃圾塘用，正屋原来也模仿富贵人家雕梁画栋，窗棂、廊柱和榫头间刻着许多瑞草瑞兽和人物图案，比如梅花鹿、蝙蝠、牡丹、佛手、灵芝、八宝，桃园结义、岳母刺字、柳毅传书、刘海钓蛤蟆、鲤鱼跳龙门……许多经典故事，我最初就是在屋子里看到的。在我离开的这些年，它们似乎也纷纷离家出走了，窗棂、廊柱和榫头都已剥落得不成样子，随时可能倒塌下来。它现在就像我的母亲，快要被人抛弃了。

幸好母亲不是我想象的那般，是个弃妇。她还是老样子，还是那么健壮，一副吃苦耐劳状。她见了我，停下手中的活儿，脸上夕阳似的，把整个老屋都照亮了。尽管如此，我还是不敢问离婚的事，母亲却自己说了："你爸要跟我离婚了。"母亲的口气很是满不在乎，继而她又说："我都半截入土了，离不离婚有什么关系。"

这样就好，若是母亲一见我就大哭起来，我真不知如何是好。我叹了口气，说："爸干吗要离婚？"

"不是他要离，离不离他才无所谓，是李小芳要他离，她要明媒正娶，不要当小老婆。仔细想想也是，要是我也不愿意，就是明媒正娶我也不愿意，这样好的一个大姑娘，嫁给他，他们年龄都差三十来岁，可惜了。"母亲就像说着别人的故事，显出惋惜的神情。接着，她就说起村里的稀奇事儿：

"伯乐又生了一个儿子。"

"伯乐不是结扎了，怎么还生儿子？"

"就是嘛。"母亲笑笑说。

4

据说伯乐出去做生意，他老婆在家里肚子大起来，村人当面只当没看见，背后说，伯乐老婆，嗨嗨，伯乐老婆。伯乐老婆也不去引产，足月就在家里生下来，像上一趟厕所一样方便。

伯乐不在家，村人反而照顾得周到些，给她送鸡送面送尿布，轮流着帮忙。这样，伯乐老婆不要男人，月子也坐得好好的。

孩子一日一日长大，伯乐老婆抱出来，别人看见，就过来抢着抱，夸孩子贵人气，左看看右看看，说："伯乐真有福气。"

伯乐老婆就说："嘻，他哪里会生。"

男人们就乐着争当孩子爸爸，伯乐老婆也乐着说："你们想死呢。"

伯乐瘸了腿回来，自觉无颜见乡亲父老，到村口躲在竹林里等村人入睡，才偷偷摸摸回家来。伯乐老婆已在信里得知他折了腿，哭也哭过，伤心也伤心过，所以见面也不特别难过，说你回来了，就去给他烧水洗身，做饭。

伯乐睡觉的时候，发现床上多了一个孩子，奇怪地问："孩子谁家的，怎么躺我们床上？"

伯乐老婆说："你的。"

伯乐以为她说笑，又问："谁家的？"

伯乐老婆说："你的，就是你的。"

伯乐疑惑地看着老婆，上前捏她乳房，出奶的，确实刚生过孩子，怒道："孩子是谁的？"

伯乐老婆说："你生什么气？你不花一分力气，就得一个孩子，还不高兴？"

"孩子是谁的？"伯乐大怒道，撑起巴掌想揍老婆，举到半空看老婆并不畏惧，又停住了，先声讨说，"你叫我以后怎么做人？"

伯乐老婆说："村里谁谁谁不是这样？你也知道，不是照样做人！"

"我跟他们比？"伯乐骂道，"你这个婊子！我出去做生意，你在家里生孩子。"

"你骂我婊子！好，你老婆是婊子，那你是什么？"伯乐老婆也生气了。

伯乐喉咙里就发出一种吼吼声，吼吼吼吼吼吼吼……吼完也就完了。

这种事也是平常的，性，就像吃饭，村人于性方面是相当随便的，性在村里可谓一项大众化的娱乐。入夜，村子静谧而又生动，那些娶不起老婆的光棍们和刚刚发育完全的毛头小子，鬼似的穿梭于男人外出的妇女窗下，男人不在家，妇女们闲着也乐于接待，他们往往大多如愿以偿。不少妇女还拥有固定相好，公开的和不公开的，都相安无事。许多男人对待老婆就像自留地，谁爱来播种就来吧，反正收获是自己的，生下孩子照例叫他爸爸，而不叫别人爸爸。

只是伯乐的老婆生下孩子来，多少有点不妥。十多年前，伯乐响应国家号召，将自己送去结扎，事先谁也不知道，他从县里回来宣布自己已经结扎，村人大惑不解道："伯乐，你送去阉了？"

"是结扎，不是阉。"

"你阉了干吗？现在公家又不要太监。"

"是结扎，不是阉，跟你们讲不清楚。"伯乐大声说，而且有些居高临下。

"那你结扎干吗？"

"结扎可以转正。"

"国家有这个政策？"

"政策是没有，事在人为嘛，现在大家都不愿意结扎，我响应号召结扎了，国家还会亏待我？我的事迹都上了地区报纸，县里广播也播了，还能不转个正？"

"那我们去结扎，是不是也能转个正？"

伯乐笑道："国家只重视赶在前头的，哪里管得了后面跟班的。"说着郑重其事拿出报纸供大家欣赏。村人没几个识字的，说黑压压看不懂，你念我们听听。伯乐就神采飞扬高声地念："民办教师去结扎，只因计划生育好……"

此后，伯乐便专心等候转正，变了个人似的，除了教书，猪不杀了，牛不宰了，田也不种了。伯乐杀猪，既准又狠，一刀子进去，猪还来不及痛快嚎叫几声，就咽了气，伯乐抖抖手上的鲜血，快活得眼角抽筋，很为自己的手艺精湛而陶醉。宰牛场面则很残忍，牛牵到溪滩边，绑树根或竹竿上，伯乐抢起斧头猛砸牛头三下，牛轰然倒下，淌着眼泪喘气，伯乐立即拿尖刀划破牛肚活活剥皮，有时牛皮剥下晒溪滩上了，大牛眼还张着，淌着眼泪，伯乐照样快活得眼角抽筋，很为自己的手艺精湛而陶醉。相比之下，他教书不算出色，领读和尚念经似的，没有平仄、抑扬、顿挫，经常打磕巴，咕噜一声便是停顿了，并且伴随着一股酸气，半个教室都可闻见，前排孩子就皱鼻子嚷嚷：酸，酸。伯乐听了，摔下课本，操起箬竹教鞭甩在黑板上，很响，经常吓得人尿裤子。现在想起来，伯乐集教师和屠夫于一身，挺有意味的。只是结扎以后，再没有看到他杀猪宰牛，不知结扎与当屠夫有什么冲突。村里少了这么一位技艺精湛的业余屠夫，大家都怪可惜的。

半年过去，国家还没给他转正的意思，伯乐不长胡子的三角脸上很多了几道皱纹，那时我父亲已是村长，他时常找上门来，颓丧道：

"伯虎，再打个报告，要求一下，要求一下。"

"好，报告你自己写，我盖章。"父亲其实并不赞同他拿结扎换转正，以为聪明过头，他关心的是那东西还有没有用。

伯乐说："有用。"

"总不一样吧。"

"就是不流那个了。"

父亲哈哈说："不流那个，还来什么劲，女人就喜欢那点东西。"

父亲和伯乐曾经很要好，村人形容他们好得就像一粒米。这形容汉语里没有，很地方特色的。伯乐小父亲十来岁，当过兵，他的文化知识大部分是部队上学的，复员后，指望国家给他安排个公社人武干部当当，可他是农村户口，没份儿。回村懒得种田，就赌博，找女人。这方面父亲是他师傅，他们结伴同行，在方圆百里内结交了许多同道，还不时带些不三不四的拜把兄弟回来，搅得家里鸡犬不宁。

他们也跑江湖，做生意。

当时经商被富有想象力地称为"资本主义尾巴"，要割，只有父亲这等浪人敢为。他们偷偷摸摸跑到三千里外的东北，买得红参、鹿茸回来，走村串户贩卖。乡里人极信赖红参、鹿茸，以为头等大补之物，凡身体虚弱，必不惜血本买些这个，所以也赚得些钱，但父亲从来没把钱拿回家用，早送进哪个也是违禁的赌场了。他带回来的是三日三夜也说不尽的途中见闻。

现在回忆，在我很小的时候，父亲无意中让我大开了眼界，应当感激才是。他的故事欲也像情欲一样旺盛，刚放下包袱，端一脸盆水到屋檐下一边擦身，一边就眉飞色舞叙述路上的冒险经历，那情景至今历历在目：父亲露着两排白牙，故事就绵绵不绝地从里面流出，流出。

父亲永远是快乐的，但伯乐不是这样，他学父亲孟浪，可能是自暴自弃，平时总是表情阴郁，双手抱膝，猫那里一动不动，很深沉的样子。只有杀猪宰牛方显出快活。

伯乐是替代女教师林红当上民办教师，才浪子回头的。

5

　　父亲的放荡，母亲从来也不管，也管不住，既然管不住，还是不管的好。若不是李小芳一定要父亲离婚，她和李小芳是可以和平共处的，这样的事，母亲也不是头一次面对，事实上她和李小芳也和平共处了整整一年。

　　一年前，父亲志得意满地带了李小芳回来，这个女人一进门，母亲就知道怎么回事了，但她也没有反应。父亲老不知耻地说，以后我们是一家人了，你不要有意见，有意见也没用，你是大的，她是小的，你照顾她些。母亲没吭声，平淡地看了李小芳几眼。父亲又指使说，烧一锅水，我们洗澡。母亲便下灶替他们烧洗澡水。新屋虽然模仿城里的建筑，有卫生间，有浴室，但还没来得及安装热水器，父亲很觉着对不起李小芳，歉意说，明天下山买热水器。洗了澡，父亲又让母亲铺床。父亲说，你睡二楼，我们睡三楼，床单要新的。

　　随着李小芳的到来，父亲和母亲实际上已不是夫妻关系，母亲好像是父亲雇用的一个老妈子，替他们烧水、做饭、洗衣服、打扫卫生，这些活，母亲一辈子都在干，也没有特别的感觉。相比之下，不习惯的还是李小芳，刚来时，尽管在心里已有一千种准备，但和母亲面对面的时候，心里怎么也别扭，开始她对母亲是很警惕的，随时准备对付来自母亲方面的打击，但看看母亲并没有什么动静，也就心安理得了。

　　当村人发觉父亲带回来的李小芳，是他的小老婆，自然要引起轰动。男人啧啧赞叹，末了很深刻地总结道，时代变了，现在只要有钱，男人又可以娶三妻四妾了；女人则奇怪我母亲为什么不吵不闹，容忍他把小老婆带回家。我想，母亲对父亲早已心灰意冷，他干什么都无所谓了。

　　这种新的生活，比较让母亲心烦的是李小芳的叫床，这个女人叫床的声音，总是把母亲从睡梦中吵醒，母亲想象不出这种事，有什么值得这样大呼小叫的,她甚至觉着李小芳挺可怜的,那么要死要活地叫上半天,不累?有时还杀猪似的"啊!啊!啊!"尖叫起来,直叫得母亲心惊肉跳,再也无法安稳入睡。

这事,母亲私下里跟父亲交涉过,母亲说:"你们晚上做事,求你们声音小点。"

父亲涎着脸说:"你都听见的?"

"你们这样响,谁听不见,全村人都听见。"

"谁叫你听?你不会睡觉?"

"谁要听?我是被你们吵醒的。"

交涉虽然没结果,好在父亲和李小芳经常外出,不常住在家里,即便住在家里,这样的声音也渐渐地稀少了,父亲到底不是二十几岁的少年了。

也许就是这次交涉激怒了李小芳,父亲把这事告诉她,李小芳羞怒道:"讨厌。"

父亲得意道:"这样很好嘛,你不叫得这样响,我就不喜欢你了。"

"讨厌。"李小芳拉下脸说,"我不住这儿了。"

"不住这儿,住哪儿?"

"烦死了。"

"又发小孩子脾气。"父亲安慰说。

"谁发小孩子脾气。"李小芳沉默一会儿,终于说,"我要你离婚,让她搬出去。"

"听到就听到,这有什么关系,干吗要离婚?"

"不,我不要,我不想这样过下去了,你不离,我就走。"

"要离婚也好好说,干吗发脾气?"

父亲是经不起李小芳逼的,但离婚是大事,况且又这把年纪了,也不可轻易决定。最后又不能不决定,父亲有生以来第一次感到愧对母亲,干巴巴几乎是求母亲说:"我们离婚,怎么样?"

没想到母亲马上同意了:"离婚,好的。我也早想搬出去住了。"

父亲郑重其事的离婚大事,因为母亲的无所谓,竟变得异常简单。父亲倒是怕我反对，所以叫我回来，免得以后我不认他这个爹。这夜，父亲东拉西扯就是不敢跟我谈离婚的事，反而是李小芳勇敢，她看看我，严肃地说：

"你父母离婚，请不要怪我。"

我说："我不怪你。"

"我只是要个名分，其他都没关系。"

李小芳的"其他"大概是指财产吧。不等我回答，父亲赶紧接嘴道："对，只是个名分，其他都不变。我想你娘不要搬回老屋住，就住在这儿。"

李小芳说："我想也是。"

我想李小芳想的恐怕有点水分。母亲说："嗨，我要搬回老屋住，轻闲些。我已经服侍你一辈子了，我也该歇歇了，小芳，以后他就交给你了。"

母亲说完，眼角的皱纹动了几下，眼里竟发出光来，好像她是解脱了，突然解脱了。父亲就把目光移到我脸上，希望我表态。其实，只要母亲同意，我干吗要反对，又不是跟我离婚。再说一个男人能娶上小他一辈儿的女人，毕竟也不容易。

我说："好嘛，离婚好嘛，这样我就有两个娘了。"说得大家都笑起来，李小芳顺便把脸也红了。

事情算是解决了，但我心里还是有些沉重，夜里我睡不着，悄悄爬上楼顶，没想到母亲也站在楼顶上。我叫了声娘，她转过脸来，我还没看清她的脸，她就用双手捂住脸，抑制不住地抽泣起来了。我扶着她，劝慰道："离了就离了，你跟爸有什么好，还是离了好。"她点点头，虽然竭尽全力，还是无法止住抽泣，全身愈发地颤动不已，那抽泣好像完全控制了身体。母亲伤心成这样，我又能怎么办呢？

6

那夜，母亲回房后，我又爬上楼顶站了许久。周围是老屋的黑瓦背，月光落在上面，有淡淡的反光，黑瓦背下面偶尔传来几声孩子的夜哭，好像是无意中哭出了人生的痛苦。我漫无头绪地想着母亲、父亲、李小芳以及西地这个村子，后来我又想起了女老师林红。

林红是被那个时代送到西地来的，她的身份应该是"知识青年"，这是那个时代多数年轻人都无法逃避的命运。她进村最先遇见的人可能是我，那时我在村口碓房的水槽上放水玩，让流水哗哗驱动水轮。她立在老柳杉下，一身草绿色，黑辫子撂在胸前，脸是白色的，像月光一样透明、柔和，让人想到远方。我就忘了放水，呆呆地看她，她一定是父亲经常讲的城市女孩了。她问村子是不是就叫西地，我赶快点头说是。

她松口气，过来往下面看，下面是一挂瀑布和碓房，水槽就接在瀑口上，我站瀑口上放水玩让她吓坏了。"你怎么在这种地方玩，快上来。"她叫道。

看她慌兮兮的，我觉着好笑，不过我还是乖乖上来了。她又松口气，说："吓死人。"

"我天天在这儿玩。"

"以后不许上这儿玩。"

"这儿最好玩。"

"你这个野孩子，叫什么名字？"

我朝她笑笑，说："我知道你是谁。"

"你知道？我是谁？"

"你是女老师。"

"你怎么知道？"

"我就是知道。"村里早就传说有个女老师要来了。

"你今年几岁？"

"八岁。"

她上上下下地看我，笑道："八岁还穿开裆裤？"

"我一直穿开裆裤。"

"你知道八岁的小孩要干什么？"

"读书。"

"对，你想不想读书？"

"想。"

"好，以后就由我教你读书，好不好？"

"好。"

"说话算数，我们拉钩。"

说也有些怪，我对她有种难以言说的亲近感，好像早已熟悉，刚遇着她，就有说有笑，而且很听她话。在村里我不是这样，谁叫都无反应的。我迎接故人似的，蹦蹦跳跳领她进村，但是看见门楼光滑的石门槛，忽然兔子似的溜了，我不想让人知道我与女老师林红已经有了隐秘联系。

几天后，母亲让我脱下开裆裤，穿上裤子，临走塞两个红蛋给我手里，说，好好读书。父亲也拉我过去，随手卷走我手里一只红蛋，剥了塞自家嘴里，咕哝道："好好读书。"

母亲说："你怎么抢他红蛋吃。"

"蛋吃多了粘嘴，还会读书？"父亲又指着自己的手腕许愿，"呆瓜，你若读到高中毕业，这只手表，送你。"

我看也懒得看那只手表，搬了凳子一声不吭就走。有趣的是，父亲真记着当初的许诺，我高中毕业，他真的脱下手表送我。我虽憎恶过它，但毕竟是父亲引以为豪的珍稀之物，也就收了，只是从来不戴，至今放抽屉里，我讨厌手表将时间切得那么细。

学堂也就是村口的老祠堂，敬祖宗与读书合用，祖宗坐正厅，学生坐厢房。在山里野惯的孩子，也想尝尝读书的滋味，开学这天，都带了凳子，奔着、跑着去祠堂，满满坐了一屋。女老师林红见有那么多学生，很高兴，脸在黑板前移来移去，像天上的月亮。她在黑板上写了五个字，教我们念：毛主席万岁。这个我们早就学会了，觉着读书原来这么回事，非常简单。但临到正式学汉字，圆铅笔好像活的，总不听话，怎么画也不像，不觉泄气，凳子开始悄悄地搬走，几个月后，仅剩我一人。

女老师林红逐家逐户家访。家长们说，随他吧，爱读不读，反正不靠读书吃饭。女老师眼泪就在眼里浮动，家长们又赶紧补充说，老师，你书教得好，大家都知道，可惜孩子不是读书的命，你莫挂心上。女老师只剩我一个学生，又和我拉钩，说，呆瓜，你不能逃，说话算数。我使劲点头，她勉强笑笑，脸上露出些许慰藉，像有许多学生似的，上课照旧尽力高声说话，声音在空荡荡的祠堂里跑来跑去，孤寂落寞，听了让人鼻子酸涩。作业布置后，她便坐我对面用手托着下巴长时间发愣，或去外面溪滩上坐着凝视溪水流走，待她想着叫我，就是放学了。

当然，村人对她的教学水平是很怀疑的，说这么个孩子，在家里还吃奶呢，教什么书。等到期末考试，她带我去公社小学参加统考，得了第一名，他们才肃然起敬，后悔没有强迫孩子读书。不过，由于她从城里来，处处显得与村人不同，很长一段时间，大家对她倒蛮有兴趣，有空了就怪模怪样学她说话，拿她闲谈，说她看见公鸡趴母鸡身上，脸红得像红蛋，日日洗脚，脚丫子洗得比脸还白，上厕所用纸而不用篾片，见也没见过。

本来她住大队长伯良家，公家人来都住他家。一日，伯良老婆提出她应该住我家，因为她仅教我一人，也方便。这理由大概无可辩驳，伯良就安排她住我家。父亲以极大的热情腾出一间空房，特地赶往公社买了油光纸、糨糊和玻璃，平平整整地将焦黑的老房间糊得亮而且鲜，给窗户装上玻璃，还把自己玩的二胡挂壁上当装饰品。女老师林红过来发现布置一新的房间，感动得眼睛湿湿的，眼睫毛就像沾了露水的青草，立在眼眶边沿摇曳。

邻居跟了进来，看看又看看，开玩笑说："伯虎，房间打扮得这样新，是不是给呆瓜抬新娘？"

母亲难为情地说："家里狗窝似的，就怕人家老师住不惯呢。"

"怎么可以这样说。"女老师也难为情地说。

父亲嘿嘿笑着，恳切地说："林老师，你来村里教书，是呆瓜的福气，我无论如何要呆瓜跟你读书，以后就难为你了，他虽然不爱说话，我看书还是会读的。"

"我不教他还教谁？"女老师摸摸我脑门，问，"呆瓜，喜欢老师住你家不？"

我说："喜欢。"

女老师俯身说："喜欢跟老师一起住不？"

母亲吃惊说："呆瓜脏兮兮的，你怎么能跟他住？"

女老师说："以后我来照看他。"

我红了脸，仰头看女老师林红，忽然产生一种奇异的感觉，觉得身子在缓慢而又快速地升高，一直升到高过林红半头，我说，我长得这么高大了。她晕红了脸点头。我说，走吧。拉了她手便从窗口腾空而出，张开的手臂也就是翅膀，那一瞬间我就这样领着女老师林红飞了。

这样，上课也就不去祠堂，就在房间里。桌子太高，我蹲在老式太师椅上写字，她靠床上翻来覆去看自己带来的几本书，看厌了就教新课，课程进度比正规学校快了许多，没东西教时也教她自己看的书，比如一本《唐诗三百首》，她穿插着教，我虽不懂什么意思，但念着顺口，时间长了，差不多全都会背。天冷了，母亲生一炉火端来，我们就围在炉边念唐诗，那情景特别美好，炉火红红的，女老师的脸也映得红红的。课余父亲也进来烤火，天南地北给她讲自己闯荡江湖的经历，她听着听着，睁大了眼睛，惊奇地看他，父亲就有些不好意思，脸也被炉火烘得红红的。

女老师也帮着做家务，譬如提水喂猪烧火煮饭，虽然不比村人利索，但她乐意干，娱乐似的，欢喜得母亲逢人就说老师真好，天上掉下来的。我的衣服也是她洗的，还监督我洗脚洗澡，将我料理得干干净净，好像我也是城里来的。她实在对我太好了，以至于我忘了她是老师，敢拉她辫子缠着她讲故事，亲热得常遭父亲训斥。

以父亲的德行，平时见这等年轻的女性，肯定要动手动脚的，但女老师是他敬畏的公家人，与他差距甚大，在她面前，从来都很尊重的，也就是说说闲话，或者拉一段二胡给她听。父亲的二胡不知哪里学的，这一带乡间，几乎村村都有几人会拉二胡，也算是江南丝竹之遗韵吧。父亲擅长拟声，他拉出的开门声、关门声、鸟叫声和其他动物的叫声，几可乱真，常博得村人喝彩，瞎子阿炳的《二泉映月》也会拉，但拉得最好的曲子是当地一带流行很广的《小方青》。

女老师喜欢听父亲拉二胡，在那些漫长的夜晚，窗外月光是有的，女老师躺床上睡不着，就说："老吴，拉段二胡听听。"

父亲说："都睡了，还拉？"

"夜长，拉段听听吧。"

"二胡在你房间。"

女老师让我送去二胡，父亲就摸下床来，坐在黑暗里问，拉哪段？女老师说小方青求乞那段吧。父亲调几下弦，音乐就从指间流出，凄凉地穿过板壁，在房间里稍作停留，然后缓慢地走进窗外站满棕榈的月光地里。女老师起身坐着，目光期期艾艾地注视窗外，好像看着饥寒交迫的小方青步步走远。"好，好。"拉完一段，女老师动情地说，"二胡就在这样的夜晚最好听。"目光照旧期期艾艾地注视窗外。

有时，她声音低沉地问我："呆瓜，这样的夜晚，唐诗里怎么写？"

开始我不知道，问多了也就明白她问的是那个叫李白的人写的《静夜思》，便有板有眼摇头晃脑念：

床前明月光

疑是地上霜

举头望明月

低头思故乡

"对，对。"女老师低声说，"睡吧。"

7

这很像一场梦，就像那夜月光下面的老房子，我就是孩子梦中的一声夜哭。

父亲比先前恋家了许多，懒觉也睡得更多，生产队催他出工，就说病了。起床后自己泡点饭吃，而后无聊地踱出门楼，这时，村里男女老少上山的上山，下田的下田，闲着的几乎只有父亲一人。我虽不跟他背后，但也约略想象得出他的举动，他若有所思地看看石墙，看看棕榈，看看涌上山去的竹林，看多了越发若有所思，这时脚旁公鸡风流的咯咯声可能打断了他的思绪，低头去看，来了兴致，随即捡一根树枝，恶作剧地驱赶它们。公鸡寻欢未遂，更加蓬松了羽毛，冒着巨大风险再次接近母鸡，好在它们动作迅速，即便遭到干涉，也能在很短的空隙里完成好事。父亲看了，嘴角绽起一丝微笑，若有所悟地慢慢踱回房间，立背后看我写字读书，并且关心起我的身体，说小孩子整日关房间里闷头读书，要驼背的，就遣我出去玩耍。

我并不想出去玩耍，但也没办法。通常我去竹林里玩，松鼠似的蹿上竹竿，在上面竹枝间缠个结，屁股套进去弯下竹子，上下左右荡来荡去荡秋千。以前，我总是拖着女老师也来荡秋千，她坐上面提心吊胆的，很有趣，可是她渐渐不爱玩了，我一个人玩有些寂寞，隐隐觉着女老师有些不对，她不玩秋千，在家里与父亲待着干什么呢？我有点生她的气，有一次，就溜回家来探个究竟。房间是木板的，我踮着脚尖轻轻移动，趴在房门的缝隙间往里看，父亲和女老师站里面互相抱着，嘴和嘴互相接着，父亲背朝房门，女老师眼睛是闭的，他们忘乎所以地接嘴，嘴里发出舌头转动的响声。我不知道这是干什么，只觉着心里被毛茸茸的什么东西抚着，痒痒的，麻麻的，那时我不懂接嘴也是男女相悦的一种方式，村里的男女嘻嘻哈哈抓乳房摸屁股是常见的，但这样闭着眼睛接嘴我从未见过，就静静趴着看他们接嘴，女老师手吊在父亲脖子上，渐渐松弛开来，我突然感到一阵紧张，想尿尿，就憋着劲跑出去尿尿。

那几天，我被接嘴的欲望所折磨，既然女老师喜欢接嘴，我也想试试。我选择了隔壁的燕燕，因为她看上去干净，嘴唇儿红白分明。我跑去找燕燕说：

"燕燕，我教你念书好不好？"

"好。"燕燕笑眯眯说。

"上我房间，再教你。"

燕燕跟了来，我关上房门说："我们先玩一种游戏，再念书。"

"什么游戏？"

"接嘴。"

"好。"燕燕立那里仰了脸等我接嘴。

我说你过来。燕燕就过来。我说你伸手挂我脖子上。燕燕就伸手挂我脖子上。我说你闭上眼睛，燕燕就闭上眼睛。我说等接上嘴你伸舌头到我嘴里。燕燕说好。我就双手搂她接嘴，燕燕舌尖在我嘴里转来转去，尖尖的，暖暖的，嫩嫩的，有点痒，好像一种柔软甜美的食物进了嘴里，我尝出滋味，不觉咬了一口，燕燕张眼看我一下，立即又闭上，叫：

"啊啊，呆瓜咬我舌头，痛痛。"

我赶紧替她抹去眼泪，又擦她几下鼻子，说："别哭，快别哭，我教你念书。"

"痛痛，呆瓜咬我。"燕燕不理我，唱歌似的哭着回去。

这事大家只当作笑谈，女老师却相当严肃，第二日上课，她手里握一杆铅笔，指我额头说："呆瓜，你知道你做错了什么？"

我迷茫地看她，然后低头不语，她又拿铅笔指我说："你知道你做错了什么？"

我摇头表示不知道，女老师嘴角忍着笑意说："你还不知道，你昨天干吗找燕燕亲嘴？"

看她这般严肃，我才知道嘴是不可亲的，那么她干吗又和父亲亲嘴呢？我正在想，女老师笑了说："你干吗咬她舌头？"

我说："舌头好咬，就咬一下。"

"你怎么想到找人家亲嘴？"

我抬头看她，高兴说："我看见你和爸爸接嘴，我也想试试。"

女老师脸唰地红了，眼睛惊恐地躲开，我看着她侧着的脸、扭着的脖子和线条优美的耳朵，都红红的，很好看。我说："老师，接嘴不对吗？"

我听见她呼吸短而急，像一只挨打的虫子在鼻孔里窜来窜去。她伸手抓着自己的辫子胆怯地说："呆瓜，你在哪里看见？"

"在门缝里。"

"还有谁看见？"

"没有。"

"你告诉谁了？"

"没有。"

"你对谁都不能说，懂吗？"

"懂。"

"你要是说出去，老师就不能教你读书了。你想不想老师教你读书？"

"想。"

"那么我们拉钩。"

但是女老师的秘密还是被人知道了。

清明节后的一天，女老师有气无力不想上课，让我去玩。外面下着雨，雾气从竹林上面一排一排走进村子，然后慢慢散开，在棕榈间绕来绕去。我立屋檐下觉着雾气溜到了身上，湿湿的，细看却什么也没有。回房的时候，我听见房间里发出一种沉闷的呜呜声，停下细听，好像女老师在哭，开门一看，真是女老师在哭，她趴在床上蒙着被子，露一双脚在外面，被子随着她的哭泣而微微抖动。老师，老师！我低低叫了两声。她没有应。我不敢再叫，被子下面的哭泣让九岁的我不知所措，我不声不响退出房间，跑到楼下去找母亲。幸好下雨天母亲没有上山，正与邻居闲扯栏里的猪崽。我拉母亲回来偷偷说老师在房间里哭。

"她伤心呢。"进了房间，母亲掀去女老师蒙着的被子，立床前恭敬地说："老师，你莫放心里去，哭坏了我呆瓜谁教他读书？"

女老师转过身子，眼睛红红的，直直地看母亲一会儿，仰脸说：

"我对不起你。"

母亲柔声说："老师，这种事，莫放心里去，伯虎不找你，也找别人，猫都馋，哪有男人不馋的。你有什么对不起我？你住我家，伯虎他也恋家了许多，我应当感激你才是，看你模样儿像天上掉下的，连我都喜欢呢。"

女老师看母亲情真意切，毫无伤害她的意思，一时不知如何是好，又哽咽说："我对不起你。"母亲看看女老师，不好意思地说："老师，有件事想跟你商量，不知道你同意不同意？"

"什么事？"女老师撸一下头发，小心问。

母亲静默一会儿，笑笑说："老师，你一个城里人来我家，待呆瓜那么好，待我也那么好，我想也是缘分，不怕难为情，我早有个想法，想跟你结拜成姐妹，就像他们男人结拜兄弟，一辈子好，只是我这样一个山里人，不配与你做姐妹，所以一直不敢说。"母亲说着蹲下去征求老师意见，女老师随即扑母亲肩上失声痛哭。母亲感动得闭了眼睛听老师哭，眼泪也慢慢溢出，掉下来。

母亲和林红结拜姐妹，大概是她这辈子做过的最浪漫的事了。此后，她便不再随我叫老师，而是直呼其名，她确乎像对待姐妹一样对待林红，处处关怀备至，甚至考虑到她一个人寂寞难耐，主动要求父亲亲近她一些。现在想起，简直不可思议，但这样做反而使女老师冷淡了父亲，这是不是母亲原意，我不知道。我想母亲没那么复杂，她确实喜欢老师，甚至乐意与她共享自己的男人，如此而已。不久，女老师病了，时常恶心，每次母亲都俯她耳朵上问："来了没有？"

老师摇头，母亲又说："还没来，怕是真有了，都是那个剐千刀的。"

那时我不懂母亲问的"来了没有"是什么来了没有，但它显然很重要。母亲为此拧着父亲耳朵骂："都是你，要真有了，你叫她今后怎么嫁人？"

父亲搓着挨拧的耳朵，满不在乎地说："去医院流掉，现在有这种手术。"

母亲说："流掉？你说得轻巧，人家一个黄花闺女，不让人笑死！"

父亲嬉皮笑脸说："不流掉，难道生下来？"

女老师的病，是个秘密，母亲特别嘱咐我对谁也不要说。自女老师病后，父亲见她表情就讪讪的，也不大进房问候，好像故意躲着。过了近一个月，女老师决定上县城一趟，母亲让父亲陪她去，她不同意，母亲说自己陪她去，她也不同意。

那夜，母亲杀了一只正在产蛋的母鸡熬汤，又取出父亲带回珍藏多时的鹿茸，在她看来，天底下最滋补的莫过于鸡汤熬鹿茸。她把鸡汤和鹿茸装入陶罐里，放锅里用文火熬，倾听着锅里沸水滚动陶罐的噗噗声，神情专注而又生动，感觉火候差不多了，将汤汁倒入碗里，叫我拿灯，自己双手捧着端到女老师面前。

母亲说："一点药，你喝下。"

女老师看看碗里，认出是鸡汤，说："我不喝，你自己喝吧。"

"快趁热喝下，明天走路省力些。"

"我会走路，你自己喝。"

父亲说："她要你喝，就喝吧。"

女老师只得勉强喝下，母亲满意地看她喝完，接过碗说："依我看，明天还是让他陪你去，你一个人，我真不放心。"

女老师赶紧说："不要，真不要。"

我不知道林红是否就是这个晚上决定，永远离开西地。想来她要离开是必然的。即便她真的喜欢父亲，也不可能当着母亲的面，让她照顾着，心安理得地与她的男人好。她确实是决定离开了，睡觉的时候，她把我抱在怀里，悄悄问我：

"呆瓜，你喜欢老师不？"

"喜欢。"

"老师好看不？"

"好看。"

"要是老师走了，你想我不？"

"我想。"

"好了。睡吧。"

我躺下就睡,一点不懂这是告别。待我醒来,她就永远地消失了,她就这样离开了村子。父亲因了她的离去,越发地无聊了。其实,现在的李小芳何尝不是林红故事的延续,虽然她们是完全不同的两种人,但从故事的角度看,她们刚好是衔接的,或者她们是故事的两种可能性。

8

我还想说一说伯乐。我回到西地,最高兴的人似乎不是母亲,而是伯乐。伯乐当了民办教师后,便觉着自己是个知识分子了,与一般村民不是一个档次。这就有点麻烦,人,一旦觉着高人一等,高处不胜寒的境况是免不了的。伯乐就拥有了不少通常属于知识分子专利的孤独感,他大概引我为同类吧,我每次回家总是要找我谈谈。他确乎也与一般村民不同,村民一般不会想到永恒,他们活着就活着,然后入土为安。伯乐不是这样,他有很强的历史感,然后希望躺在历史里永恒。

他进入历史的办法应该说无可争议,就是修家谱。那天早上,刚吃过饭,伯乐就端着两本线装书从门楼里拐出来,他的脸色也像线装书一样苍黄,看上去很古。我知道他是找我的,赶紧迎上去说:"伯乐老师,吃过了?"

"吃过了。"

"两本什么书?"

"家谱。"伯乐庄严地说。

阳光被门楼切成两块,门槛是阴的,伯乐点了一支烟,摸摸屁股坐在石门槛上,慢条斯理介绍,旧的是老谱,新的是未完稿的新谱。我们赵姓三代未做家谱了,家谱这东西,意义非常重大,关系到千秋万代。我腿虽然瘸了,但还有点用处,做人一辈子,总得给后代留下点东西,家谱完成我也就心满意足了。呆瓜,你这个年龄可能还没有感觉,到我的岁数就感到非常重要了,人活一辈子,临头就是家谱里一行字，人总要进入历史才有意义。

伯乐说话的时候，苍黄的脸上升起一种历史学家的神圣感。我接过他小心递上的老谱，找一个石墩坐下翻看，扉页后面是祖宗画像，戴官帽，穿朝服，但并不威严，他在枯黄的纸上目光和蔼地注视我。他有三个老婆，十八个子女，括号里注着××迁往×处，××迁往×处。祖宗的繁殖能力让我惊讶，他大概在村里太没事干了，专门捣腾男女那档子事。再翻下去也都是代承谱系，谁是谁的儿子孙子重孙子，用黑线连着，一清二楚。我想起多年前村子的夜晚，觉着一清二楚的黑线令人生疑，起码也值得商榷。伯乐又送上新谱，并且翻到我的名字下面让我看，我看见自己名下有一行记述，毕业于××获××供职于×地任××，像是个人物。我的名字前面是父亲、母亲，再前面就全是死者，我挤他们下面，说不出的别扭，好像也死了很久。我说："活人也入谱的？"

伯乐遇到知音似的，快活地说："你内行人，问到点子上了，按老谱做法，活人不入谱，但这样容易造成断代，活人入谱，是新做法。"

我得感谢伯乐，这样我就提前进入了历史，提前获得了人生意义。我又翻了翻，看见伯乐名下标着几子几女，也有记述，而且是一大段，×年至×年当兵，×年至×年任教师，×年至×年经商，×年……复任教师，好像是个重要人物。我注意到他结扎后老婆生的孩子，没有列在自己名下，显然他不接受这个事实，也没有记载×年×月响应国家号召送去结扎，看来他对结扎也不那么自豪了。

伯乐拿家谱我看，是请我欣赏他的成果，有点炫耀的意思。等我欣赏完毕，他恍然大悟的样子，一拍大腿说："啊，我忘了上课。"说罢端着两本家谱一拐一拐地往村口祠堂赶去。

我想起他老婆在他结扎后生的孩子，想看个究竟，就上伯乐家。伯乐老婆见了我，热情地说，坐，坐。我见她身边并没有孩子，想问，又不好意思。伯乐老婆说，你爸离了？我说离了。伯乐老婆莫名其妙地笑了笑，让我很不理解，我爸离婚，有什么好笑的！后来我才知道她不是笑我爸离婚，她很聪明地说，你来是想看看孩子吧？我说，他在哪儿？伯乐老婆叹气说，可惜你见不着了。我说，怎么了？伯乐老婆说，卖了，被伯乐卖到厦门那边去了。我吃惊地说，你讲笑话。伯乐老婆忽然伤心起来，擦了几下鼻子说，是真的，伯乐嫌孩子不是他生的，就卖了。我说，有这种事，怎么可以卖孩子？伯乐老婆又擦几下鼻子，答非所问地说，买的那户人家很有钱，孩子在那边反比我自己养好，这样我也放心了。伯乐老婆仔细地看着我，忽然又不伤心了，说，呆瓜，孩子长得像你呢。我说，是吗？伯乐老婆看了看门外，见没有人，俯过身来压低声音悄悄问我，你都知道了吧？我说，什么啊？伯乐老婆说，孩子是你爸的。我张开嘴巴，就停在空中，不知说什么好。伯乐老婆却自然得很，一点羞耻感也没有，反而有点自豪似的。又说，不信，去问你爸。

就算是真的，我觉着也不该由伯乐老婆来告诉我，她和我父亲通奸，生下孩子来，毕竟不是光荣的事。她不羞，我还得替父亲羞，惭愧地退了出来。父亲是当事人，我不便问，我去问母亲。母亲点头说，昨天，我不好意思告诉你，你爸，他什么事干不出来。后来我才发现，这件事，除了我不知道，村里谁都知道，伯乐老婆确实也没有必要隐瞒。

伯乐听说他老婆生下来的孩子，是我父亲的种，气得差点吐出血来。这孩子是任何人的种，他也好受些，偏偏是伯虎的。俗话说，只可吃朋友的鸡，不可欺朋友的妻。伯虎和他既然好得像一粒米，怎么可以这样！伯乐就找我父亲声讨。

"听说那小杂种，是你的？"

"你老婆是这样说，我不太清楚。"

"你不是人。"

"别这样说，你以前不是也睡过别人的老婆。"父亲嘻嘻哈哈道。

"你们还生出杂种来。"

"她都四十多了，哪知道还会生？"

"你小心，总有一天要遭报应的。"

"要有报应，我们都早死了。"父亲又嘻嘻哈哈道。

父亲在村里又是村长又有钱，在伯乐看来，无疑是个恶霸，一时也找不到办法报复他。这就使他寝食难安，尤其是看见小杂种，总使他想起伯虎和自己老婆在他床上苟且的事，就觉着血往外涌。这种事，一般村民想想也就算了，若一时想不通，也不妨找个别人的老婆苟且一回，也弄出个小杂种，这样总可以想通了。但是，我想，伯乐不是一般的村民。他无论如何也无法将别人的老婆弄出孩子来，再说他对那种事早已没了兴趣，开始可能还有兴趣的，但就像父亲说的，结扎后不流那个还有什么劲，也不见得是女人觉得没劲，主要是自己觉得没劲，伯乐后来干脆就阳痿了，跟太监差不多。太监总是可怕的，最终，他没有弄死孩子，只是卖掉，已算很有恻隐之心。他在厦门一带开过牛肉铺，了解那一带有这种买卖。他把孩子带到厦门卖了回来，觉得狠狠报复了父亲，快乐地宣布：孩子卖了九千块钱。

伯乐卖孩子是经他老婆同意的，伯乐说："把小杂种卖了。"

伯乐老婆说："不卖。"

"不卖？不卖我就弄死他。"

"你敢。"

"我不敢？你等着瞧。"

伯乐老婆怕他来真的，也就同意了。

大概是伯乐扬言过要对孩子下毒手，父亲甚至怀疑孩子不是被他卖掉，而是被他谋杀。他以村长的身份叫来伯乐审问说："你把孩子卖了？"

伯乐理直气壮地说："我卖自己的孩子，你管得着？"

伯乐以为他老婆生的孩子，所有权当然归他。对此，父亲好像也没意见，气短地说："好了，你卖孩子，我不管，但是有人反映，你不是卖，而是杀了孩子。"

"放屁！可以卖钱的东西，我杀了，不可惜？！"

父亲可能也想不到，他的风流成果，别人可以拿去卖钱。他还是不太放心，根据伯乐提供的地址，专门去了一趟厦门，证实孩子确实在那边好好活着，才作罢。父亲对自己的种多少还是有点关心的。

9

父亲新婚之后，其事业也达到了人生的顶点。他在城里开了一家
参茸铺，批发兼零售，占领了相当的市场份额，同时他又是村里的村
长，领导着几百号村民脱贫致富奔小康。是个大忙人了，在城里、村
里来回流动，好像哪儿都少不了他。那时，他比以前竭力模仿的公社
干部可派头多了，经常一身名牌，比如皮尔·卡丹、金利来、堡狮龙，
手里提着小提包，里面装着"大哥大"，那砖头状的"大哥大"，在当
时是暴发户的标志。而且他又娶了一个小他一辈儿的李小芳，老夫少
妻，多么风光啊。

这样风光的生活，父亲过了三年，三年后再次离婚。这次离婚，
是李小芳打电话告诉我的。李小芳说，你父亲又在赌博。我说，是
的，他一直就在赌博。李小芳说，他把钱都赌光了。我说，都赌光
了？李小芳在电话那头突然很愤怒，说，我要跟你父亲离婚。

我又再次回到西地，我觉得很可笑，我总是在父亲离婚的时候
回到西地。但这回，父亲的变化很是出乎我的意料，父亲老了，老得
好像不能再老了。他看见我，也没什么表情，靠在椅子上，半闭了眼
睛，嘴巴来回嚅动着，不知在嚼什么东西，那样子很专注，大概就像
我小时的模样，似乎也是弱智的，除了嘴里的那点东西，他对嘴巴以
外的世界已经不感兴趣了。我说，你在吃什么？父亲停止了咀嚼，胀
了一下脖子，将嘴里的东西咽下去，说，黄豆。当时我也不知道黄豆
对他原来那么重要，也就不问了。

李小芳什么也没变，而父亲却变得这么老了，他们两个在一起，
确实不像一对夫妻，父亲倒更像是她的爷爷，起码也是父亲，李小芳
跟着这样的一个丈夫过日子，我也有点同情她。

她好像很需要我的理解，几乎是用恳求的口气说："我跟你父亲
离婚，你怎么想？"

我说："我没意见。"

李小芳又叹一口气说："我跟你父亲结婚，是一个错误。"

"是的。"

"我除了自己的衣服，什么也不要。"

其实，父亲除了那两间不能搬动的屋子，也没什么东西了。让李小芳那么愤怒的那次赌博，发生在半年前，父亲不但输光了身上的钱，作为暴发户标志的"大哥大"，连城里的参茸铺也输了，只得转手他人。

母亲对李小芳的离婚，颇有微词。母亲甚至义务替父亲当说客，劝了几次，但是李小芳不听。

母亲说："李小芳见你父亲老了，又不要他了。"

我说："嗯。"

"你父亲老得这么快，还不是她搞的。"

"嗯。"

"你父亲命也不好，这么老了还要离婚。"

母亲的意思是，李小芳是个狐狸精，吸光了父亲身上的精血，就不要他了。李小芳叫床的声音，在村里是很有名的，母亲即便搬回了老屋住，也听得见。但是，从某天开始，李小芳不叫了，不叫了的李小芳脾气就大，村人经常就听到他们的吵闹声。

李小芳说："别来了。"

父亲说："嗨，嗨嗨。"

"不能来，就别来了。"

"谁说我不能来了？"

"你是不是在外面乱来，回家就不行了。"

"要是那样，我就高兴了。"

"那怎么就没用了？"

"嗨嗨，会有用的。"

"烦死了。"

"唉……"

父亲在村里几乎成了一个笑话，大家都知道他那玩意儿不行了，那玩意儿不行，自然是很好笑的。三百多年前，冯梦龙在这一带当县令，就搜集过许多这方面的笑话。譬如他的《笑林广记》里有一则是这样的：一老翁年过花甲，犹欲娶妾。友人劝之曰，老兄年逾耳顺，精力渐衰，何必作此有名无实之事？老翁不悦曰，我老当益壮，汝何以知我有名无实，我偏要名实兼而有之。友曰，既要纳宠，未识要何等人？翁曰，我不要娇娆幼女，只要平常少妇。一要体胖，二要拳大，三要指尖，四要有七八个月身孕。友曰，老兄所要，令人不解。翁曰，六十非人不暖，体胖好给我暖身，拳大好与我捶腿，指尖好与我搔背。要七八个月身孕者，万一我一时高兴，恐那话疲软不举，好教他底下伸出小手儿来望里拉。

父亲是衰老了，父亲的衰老当然是从床上开始的，其实，谁的衰老又不是从床上开始的？父亲远不如笑话中的老翁那般机智，对他来说，别的东西没用了也就算了，那玩意儿没用了是万万不可的。父亲开始吃鹿鞭。他做鹿茸生意，吃鹿鞭很方便，他教李小芳用老酒炖。但鹿鞭也没帮上父亲什么忙，吃了老酒炖的鹿鞭，也未见它有什么威力，倒是老酒发挥了威力，把父亲醉得晕头晕脑。

那段时间，父亲吃了很多鹿鞭，每天夜里吃一次，村子里四处弥散着鹿鞭和老酒的气味。那时，他除了吃鹿鞭，对什么都不关心，生意也亏空了。而且这鹿鞭贵得很，就算父亲有点钱，长期也是吃不起的。李小芳就不再替父亲炖鹿鞭。

李小芳说："别吃了，这东西没用。"

父亲说："有用的，会有用的。"

"真别吃了，你把全世界的鹿鞭都吃下去，也没用的。"

"为什么？我就不信。"

"你老了，老了自然就没用了。"

父亲突然很恼火，大声说："我老了？你嫌我老了？"

李小芳被吓了一跳，也大声说："你这么大声干吗？"

父亲和李小芳吵架，就是很平常的事了。我想，我的父亲，李小芳以前确实蛮喜欢的，但是，那玩意儿不行以后，他就像变了个人，显出一副老态来，而且脾气也坏了。李小芳觉着越来越难忍了，尤其是晚上，父亲肯定一如既往，在她身体的那些敏感部位动来动去，最后又一事无成，这样的男人确实叫人生气。父亲也知道问题出在哪儿，但他没有办法。他心里应该是伤感的，他伤感得又重新发现了墙上挂着的二胡。他是否蓦然想起了女老师林红？我没有问他。不管怎样，那次他和李小芳致命的吵架，是由二胡引发的。那天，父亲取下二胡，随手拉了起来。

哆咪，哆咪。

哆咪，哆咪。

哆咪哆哆咪哆……

这二胡久置不用，走调了，音质沙哑带着哭腔。李小芳听了，烦躁道：“别拉好不好，吵死了。”

父亲讨好道：“我拉支曲子你听，我拉得很好的。”

“我知道你拉得好，但是二胡坏了。”

“你怎么知道坏了？”

“我又不是聋子，你听它的声音就像是哭。”

“是吗？”

“就像一个老人在哭。”

父亲一听，脸就变了，他觉着李小芳是在拐弯抹角骂他，摔下二胡怒道：“你嫌我老，就直说嘛。”

“我没这个意思，你神经过敏。”

李小芳可能确实是无意的，但那天，父亲气得离家出走了。三天以后才回来，那三天他在城里某个赌场度过。俗话说，情场失意，赌场得意。父亲受了老婆的气，照理应该赢钱的。但这回俗话显然没有说对，他输惨了。命运其实也是公平的，既然你连身边这么好的女人都无法受用，还让你赢钱干吗？父亲落魄地回到西地。当李小芳得知他输得这么惨，险些晕了过去。父亲老着脸说，你要骂，就骂吧。父亲说，钱，我会赚回来的。父亲说，你放心，我保证你不缺钱花。父亲说，不就是输钱吗？生那么大气干吗，我求你了，我给你跪下。尽管父亲愿下跪求饶，但李小芳就是不理他。

我以为父亲半年前的那次赌博，直接导致了离婚，李小芳在电话里也是这么说的。应该说，这已经是个相当不错的离婚理由。但是，在我回来的第二日，李小芳又把这个理由否定了。李小芳虽然还没与父亲正式离婚，但她见我并不偏袒父亲，还支持她离婚，就把我当作了朋友，而不再是后娘。她卸下了后娘的头衔，和我相处起来就自然多了。

李小芳说："你是不是认为，你父亲把钱输光了，我就跟他离婚？"

我说："很多人都会这样想的。"

"其实我不是欺贫爱富的那种人，不是的，再说你父亲也不穷。"李小芳咬了一下嘴唇说，"实际上，我是受不了他的一个臭毛病。"

"什么臭毛病？"

"也不是臭毛病，但我真的受不了，他天天一早醒来，就靠在床上嚼生黄豆。"

"他干吗嚼生黄豆？"

李小芳暧昧地笑笑，说："你去问你父亲吧。"

后来我才知道，原来是父亲不知哪里听来一则秘方，说每天清早嚼二十一颗生黄豆，嚼上九九八十一天，便可恢复性功能。城里一对老夫少妻，用此秘方后，少妻还斗不过老夫呢。父亲就在床头放了许多生黄豆，每天醒来，数二十一颗黄豆来嚼。这数字大概是十分要紧的，不能二十颗，也不能二十二颗。父亲一边嚼一边数，一颗，二颗，三颗……生黄豆硬得很，得提起精神，咬紧牙关，父亲嘴里便发出老鼠咬板壁的沙沙声。李小芳受不了的就是这种声音，另外还要加上父亲嚼生黄豆时的形象，因为牙齿的运动，父亲满脸的皱纹就像无数的蚯蚓，在脸上扭动、滚动、爬动，那样子确乎丑陋，也许还有点恶心。李小芳开头还忍着，但父亲嚼生黄豆的声音，每天都把她吵醒，李小芳说：

"别嚼了，声音难听死啦。"

父亲说："好听，我觉着很好听。"

"要嚼，你一个人上别处嚼，别在床上嚼。"

"秘方说，一定要看着老婆嚼，才有效。"

"放屁，我真的受不了啦。"

父亲也生气了，说："你以为生黄豆好吃？我这样，还不是为了你。"

李小芳轻蔑地说："哼，你以为几颗生黄豆，救得了你。"

李小芳轻蔑的表情，大概很使父亲受到伤害，父亲恼怒地说："我就不信，我不但要操你，还要操你妈。"

就在这次吵架之后，李小芳终于决定与我父亲离婚。

李小芳说："我跟你父亲离婚了，跟你也就没关系了，但是，我不想一个人走，你能送送我吗？"

我说："那当然。"

李小芳就很感激地看着我，看得我都不好意思起来。我想，李小芳如果不是我父亲的老婆，她可能会趴到我肩上谢我的。

我送走李小芳后，我也走了。听说，我们走的那天晚上，父亲躲在房间里，突然放声大哭。声音苍凉、恐怖，就像鬼哭，也许比鬼哭还苍凉、恐怖，他把村人全都吵醒了，把孩子吓得来不及醒来，在梦里就哭了，甚至村里养的狗，也被惊吓得跟着狂吠不已。那是我父亲有生以来唯一的一次痛哭，不过，我是听说的，也许有点夸张吧。

李小芳的离去，对他打击确实很大。此后，父亲意气消沉，全没了往日的精神，连他的仪表也不关心了，经常胡子拉碴，头发凌乱，而且渐渐花白了，身上的名牌服装也不复有名牌的风采，衣领上还滴着油渍。

但他还坚持嚼生黄豆，并且成了一种习惯，只是不再靠在床上嚼，而是数二十一颗生黄豆捏手心里，一边嚼一边在村子里逛来逛去。清晨是美好的，公鸡破晓的余音还在村子里缭绕，麻雀叽叽喳喳的像聒噪的妇女，从这棵棕榈跳到那棵棕榈，然后黑瓦背上就渐次浮起了炊烟。不过，这些对父亲意义不大，他只记着手里的生黄豆。这时，他往往要遇上我母亲，母亲闻见他嘴里生黄豆的气味，便问：

"你吃什么？"

“黄豆。”

“黄豆不是这种气味。”

“生的。”

“干吗吃生的？”

“生的好吃。”

母亲以为是没人烧饭他才吃生的，说：“没地方吃饭，来我家吃。”

“嗯。”

后来，母亲看他每天都这样嚼生黄豆，觉着他是有毛病，再说以前他是从来不早起的，也不这样邋遢的。母亲又有点可怜他，就在心里咒骂李小芳，弄成这样，都是那小妖精害的。

父亲再次离婚后，村人都很幸灾乐祸，说老夫少妻有悖天理，终是不长久的。幸灾乐祸之后，大家就劝我父母复婚，劝了几次，双方都同意了。这样，我家又恢复了圆满。

后　记

父亲死于 1997 年，也就是香港回归那年。父亲丧失性功能后，死亡就时常挂在了嘴上，别人请他拉二胡，父亲说，拉不动，手死了。别人叫他下象棋，父亲说，不下，脑死了。别人拉他合伙做生意，父亲说，我老了，还做什么生意，只欠一死。只有赌博，偶尔还凑凑热闹，熬了夜回来，面色蜡黄，眼珠灰黄，连撒的尿也血黄，又是喊死连天，也不见有什么乐趣。他似乎感到了生命正在离他而去。他请人做了两副棺材，一副归他，一副留给母亲。又请人在山上造好了坟墓。父亲确乎只欠一死了。

其实也不然，父亲虽然觉着自己老了，手死了脑也死了，实际上他的心还没死，手啊脑啊不过是受到打击后的假死。当父亲又听来一则秘方，说用活蜈蚣泡白酒，泡七七四十九天，然后早晚各喝一杯，喝七七四十九天，便可金枪不倒，御女无数。父亲又马上跃跃欲试了，也不问一问泡制的具体方法、用量，就想当然自制蜈蚣酒。西地山上蜈蚣有的是，父亲以十元一条的价格收购，村人以为他做蜈蚣生意，很快上山捉得一百多条蜈蚣，父亲觉着数量够了，便如数倒入酒坛里。母亲说，你做什么啊？父亲只是神秘地笑笑，不将秘密告诉她。四十九天后，父亲喝了自制的蜈蚣酒，当夜毒发身亡。

蜈蚣剧毒，父亲是知道的，据说他也知道用此秘方极其痛苦。开始蜈蚣毒性散发，全身毒疮迸发，既痛且痒，至四十九天后痊愈才大功告成。父亲舍身求性，愿意忍受四十九天的痛和痒，让我深为感动，毕竟这是对衰老堪称顽强的抵抗。

父亲最终死在对性的渴求上，也算死得其所。一年后，美国人制造出一种名叫"伟哥"的蓝色药片儿，效果奇佳。我深为父亲惋惜，美国人若是早一年制造出这玩意儿，父亲也不用以身试毒了。

妹妹来了，我有点不安。几天前，我母亲
打电话来说，方圆要来你那儿开发廊……

发廊

WUXUAN

ZIXUANJI

XUANBAI

1

妹妹来了，我有点不安。几天前，我母亲打电话来说，方圆要来你那儿开发廊。不等我回答，她就高兴地说，来你那儿好，有你照顾，在别地，我也不放心。母亲确实是不放心，因为开发廊，警察经常要抓。来我这儿，她就放心了，她一点也不觉着开发廊有什么不妥。然而，我感到不安。

我的不安是由发廊这个词引起的。大家都知道，发廊这个词不干净，在 20 世纪的 90 年代，可能从 80 年代就开始了，发廊几乎是色情的代名词，发廊从事的并不是理发，或者说不仅仅是理发，发廊最重要的内容是按摩。其实，按摩也不见得就是色情的，在理论上它只是离色情比较近，按摩也完全可以不是色情的，就像当官，也不一定都是贪污受贿的。当然，这是我的愿望。我想，同时也是许多人的愿望，就我所知，在许多地方，发廊都像卖烟酒糖酱醋油盐的小卖店一样普及。按摩是一种日常生活，中国人需要按摩。许多人的妹妹、妻子、母亲、女儿，从事着按摩业，就像我的妹妹，开发廊。

　　我的妹妹方圆从十六岁开始进入发廊，先是受雇于人，然后自己当老板，先后到过深圳、珠海、汕头、广州、厦门、宁波、上海、南京、青岛、北京、大连。这些地方离我都很远，我也就没什么感觉，除了老婆，别人也不知道我有个妹妹，而且她也不知道妹妹是开发廊的。现在她要来我这儿开发廊，我就有点不安了。就是说我并不希望我的妹妹开发廊，至少是别在我这儿开发廊。

　　妹妹是带着妹夫李培林一起来的。我看见她的时候，有些陌生，她比以前好看了，好看得我觉着有些陌生。她长着一张娃娃脸，看上去总比实际年龄要小，只是生来鼻子有点塌，整张脸因此显得扁平。十七岁那年，她从广州回来，鼻子突然隆高了，眼睛也从单眼皮变成了双眼皮，弄得连我母亲也差点不认识。那是妹妹第一次给我带来的陌生感。应该说整容非常成功，好像她的鼻子本来就这么高、这么挺，我早已想不起她原来塌鼻是什么样子。这回，她的五官并没有什么变化，那陌生感完全是一种感觉，一种难以名状被称作气质的东西，她确实越来越漂亮，脱尽了乡气，成长为都市里的时髦女郎了。大约这也是一种规律，妹妹开发廊，总是越漂亮越能招揽生意，你想不漂亮恐怕也不行，有人已经开始预言了，未来的社会将是漂亮者生存的社会。那么我的妹妹也算领到了未来社会的生存证。这也证明了达尔文他老人家"物竞天择、适者生存"的进化论，是有道理的。妹夫李培林似乎没什么变化，还是一副民工进城的模样，他的脸上依旧写着城市与乡村之间的巨大差别。我想，也不是他拒绝进化，而是他不需要进化。开发廊，男人其实没多少用处。这样，我的妹妹和李培林走在一起，就不那么般配，刻薄一点说，就是鲜花插在牛粪上。这样说可能过分了，我的妹妹也没有这种想法，其实，李培林长得相当不错的，块头也不小，身高一米七五，体重估计在七十五公斤以上。

　　妹妹说，嫂子呢？

　　我说，上班。

　　妹妹说，我还没见过嫂子。

　　我说，等下就见到了。

我不想让老婆知道我的妹妹是开发廊的。我看了看妹妹，又看了看李培林，说，等下嫂子来了，你们不要告诉她是来开发廊的。

妹妹说，为什么？

我说，不为什么，她对发廊印象不好，有意见。

妹妹就很奇怪地看着我，她显然不懂我的意思。我又说，你们来这儿开发廊，有生意吗？

妹妹兴奋地说，有。我们村的晓秋在这儿开了一间，表妹米燕也来这儿开了一间，她们都说生意很好，就是她们叫我来的。

我说，那我能为你们做点什么？

妹妹说，不用，明天我们去租房子，他留下来装修，我回去找工人。

我说，工人？什么工人？

妹妹说，就是洗头的、敲背的工人，现在大家都开发廊，工人很难找。

妹妹把按摩女称作工人，我觉着有点滑稽。后来我才知道她们都是这么称呼的，我不太清楚这种称呼的来历，大约与女权主义无关，我妹妹甚至不知道有女权主义这样的一个词。与西方一些国家承认妓女的合法地位，把妓女称作性产业工人，大约也无关。如果有关，大约也是无意识的，她们只不过是这样称呼而已。

老婆没见过妹妹，回来见我和一个陌生女人坐在一起，很警觉地觑了两眼，等妹妹起身叫嫂子，她才想起那是我妹妹，惊奇地说，妹妹，你是妹妹，原来妹妹这么漂亮的。说得我妹妹脸都红起来，然后老婆又看了看李培林，迟疑着说，是妹夫吧。李培林说，嗯，嗯。老婆的脸上就掠过了一丝疑惑，那意思隐约是他怎么是妹夫？幸好李培林并不善于察言观色，没看出来。

客套了几句，老婆又记起自己的后背，做了一个痛苦的表情，朝我嚷道，背疼，疼死了。一年前，老婆提前得了本来老年人才得的骨质增生病，每天都要嚷无数遍的背疼，疼死了，而且对生活也丧失了兴趣，好像生活除了背疼，就没有别的什么了。我照例说，帮你摸摸。老婆说，好的。妹妹忽然很高兴地从沙发上起来，说，嫂子，你背疼，我帮你敲。老婆觉得她是客人，不合适，说，你坐着，让他敲。妹妹说，我帮你敲，我比哥敲得好。说着妹妹拉了老婆的手，突然就不再陌生了。我说，没关系的，让她敲吧。

老婆进卧室卧着，让妹妹敲背，不一会儿，老婆说，舒服，很舒服啊。敲了背出来，老婆赞叹说：

妹妹敲得好，比你好多了。

我说，那当然。

老婆又问妹妹，你学过的？

妹妹说，学过。

老婆说，好，你多住几天，帮我多敲几次背。

妹妹说，我不走，我来这儿开发廊，我每天来帮你敲一次。

妹妹见我老婆那么满意，就忘了我的警告，老婆果然惊了一下，说，开发廊？

妹妹一点也不觉着开发廊有什么好吃惊的，说，开发廊。

夜里，老婆又问我，你妹妹是开发廊的？

我说，开发廊的。

老婆说，怎么是开发廊的？

我说，就是开发廊的。

老婆说，听说发廊里有……那些事。

我说，也不是所有发廊都有那些事，也有正常的，他们俩夫妻一起开，能有什么事？

老婆想想也是，也就放心了，再说她也喜欢我的妹妹。

2

妹妹开的发廊并不理发，它只洗头和按摩，这样的发廊通常开在城市的边缘或者车站附近。妹妹的发廊就在车站背后的一条小巷里，若不是她在那儿开发廊，我还不知道有那样的一条小巷。当然，它跟别的小巷也没什么两样，两旁都是单间的民房，底层临街的都是店面。妹妹在那儿开发廊，是因为我们村的晓秋和表妹米燕已经在那儿开了发廊，开发廊的总是聚集一处，以形成规模效应。不久，那小巷里发廊就越来越多，光景便与别处大为不同，可以称为发廊一条街了，那小巷也就以发廊街闻名于这城市，开出租车的、骑三轮车的都知道把按摩的客人送到那儿。

在那儿开发廊的大半是我村里的，村里三十岁以下的女人差不多都来了，男人来的则少一些。开发廊毕竟是女人的活，男人的用处也就是当保镖和打杂，一间发廊有一个男人也就够了，而且男人在店里晃来晃去会影响生意。所以，男人都躲在发廊的背后，在店里是看不见男人的，只有当顾客和工人发生争端，或者流氓地痞前来肇事，男人们才成群出现。

那儿的发廊虽然也有自己的名字，比如丽丝、丽丽、凤尾、小燕子，其实，每一间都是雷同的，玻璃门进去是店面，一面墙上安着镜子，镜子下面一排长柜，上面摆着各种牌子的洗发液，另一面墙上通常贴着几张美人图，坐在镜子前面洗头，刚好可以看见墙上的美人在镜子里朝你抛媚眼。里间就是按摩房了，摆两张按摩床，灯是红色的，窗帘是遮光的，气氛有点暧昧。这样的发廊看上去是简陋了些，但房租、装修、空调、音响，加在一起，投资也得两万左右，我村里并不是谁都能拿出两万元，开一间发廊自己当老板，当不了老板的就只有当工人了。

"小燕子"就是我妹妹开的发廊，她回家找了两名工人：一个是邻村的，才十五岁，一个是我们的远房堂妹，十七岁，虽然不及我妹妹漂亮，但都很年轻，所以生意还是不错的。

发廊从中午开到夜里两点，早上不开门，早上的发廊街是很安静的。中午之后，工人和老板娘们把脸贴在玻璃门上，严密注视着街上的动静，有的干脆踱到门外，摆着礼仪小姐的姿态，嘴里又不合礼仪地嗑着瓜子，隔着一间店面互相说着闲话，凡有顾客进来，便引起一阵骚动，一齐将目光投他身上，就像一群苍蝇看见一块肉，嗡嗡嗡的兴奋不已，直到顾客走进某间发廊，才又恢复平静，嘴里继续嗑着瓜子，等候下一个顾客。入夜，街上的灯亮了，各家门前挂的一串串小灯泡，也发出明明灭灭的红光，街上的光线就变得复杂而且混乱，各家发廊播放的流行歌曲，也一齐窜到街上，好像所有的流行歌星都集中到了此处，在进行一场没有任何组织的比赛，街上的声音又比光线更加复杂而且混乱，让人感到晕眩。

发廊街离我的住处很近，仅一街之隔，走路也就十分钟，大概就是这种距离，它在我心里投下了浓重的阴影，我看见我的乡亲姐妹们开发廊，总是说不出的别扭，可能还有点拂之不去的悲哀。很久之后，在我见惯了、习以为常了，我才不得不承认那就是她们选择的生活，既然她们愿意这样生活，我有什么可说的。

发廊街我是不能不去的，那儿有我的妹妹、妹夫、表妹、堂妹，还有我的堂哥、堂弟、表姑、表舅、邻居和童年的玩伴。我走进发廊街，就像回到了故乡，她们都热烈地跟我打招呼，盛情邀我进她们的店里坐坐，都说有我在，她们就放心多了。这让我很是惭愧，我不过是这城里某中学的历史教师，若有什么事，怕是一点忙也帮不上，我甚至连个警察也不认识。如果我是警察，或许还能保护她们，因为我不是警察，我母亲至今还在后悔，不止一次问我当初上大学为什么读师范当老师，而不读警察学校。若是我早知道我的乡亲姐妹们现在都开发廊，我想我会选择警察学校的，而不去为人师表读什么狗屁师范了。

我走进发廊街，就像回到了故乡。这感觉其实有点问题。我的故乡西地，事实上，比发廊街差远了，它离这儿很远，在大山里面，它现在的样子相当破败，仿佛挂在山上的一个废弃的鸟巢。我的乡亲姐妹们在那个破巢里养到十四五岁，便飞到城市里觅食，她们就像候鸟，一年回家一次，就是过年那几天。本来，西地和发廊毫无关系，就我所知，西地世世代代只出产农夫、农妇、木匠、篾匠、石匠、铁匠、油漆匠，教书匠也有的，甚至有巫师和阴阳先生，但没听说过发廊和按摩，西地成为一个发廊专业村，是从晓秋开始的，历史总喜欢把神圣的使命交给一些最卑贱的人，几年前，那个一点也不起眼的小姑娘晓秋，不经意间就完全改写了西地的历史。

晓秋家曾是西地村最穷的人家，她母亲有点傻，父亲是瘸腿的，她的两个弟弟经常拖着鼻涕，和村里的狗一起，站在别人家的桌沿底下讨饭吃。晓秋十五岁那年进城当了小保姆，一年后被人带到深圳的发廊里当工人，好像那儿遍地都是钱，可以随手捡的，晓秋每月给家里寄钱，一千至三千不等。一年下来，她家翻身了，晓秋她娘，原来村人都觉着她有点傻，但现在有了钱，大家也就不觉得她傻了，见面都恭维她肚子争气，生的晓秋哪是个女儿？简直就是生了个银行。更让村人吃惊的是，晓秋过年回家，大家几乎认不出来了，都以为眼前的这个人不可能是晓秋，一定是自己的眼睛出了问题：大家印象中的晓秋是个瘦猴，衣服穿得破破烂烂，脸也脏兮兮的，根本还不像个人，而现在的晓秋，脸白唇红，脖子上挂着珍珠项链，还穿上了价值三千多元的皮大衣。尤其是她的表情、眼神，一点也不像西地一带的女孩子，看上去很媚，很讨人喜欢。晓秋身上的巨大变化，无疑比她寄回家的钱更有震撼力，特别是对同龄的女孩，谁不想去深圳走走，不只可以寄钱回家，更重要的是也可以变得像晓秋一样漂亮。

晓秋成了村里的榜样，那年过年，我的妹妹方圆天天围着她转，就像她的侍从，而且笨拙地学着她的每一个动作和姿势。晓秋涂着口红和眼影，方圆也让晓秋帮她涂上口红和眼影，弄得整张脸不伦不类的，好像她的嘴和眼睛已提前去了一趟深圳回来，而其余的部位都没变，那涂了口红的嘴和涂了眼影的眼睛，在脸上就神气十足，看不起其余的部位了。不久，晓秋在深圳的工作，她也清楚了，也就是洗洗头、敲敲背，经常还有男人请她出去吃夜宵、喝啤酒。

方圆说，洗头我也会，但是，敲背怎么敲？

晓秋说，很简单，骑在男人身上，拿起拳头乱敲就行了。

方圆说，骑男人身上？男人让你骑？

晓秋说，让你骑，还可以用脚踩。

方圆说，用脚踩？踩伤了怎么办？

晓秋说，不会，只用一点力气。

方圆说，你那么重踩上去，你不用力气，人家也会受伤的。

晓秋说，我双手是挂在吊环上的，不是全踩在人家身上。

方圆说，真有意思，你这样踩人家一顿，人家还给你钱？

晓秋说，那当然。

方圆说，人家还请你吃饭？

晓秋说，有些男人请，有些也不请。

方圆说，那……你看我行不？

晓秋说，行。

方圆说，那，我跟你去。

晓秋说，你想去？

方圆说，想。

那年过年，方圆的心思就是盘算着怎样跟晓秋去深圳。对此，我母亲满心欢喜，希望方圆也像晓秋一样，以后每月给家里寄钱。我父亲则不无忧虑，因为方圆已经许配给邻村的周作勇当老婆，收了人家五千元礼金。现在，方圆要去深圳，应该征求她婆家的意见。我父亲觉着收了人家的钱，女儿就是人家的了，人家若是不同意，就不能去，有再多的钱也只能让别人去赚。我妹妹对这门亲事本来是默许的，若不去深圳，肯定就是周作勇的老婆了。但她一心想着去深圳，听父亲说要征求婆家意见，她就很生气，好像婆家一定反对她去深圳似的。方圆说，我又没嫁过去，他们管得着？父亲说，你总要嫁过去的，当然得征求他们意见。方圆说，他们敢不同意，我就不嫁。

其实，方圆只是在耍小孩子脾气，她的担心也是多余的，她婆家一点意见也没有。过了年，我妹妹方圆和村里的几个女孩，便欢天喜地跟晓秋去了深圳。

3

老实说，那时我并不知道发廊是与色情相关的，在我最初的印象里，发廊改变了我妹妹的命运，乃至全村所有女性的命运。通过发廊，女人可以赚钱，而且比男人赚得多，我妹妹一个月寄回家的钱，就比我父亲一年劳作赚得还多。后来，村里凡有女儿的，日子过得大多不错。从此，村人再也没有理由重男轻女，反而是不重生男重生女了。还有一个近乎笑话的真实故事，村里的一个妇女，突然伤心痛哭，村人问她什么事这般伤心，那妇女伤心地说，她想起十五年前一生下来就被扔进尿桶淹死的女儿了，当时若不淹死，她现在也可以去发廊里当工人，替家里赚钱了。

对于我妹妹方圆来说，去发廊当工人，并非想为家里赚钱，那时她才十六岁，家庭责任感还很淡薄，再说这个家庭也不该由她来负责。她是在晓秋身上看见了一种她所向往的生活。她在深圳显然比在西地过得愉快，那时村里没有电话，她勉强能写几个字，每月给家里写一封信，都是同样的几句话：爸爸，妈妈，你们身体好吗？我身体很好，其他也很好，请别挂念。她的愉快找不到适当的词向父母表达，大概是唯一比较苦恼的。过年回家，她变得和晓秋差不多一样漂亮了，她的艳名很快传到了婆家耳里，也知道这一年她替家里赚了不少钱，这样既漂亮又会赚钱的媳妇，自然是尽早过门为好。她婆家就来商议婚嫁的事，方圆见了未来的婆婆，再也不脸红了，说，我才十六岁，结什么婚呀？她婆婆说，孩子，大家都是这个年龄结婚的，我十五岁比你还小就结婚了呢。方圆说，我不结，我明年去广州，跟人约好了的。她婆婆说，你结了婚照样可以去广州，你跟作勇一起去不是更好？方圆说，我不要。方圆说完就溜走了，我母亲也不想让她结婚，原因倒不是嫌她年龄小，早婚，而是一结了婚，方圆赚的钱就归她婆家，而不归我家了，既然方圆自己不同意结婚，我母亲再高兴不过了，说方圆确实还小，明年再说吧。

明年，出乎大家的意料，方圆带回来了一个男人。方圆是挽着男人的手回到家里的，家里的光线可能比较暗，我母亲看了看他们，疑惑说，你们找谁？方圆笑着说，是我，妈，是我呀。我母亲又看了看方圆，摇头说，你是哪儿来的闺女？跟我家方圆真是很像，但你不是方圆，你的鼻梁比她高。方圆得意地说，我的鼻梁比原来好看吧？我母亲说，你……你真是方圆？你的鼻梁怎么变高了？我母亲查清了方圆鼻梁变高的秘密后，不得不大大惊叹一番，惊叹之后才发现方圆是挽着一个陌生男人回家的。刚才以为她不是方圆，也就不在意她挽着谁，现在确认了她就是方圆，我母亲就不能不关注方圆挽着的陌生男人了，她让陌生男人坐着，把方圆叫到了房间里。

母亲说，那个男人是谁？

方圆说，男朋友。

母亲说，男朋友？什么男朋友？

方圆说，就是男朋友。

母亲说，你跟他好了？

方圆说，好了。

母亲说，这怎么行，你已经许配给人家了。

方圆说，我自己找到男朋友了，我不要了。

母亲说，人家又没做对不起你的事，你怎能不要，做人要讲良心。

方圆不知道良心怎么讲，就不讲了。我母亲又说，你在城里待坏了，早知道这样，我去年就把你嫁人了。

方圆带回家的陌生男人就是李培林，我父母虽然不接受他，但还是把他当作客人，实际上，我父母拿他们也没办法，方圆现在是家里的经济支柱，惹恼了她，她跟李培林跑了也不是没有可能。我父母极为小心地询问了李培林的一些背景，原来他就是邻村的，也在广州开发廊。我父母一听他是开发廊的，脸上就有了笑容，在他们看来，发廊就相当于银行，有个开发廊的女婿当然是求之不得的了。只是方圆已经许人，还收了人家的钱，也不能说退就退，这边又已生米煮成熟饭，我父母感到十分为难，就不断地唉声叹气。

方圆说，我回家，你们不高兴啊？

母亲说，怎么不高兴，可是你带了一个男人回家，叫我们怎么办？

方圆说，妈，你是不是觉得我带来的男人，比你们找的要好？

母亲说，好是好，可是……

方圆说，就是了嘛，明年我们一起开发廊，每月给你寄钱。

方圆的许诺是很有吸引力的，我母亲也就不说什么了。其实，退婚也不难，就是叫媒人把钱送回去，然后再挨对方一顿臭骂。不过，我家的声誉还是受到了影响，主要还不是退婚，而是方圆和李培林同居，这种未婚而同居的男女关系，村人当时还很不习惯，也算是我妹妹方圆率先引进的吧。我母亲是安排方圆和李培林睡两个房间的，但第二天却发现他们睡在同一间房里，方圆也一点不羞，好像他们是老夫老妻了，倒是把我母亲羞得脸红了。我母亲说，啧啧……你们……啧啧……方圆满不在乎说，妈，都什么年头了，现在城里都这样。既然城里都这样，我母亲也就没什么说的了。

　　乡村其实不过是城市的影子，城市走到哪里它也跟到哪里。西地本来对性就相当宽松的，尽管它也在礼教治下，但礼教似乎没工夫管这么偏远的乡村的闲事，所以西地的性生活很是古朴，近乎原始。但这宽松也仅限于已婚妇女，对未婚少女还是有管教的。像我妹妹这样带着男人回来，未婚同居是要受到嘲笑的。

　　方圆在外混了两年，已不太适应西地的生活，若不是带了个男人回家，她在家里也许根本待不下去。那年过年，她大半时间都躲在房间里替李培林按摩，然后做爱。很久以后我才知道，按摩成了他们性生活的一部分，或许还是最重要的一部分，李培林必须先按摩然后做爱，若不按摩，他就无法做爱。说真的，在西地，除了做爱，确实也没有别的像样的娱乐，就是做爱，条件也是很差的，房子是破旧的木房子，床也是破旧的木床，一运动，不只床，连房子也发出咯吱咯吱的破裂声。村人很快就知道他们同居了，做爱了，小孩们还要潜到屋外偷听那种声音，等声音停止，小孩们就亢奋地大叫：方圆和李培林在里面搞了，搞了。

　　村里的男人见了方圆，就嬉皮笑脸说，方圆，你也替我按摩按摩。
　　方圆说，好啊，拿钱来，一个钟点五十元。
　　男人说，那我替你按摩，你拿钱来，一个钟点五十元。
　　方圆说，去死吧，你。
　　男人说，那我不要钱替你按摩，行了吧？

方圆说，你去死吧。

方圆对这样的玩笑，或者说讽刺，全无所谓，男人们见她这样，就像对已婚妇女，也想上前摸几把，占点便宜，但方圆立即拉下脸来，严守自己的身体，男人见状，就不敢了。

我想，发廊不只改变了方圆的命运，同时也改变了她的内心。

4

对我来说，无论方圆变成怎样，都是我的妹妹。方圆从小就跟我，是我带大的。小时候，她的乐趣是养兔子，很勤快地随着大人下地拔草，把家里的兔子一只只养大，然后被父亲一只只宰掉，每次宰兔子，虽是家里的盛宴，但方圆每次都很伤心，眼睛哭得红红的，兔眼似的。方圆也上过学，但村里的学校实在算不上是一所学校，村里的小学教师赵伯乐自己连小学也没毕业，村里的教育只能是象征性的。如今，伯乐的儿子也带着他的两个妹妹，在外面开发廊。我大约是个例外，离开村子，读到了高中毕业，而且意外地考上了大学。我上大学那年，方圆已停学在家，当她知道我考上了大学，显得比我还激动，去兔栏里抓了兔子，抱在怀里，对兔子说，我哥哥考上大学了，以后我也要上大学，我要读书，没工夫养你们了。那年，方圆十二岁，方圆说完就偷偷去找早已被她抛弃的课本，一个人关在房里认真读了起来。我母亲见她这样，又让她重新上学，可惜她读书的兴趣很快又被伯乐教没了。

若不是开发廊，方圆的命运将是这样：十六岁或者十七岁，嫁给周作勇；十七岁或者十八岁，生下一个孩子；过几年二十岁或者二十二岁，再生下一个孩子；然后就老得像个老太婆了。以前西地一带女人的命运，大抵都是这样。如果方圆是这样来到我家，她很可能要遭到我老婆的嫌弃，城里女人向来是看不起乡下女人的。不管怎样，发廊确实改善了像西地这种地方女人的生活质量，她们不开发廊是不可能的。

我这样说，只是一种现实主义的说法。其实，我是觉着开发廊不体面的，我妹妹开发廊，连我也觉着不体面，后来老婆和我让方圆进了一家私人办的电器公司当工人，目的无非是不想让她开发廊。在我的记忆里，方圆被分成了两个，一个是童年的方圆，一个是开发廊的方圆，我总无法把她们完整地连在一起，当方圆每天来替她嫂子也就是我老婆按摩的时候，我的感觉总是怪怪的。

方圆的按摩，效果是不错的，我老婆让她敲打一番后，就像一架出了故障的机器，又重新运转了起来，夜里也有了做爱的兴致。以前，每逢我有那种想法，老婆总是苦着脸说，背疼，先帮我揉揉。等我帮她揉上半天的后背，她想睡了，我也兴致索然了。老婆得了骨质增生病之后，我们就像一对老年夫妇，已很少做爱，妹妹的到来，使我们又恢复了这方面的兴趣，这是她给我们带来的一份令人欣喜的礼物，虽然不好当面酬谢，但在心里，我和老婆都很感激她。

我老婆和方圆的关系就不只是姑嫂关系，她们还是病人和医生的关系，方圆成了她生活中不可缺的一部分，我老婆对按摩也有好感了，这是方圆让我感到自豪的地方。

李培林虽然自己开发廊，但也不喜欢老婆替人家按摩。他娶了方圆之后，有一段时间甚至不许方圆当工人。李培林说，以后你不要当工人了。方圆说，不当工人，当什么？李培林说，当老板娘。方圆说，老板娘？好啊，我是老板娘啦。方圆以为李培林开玩笑的，她不懂男人的那点心思，男人是不许老婆的手替别人敲背的，而只许别人的老婆来为自己敲背。李培林另外租了一套房，将方圆安置在里面，以免她待在发廊里叫顾客看见，点名要她敲背。

方圆当了老板娘，与发廊隔绝了，一个人关在房间里，除了看电视，就没别的事情可做，这样的生活，方圆才过了七天，就不想过了。

方圆说，我不想当老板娘了，这样当老板娘没意思。

李培林说，那你想当什么？

方圆说，还不如在发廊里好玩，有说有笑的。

李培林说，你别不知足，你什么也不用干，这样的生活城里的女人也过不上。

方圆说，我不稀罕，我宁可去发廊里干活。

李培林说，你那么想干活，就替我敲背吧。

方圆说，我才不替你敲，你又不付我钱。

李培林说，我也付你钱，敲吧。

李培林从屁股兜里很潇洒地抽出五十元钱，付给方圆，随后剥了衣服，趴在床上，说，小姐，来啊。方圆有七天没替客人敲背了，这回敲起来就特别起劲，有兴致，所谓敲背，其实就是拿男人当玩具，是一件既可消遣又赚钱的事情。李培林趴在下面哼哼吱吱的，又学着客人的腔调说，好舒服啊，小姐，你还有什么服务？方圆说，你这么舒服，还不够吗？李培林说，不够，可不可以再舒服一点？方圆说，不可以。李培林说，我是你的老主顾了，照顾点嘛。方圆笑着说，该死的，你敢欺负我。说着拼命在李培林的背上敲打起来，然后就是夫妻之间的事情了。

如果李培林每天陪方圆玩这种游戏，好歹她还可以当老板娘。但李培林老板往往做完爱，就忘了她的存在，出去找人赌博，有时甚至通宵不回。开发廊的男人是最没事可干的，比机关里的干部还无聊，不是赌博，就看武打片，以打发时间。方圆是个通情达理的女人，既然男人都赌博，也就不反对李培林赌博。不过，她反对李培林输钱，李培林知道她的脾气，即使输光了钱回来，也撒谎说赢了一点点，方圆听说他又赢了一点，就对他很温存。其实，方圆赚来的钱，都是被李培林赌掉的，所以，他们开了多年的发廊，也赚了不少钱，但还是穷光蛋。

再说方圆觉着当老板娘没意思。第八天，她回到了发廊。方圆发觉，店里的工人也愿意她在家里当老板娘，而不愿意她回到发廊，不一会儿，方圆发现了其中的奥秘，她不在发廊的这七天，工人们把赚到的钱独吞了，而没有照规定让老板分成，问她们，她们就说这几天没生意，一点生意也没有。气得方圆这日凡有生意都自己做，而不让工人赚一分钱。

后半夜，李培林大模大样踱回了发廊，见方圆在店里，不高兴地说，我不是叫你别干了，你又来干什么？

方圆不理他，质问说，你又去干什么？

李培林说，还干什么？打牌嘛。

方圆说，又输了？

李培林说，嗨嗨，没输，赢了一点点。

这回，李培林确实是赢了一点，赢钱的感觉比赚钱的感觉更好。他觉着自己已经很阔了，这等阔人的老婆还上发廊替人敲背，分明是给他丢脸。回到房间，李培林十足的丈夫气派说，以后我不许你再替人家敲背。

方圆没好气地说，你以为你真是个老板？

李培林说，我不是老板，是什么？

方圆说，你这样当老板，发廊没两天就是别人的了。

李培林说，开不开发廊有屁关系，我靠打牌更来钱。

方圆不屑地说，呸。

李培林也不屑地说，呸。你是不是不替人敲背就不舒服？

方圆说，是的。

李培林大声说，你是不是还想当婊子？

方圆也大声说，我就想当婊子，又怎么样？

李培林举起巴掌，想扇她一个耳光，但方圆一点也不怕，他也只好收起巴掌，算了。隔一日，李培林输了钱，才发觉他不但靠方圆活着，甚至连赌博的钱也是她赚的，他就不那么大丈夫气派，回头讨好方圆，也不强迫她在家里当老板娘了。

5

发廊，并不是一种合法存在，它是城市最暧昧的部分，处于社会底部，就像弗洛伊德的潜意识。政府对它，大部分时间睁一只眼，闭一只眼，反正它是无关痛痒的，不过是涂在身上的一块颜色显黄的斑迹而已，顶多也就是不怎么好看，但政府在准备严打的时候，也可能随时将它清除。开发廊，若是被关闭一次，这一年的工夫差不多也就白费了，也许还要亏本，发廊也不是那么容易赚钱的。开发廊最怕两种人：一种是地痞；另一种当然是警察。对付地痞，虽然麻烦，但办法还是有的，地痞无非也就是叫你按摩了，不付钱就走人，更严重一点的，就是强行索取所谓保护费，只要凶狠一些，他们多半也就不敢；而面对警察，她们只有坐以待毙，就像老鼠碰见了猫，甚至比老鼠的运气还差，老鼠碰见猫，至少可以跑一跑，而发廊是跑不掉的，你跑得了和尚跑不了庙，警察可以罚她们的款，拆走发廊里的东西，让她们的发廊关闭，甚而可以把她们抓起来坐牢。好在这年头警察都忙得不行，他们有更重要的老鼠要抓，或者就是懒猫，懒得玩弄她们，发廊基本上还是能够正常做生意的。

方圆发廊里的空调，突然被警察拆走了。那天夜里，一辆警车开进了发廊街，不过，一点也不像来这儿执行任务，它可能是下班路过的，刚好又有点剩余时间没处消磨，几个警察就下车逛了逛，一个警察凑巧站在了小燕子发廊门前，看见玻璃里面的方圆，大约是想看清楚方圆长得什么样子，就推门走了进去。方圆对付警察也算有经验了，尽管心里害怕，还是装着镇静的样子，笑着说，你好，要洗头吗？警察审视了一眼方圆，也笑了笑，就走了。可是，不一会儿，几个警察一齐进来，什么也不说，就把墙上的空调拆走了。

方圆匆匆忙忙来到我家，说，发廊的空调被警察拆走了。

我说，警察干吗拆走空调？

方圆说，不知道。他们拆空调的时候，都笑眯眯的，很高兴，我也不敢问他们为什么拆空调。

我说，别的店呢？

方圆说，别的店都没拆。

因为不知道原因，方圆有点惊慌，我安慰她说，没事的，没事的。

方圆说，是不是准备不让我们开发廊了？

我说，我也不知道。

方圆说，哥，派出所你有没有熟人？

我不想让妹妹失望，含混说，有的，总有人熟的。

方圆说，你能不能找个熟人，把空调拿回来，值六千多块钱呢。

我想，警察也不能随便把别人的东西拆走，空调总可以拿回的，他们可能只是一时兴起，逗方圆玩玩罢了，我说，好的。

跟警察打交道，完全在我的能力之外。我答应方圆后，忙了一天，也没找到一点关系。我只好硬着头皮去一趟派出所，也不知道找谁，问了几个值班的，他们很不屑地看我一眼，就不理我了，但我还是打听到了这事归一个姓周的警察管。可是，周警察下午还没来，我不想这么白跑一趟，就站在过道里等，那样子大概像个罪犯。

通往二楼楼梯的台阶上坐着一个男人，从我进派出所时起，他就一直安闲地坐在那里，这时我才注意到他的左手被手铐铐在楼梯的铁栏杆上，就像一只狗被铐在楼梯的铁栏杆上，他似乎一点也不在意自己的处境，好像不是被迫铐在铁栏杆上，而是自己愿意坐在那里休息。他的神态吸引了我，在等待的过程中，我一直在观察他，他见我那么注意他，也许感到荣幸，也不时地看看我，并且很诡秘地对我笑了笑。

快下班的时候，周警察终于来了，我跟他后面进了办公室，隔着一张办公桌，站在他的对面，周警察看也不看我一眼，说，你有什么事？我说，你们昨天在小燕子发廊拆走的空调，是否应该归还。周警察忽然冷笑一声，说，你还想要空调？我正想抓你，你倒自己送上门来了。说着周警察一个箭步过来揪住我的衣领，动作麻利地给我的左手戴上了手铐。我说，你抓错人了，你抓错人了。但周警察根本就不听我说，牵着手铐，就像牵一条狗，将我牵出了办公室。当周警察看见楼梯上被铐的人，就给了我同等待遇，把我也锁在楼梯的铁栏杆上。我大声说，你抓错人了，我不是老板。周警察又冷笑一声，说，今天下班了，你就跟这个小偷先待一晚，明天我再来收拾你。当我想再次说明我不是老板，我是某某时，周警察却已经像风一样，消失了。

哥儿们，你怎么也被铐了？

现在，我已经知道他是小偷了，我被小偷称作哥儿们，心里有点别扭，就没理他，他似乎很高兴我被铐在铁栏杆上，这样，晚上他至少有一个伴，小偷又兴致勃勃问：

哥儿们，问你呢？

我愤怒说，什么警察！什么王八蛋！

小偷说，对，什么警察，什么王八蛋。

我咒骂之后，就垂头丧气坐在楼梯上，小偷说，哥儿们，你干吗自己送上门啊？

小偷坐在我上面，跟我说话很方便，而我跟他说话却必须抬头，就像跟一位大人物说话。我说，他们抓错人了，他们以为我是发廊老板，其实我是替发廊老板来说情的。

小偷听了就哈哈大笑，但笑过之后，觉着我与他并非一路人，就不怎么搭理我了。

周警察要抓的人显然是李培林，他或者方圆，他们究竟干了什么，我一点也不知道。现在，我代替李培林，被铐在派出所楼梯的铁栏杆上，和一个小偷一起，而那个小偷在精神上明显比我强大，他对这样的待遇根本就无所谓，而我却感受到了污辱，即便他们有很多证据可以抓李培林，也应该把他关在房间里，而不能用手铐铐在楼梯的铁栏杆上，只有狗才可以这样铐在楼梯的铁栏杆上示众。换一个视角，就是说那些开发廊的，在警察眼里，跟一条狗也是差不多的。那个晚上，我深深地为李培林，为方圆，为所有与发廊有关的人感到悲哀，我们实际上未必比得上一条狗。我若不是意外地考上大学，我的命运大抵也是开发廊的，那么我这样被铐在楼梯的铁栏杆上，也就不冤，也许我就可以跟小偷一样心安理得了。

小偷把自己的头搁在膝盖上，不久，就打起了呼噜，等他醒来，天也亮了，小偷用可以活动的右手拍拍我的后背，说，哥儿们，你就这样坐了一夜？

我说，你很了不起，这样坐着也照样睡觉。

小偷说，那是，那是，看来你不习惯坐着睡觉，其实坐着睡觉跟躺在床上是一样的。

我觉着小偷确实了不起，我开始怀疑他不是小偷了，说，你真的是小偷？

小偷说，是小偷。

我说，偷东西是不是很有乐趣？

小偷说，那当然，你想想，那些东西原来是别人的，你一偷就是你的了，能没有乐趣？

我说，你说得蛮有道理。

小偷被我称赞，很高兴，又拍拍我的后背，仗义地说，哥儿们，我们在楼梯过了一夜，也算患难兄弟了，你告诉我你家地址，以后，你家的东西，我保证不偷。

我和小偷是被同时放掉的，我坐了一夜，累得实在不行，回家睡了一天。几天后，我决定上法院告派出所的周警察非法拘禁罪。没想到后来法院取证时，他们根本不承认曾经把我用手铐铐在派出所的铁栏杆上，他们要我拿出证据，我想起了小偷，如果我能找到他，也许他会为我作证的。但他是小偷，我没法找到他。这事就这样不了了之，我白白被他们铐了一夜，方圆的空调也没有拿回。我没有办法，我对付不了警察，如果方圆自己去，没准比我要好些。

我这么没用，能帮方圆什么忙？

6

我老婆觉得我被铐在派出所楼梯的铁栏杆上，都是方圆惹的祸。从逻辑上推导，她这样说也是对的。我老婆也是教书的，比我还无知，在她眼里，警察依然像小时候歌中唱的，是个叔叔，象征着公正、公平、公道。老婆说，既然警察拆走方圆店里的空调，那她肯定就是有事的，否则，警察怎么会拆走她的空调？老婆的这种循环论证，是很难反驳的，我也不想反驳。糟糕的是她从此对方圆就有了看法，甚至考虑不让她按摩了。一天，老婆怒气冲冲地对我说，你妹妹怎么可以开发廊？老婆很少这样发怒，我说，你怎么了？老婆说，我问清楚了，发廊是什么东西？发廊就是最下三滥的妓院。我说，你这些话哪儿听来的？老婆说，同事，她们见我打听发廊就嬉皮笑脸的，还问我你老公是不是经常上发廊，气死我了。我说，我不是说过，并不是所有的发廊都这样。老婆说，哼，谁知道？以后你不许去发廊。老婆这样还不够解气，接着又发誓说，我再也不要方圆按摩了。

刚说完，方圆就来了。她依旧一张笑脸，刚才老婆说了她那么多坏话，又有点不好意思。方圆说，嫂，来吧。不，我不要敲背了。老婆脸上抑制不住地现出了厌恶的表情，那表情是方圆没有见过的，方圆不知道嫂子脸上为什么是这种表情。说，很痛吗，来吧，敲一敲就不痛了。老婆又厌恶地说，不要，不要敲了，我不痛。方圆这才知道嫂子的厌恶是与她有关的，她又不知道自己到底做错了什么，就很尴尬地愣那儿。你坐，我还有事，出去一会儿。老婆就挂着一脸的厌恶出去了。

方圆委屈地说，哥，我做错了什么？

我说，没有。

方圆说，嫂子好像很讨厌我。

我说，没有。她跟我吵架了，她就那个德行，你别管她。

我这个谎撒得不错，方圆就相信了。我说，以后你不用每天来替她敲背，她不叫你就不用来，你忙自己的吧。

此后，方圆不来了，我老婆也没有提她，我以为她把方圆忘了。但是，有一天，老婆又突然问起方圆。

老婆说，方圆还在开发廊？

我说，不开发廊开什么？

老婆说，你不能让她开发廊。

我说，那我让她干什么？

老婆说，她可以去厂里做工。

我说，那也得有门路，哪个厂要她？

老婆说，我有个远房表兄是个老板，办了一家电器公司，你问方圆想不想去厂里做工。

老婆就是老婆，老婆对方圆还是很关心的。当方圆知道她可以进厂当工人，似乎很兴奋，只是对发廊不太放心，李培林越来越像个公子哥儿，整日吃三喝四聚在房间里打赌，发廊的事几乎不闻不问，方圆走了，这发廊是否要亏本？实在是个疑问。但她还是抵挡不住进厂当工人的诱惑，上班的头一天，我和老婆把她送到厂里。方圆好像不是进厂当工人，而是去参加选美什么的，她把头发染成了红色，穿着黑色的连衣裙，时髦得一点也不像个工人。老婆的远房表兄见了疑惑地说，来我厂里当工人的就是你？方圆点点头，老婆的表兄又说，你这样子，在厂里当工人是不是太委屈了？

老婆的表兄对方圆虽然称赞有加，但方圆没什么技能，只能当个装配工。就是把电器开关一只只装搭起来，按件取酬，一个熟练的装配工一个月大概能赚一千块钱。这样的工作非常简单，老婆的表兄让一个女工教了五分钟，方圆就学会了，也开始有模有样地装搭起来，但她的红头发和黑裙子，在一大群女工之中显得很扎眼，女工们都用惊异眼光偷觑着她，好像在问这个人怎么会来当工人。

方圆从一个开发廊的顺利转变成了工人的一分子。最高兴的人应该是我老婆，她觉着是拯救了一个失足女青年，那感觉就像一个救世主。老婆得意地说，过一段时间，让李培林也去厂里当工人，发廊不应该再开了。但事实很是让老婆痛心疾首，方圆在厂里只当了一个星期的女工，又回去开发廊了。她不敢向嫂子的表兄辞职，是偷偷溜掉的。老婆的表兄打电话来说，你的小姑子不干了，还带走了我厂里的一名女工，到她的发廊当工人。老婆手里拿着电话，气得直发抖。说，怎么是这样？怎么是这样？老婆的表兄说，带走一名女工，没关系的，我并不缺一名女工，我的意思是她自己不干的，你不要怪我。

老婆对方圆的行为感到不可理喻，接完电话，她很书呆气地思考起女性问题来，说，女人是不是真的很贱？

因为老婆在生气，我不想惹她，谨慎说，我不懂你的意思。

老婆说，以前我以为妓女都是被逼的，就像成语说的，逼良为娼，现在我才知道都是她们自愿的。

我说，你是指方圆？没那么严重吧，开发廊跟妓女不是一回事。

老婆看在我的面子上说，就算方圆不是妓女，可现在社会上到处都是妓女嘛。

我说，也许当妓女也是很好的。

老婆说，你混蛋。

我说，你骂我干吗，又不是我叫她们当妓女。

老婆想想也是，她没理由骂我，她又只好骂妓女，妓女使所有的女性都蒙受耻辱，不表示她的道德义愤是不行的。大约我不是女性，我对妓女并不痛恨。其实，她们出卖自己的身体，纯属个人行为，跟道德有什么关系？再说，像我的老家西地，什么资源也没有，除了出卖身体，还有什么可卖？

方圆才当了一个星期的工人，我去看她的时候，很不好意思，觉着很对不起嫂子，想买点什么礼物向她谢罪。问我嫂子喜欢什么东西。我说，礼物别买了，她有点不高兴，以后再说吧。方圆看着我，忽然很神秘地说，我以为当工人很了不起，原来很没意思的，我装搭了半天，就不想干了，还不如开发廊，替客人敲背比装搭好玩多了。而且那些女工很讨厌，老是嘲笑我的红头发。我说，你的样子确实不像一个工人嘛。方圆说，反正工人我是不当了，钱又那么少，发廊生意好的时候，一天就能赚工人一个月的工资。我说，那就开发廊吧。

方圆说的是实话，她向往当工人，确实以为当工人了不起，我们小的时候，都以为在城里当工人是很了不起的。

7

方圆已经很久没来我家了，大概是怕见到嫂子，快过年的时候，她才来了一次。这次她的表现很特别，来了就坐在客厅里一声不吭，我还以为她是害怕嫂子，但细看她的眼睛是红的，显然刚哭过。

我说，方圆，怎么了？

方圆眼睛一闭，眼泪又从里面溢出来。低声说，培林整天打赌，把钱都输光了。

我说，输了多少？

方圆说，十万。

这是个让我也心疼而且吃惊的数字，难怪方圆要哭了。方圆说，哥，我想离婚。

我说，不能过了吗？

方圆说，输钱我还不气，我生气的是他骗我。

我说，他怎么骗你？

方圆说，他们约好去打赌，却骗我到上海承包建筑工程，他当包工头，投资十万。我想他在这儿没事干，闲得像狗一样，出去干活也好，就把钱全部给他了。他输光了钱回来，还说工程已经承包下来了。

我说，他是不像话，可是你离了婚，再找一个就保证不赌？

方圆说，不找了，又不是没男人就不能活，他还靠我赚钱呢。

我说，等你气过了再说吧。

后来，李培林也找来了。输了钱的李培林一点底气也没有，猥猥琐琐的一点也不像个敢拿十万元钱豪赌的赌棍。他眼巴巴望着方圆，求她饶恕，看上去怪可怜的。方圆说，你来干什么？你给我走开。李培林看我一眼，然后向着方圆说，今天，我当着你哥的面，向你发誓，以后我若再赌，我就剁掉自己的手指。方圆说，你剁掉手指，跟我有什么关系，你剁啊。李培林说，我是说以后，以后再赌，我就剁掉手指。如果这时李培林去厨房拿一把菜刀，装着要剁的样子，没准方圆就饶他了，但李培林只开空头支票，方圆还是生气。

这次输钱，导致了李培林在家里的经济地位明显下降。方圆每日只发给他二十元零花钱，二十元，除了买烟，也就没别的事可干，赌博是没人找他了。李培林只有拼命睡觉，像一头进入催肥期的猪，肚子大了，眼睛眯了，脸上的肥肉往横里长。睡不完的时间，就在发廊街上踱来踱去，这家门前站五分钟，那家里面坐十分钟，跟同样无聊的工人们调情骂俏。这样的生活，如果没有无赖前来捣乱，那也太没有意思了，所以，不管哪家发廊遇上点什么事，李培林往往及时出现在那里，人家看见这么个浑身是肉的保镖，大多气就短了，赶紧乖乖付了钱走人。李培林觉着胜利了，嘴里轻松骂着他妈的，想来老子这儿占便宜，没门。再加上店主夸他两句，说他如何如何高大、威猛，他便以为自己是侠客，脸部现出很得意的神色。

但地痞无赖也不都是吃素的，李培林不久就栽在了他们手里。那天是晓秋的店里一个客人赖着不付钱，李培林过去揪着他的衣领，还狠狠掴了他一个耳光，掴得他嘴里流血。一个小时后，李培林正在街上闲逛，忽然三五个人窜过来，将他掀翻在地，其中一个抢着一根铁棒，朝他的腰部猛地一击，不等店里的人反应过来，那群人就逃了。李培林躺在地上，店里的人纷纷出来，说，他们逃走了，你起来。当时李培林也不知道他这辈子已经算是完了，还耿耿于这样被人打倒在地，很没面子，朝那群已逃走的人，豪气十足地骂道，有种的，不要逃。

一天后，医生拿着拍出来的片子宣布说，李培林的腰部脊椎被打断，腰部以下完全没用了，从此恐怕只能坐在轮椅上生活。这是一个比死亡还可怕的消息，李培林听了，突然一声惨叫，那声惨叫至今留在我的记忆里，让我无法对他后来的行为做任何评价。

方圆却显得意外的冷静，只是俯在李培林面前，不断说，培林，你别怕，你别怕，我会照顾你一辈子的。我的妹妹这些年真的没有白活，她竟能如此的冷静，面对这样的打击，换了我，肯定是难以承受的。

后来也向派出所报了案，但派出所往往不把开发廊的人当人，这样的案件一般总是不了了之，再说地痞无赖不比良民，要逮住他们也是不容易的。这样，李培林就白白被废了。他的医疗费是个巨额数字，方圆没有那么多钱，这事毕竟是晓秋的工人引发的，晓秋自觉承担了一部分，开发廊难免不再发生这种事，大家应当风雨同舟，发廊街上的发廊，不管愿意不愿意，大多捐了一点款，李培林的亲戚和我家的亲戚，凡手头有钱的，也都拿了出来。李培林在医院里住了两个月，终于可以坐着轮椅出来，方圆扶着轮椅，走在边上，此后的生活，她好像早有准备了。

现在，方圆面对的是一个高位瘫痪的丈夫，李培林上半身完好无损、吃饭没有问题，但下半身完全没用，尿屎失禁，性功能也丧失了。李培林的轮椅很笨重，方圆在发廊街附近重新租了一套一楼的楼房，以便轮椅进出。晚饭之后，方圆放下发廊的活计，推着轮椅从发廊街的这头走到那头，让李培林活动活动，跟别人说说话，其余时间，他只能待在房间里，看电视或者摆扑克牌算命。李培林整天待在房间里，见了人，也没什么话说，通常是阴沉着脸，不耐烦地看着两旁的发廊，别人见他那样，更没话说，有话也是找方圆说，方圆就一边说话一边推着轮椅，非常自然，好像她一直就是这么生活的，不推着轮椅可能还不习惯，说到有意思的地方，照样哈哈大笑。倒是把李培林笑得很烦，说，笑什么笑，有什么好笑的。方圆弯着腰，敲敲轮椅说，就是好笑嘛。

别人见方圆那么乐观，也就不觉着李培林腰椎被人打断是什么了不起的悲剧。实际上，这事对方圆的影响确实没有想象的大，他们本来就是靠方圆赚钱的，只是方圆现在除了赚钱，还得照顾李培林。

我母亲得知李培林成了废人，专门从老家心事重重地赶到了这儿，母亲说，方圆的命怎么这么苦哇，母亲刚吐完"哇"字，就号啕大哭起来，弄得方圆只好也陪着哭。

号啕完毕，母亲说，方圆，你今后怎么办？

方圆说，没事的。

母亲说，你就准备这样侍候他一辈子？

方圆说，我不侍候谁侍候他？

母亲说，培林被打成这样，是可怜，可你还年轻，不能就这样过一辈子。

方圆这才领会母亲是在劝她离婚，说，我不能离婚，离了他怎么活？

母亲说，方圆，不是我良心不好，事到如今，你也得替自己想想。

方圆说，妈，别说了，我不会离的。

我母亲也就是劝劝而已，方圆不离，她也不好勉强。毕竟，抛弃一个残废的丈夫，不是什么高尚之举。方圆和李培林闹过离婚，但那是以前，李培林残废之后，她再也没有提过，方圆因此在我老家一带成了模范妻子，获得了很好的口碑。

8

李培林的下半身废了之后，下半身的某些功能似乎转移到了上半身，譬如，他用吸奶代替了做爱。现在，他一定要等方圆回来，吸上半个小时的奶，才能入睡。用弗洛伊德的话说，就是他的性欲倒退回了口腔期阶段。李培林的这项嗜好，对方圆是个不小的负担，她下班大多在夜里两点左右，这个时候，困而且累，还要让李培林吸上半个小时的奶。有时，方圆不理他，但李培林没有得到满足，就闹，方圆没办法，只好让他。方圆说，培林，你这样吸有什么意思？李培林说，我想。方圆说，你真像个孩子，你快成为我的孩子了。这样的场面应该是不难想象的，方圆看着怀里的李培林，也许确实把他当作了孩子，她就像一个劳累的母亲，一边喂奶，一边眼皮垂下来，睡了。

夜里两点，也是李培林心理时间的临界点，过了这个时间，方圆如果还没回来，对李培林将是一种折磨。但方圆总有不准时的时候，有一夜，方圆没有准时回来，李培林就像一个饥饿的孩子，推着轮椅在房间里转来转去，到了三点，方圆还没回来，李培林气得将床上的被子扔到了地上，拉出床头柜的抽屉，扔到了地上，最后将自己从轮椅里扔到了地上。躺在地上百无聊赖的李培林，忽然看见了抽屉里的一盒避孕套，我不知道他看见这东西时的感受，也许就像看见自己的遗物，默哀了一些时间，然后李培林拆开所有的避孕套，用嘴吹成一个个硕大的气球，并且刻意吹成乳房的形状，让它们在地上活蹦乱跳。方圆回来看见这番奇异情景，忘了该先把李培林扶到床上，便抑制不住地笑起来。李培林见方圆一点也不关心他，还站那里笑，就越发地气。骂道，你还知道回来？方圆说，怎么了？李培林说，你回来干什么？反正我也废了，我知道迟早有这一天的。方圆说，原来你在生我的气？我做错什么了？李培林说，你看看现在几点？我等你都快等疯了。人家忙嘛。方圆说着用力把李培林拖回床上，以后你一个人先睡，不要等我，好不好？李培林说，我睡得着，早睡了。方圆叹口气，说，你真是个孩子。随后温柔地掏出乳房给李培林，李培林得到安慰，就静了下来。

某夜，李培林做了一个梦，梦见方圆和一个陌生人做爱，就在这个房间，就在他睡的这张床上，他坐在轮椅里看着他们在床上做爱，方圆似乎一点也不在乎他的在场，好像他不是一个人，而是一把轮椅。他伸手想揍那个陌生人，但他伸出的手好像生锈了，僵在空中根本就不会动；他又想朝方圆的脸吐一口痰，骂她是婊子，臭婊子，但他的痰好像也生锈了，堵在喉咙里根本就无法吐出，他只能坐在轮椅里看着他们在床上做爱，一点办法也没有。突然，他坐的轮椅起火了，大火迅速蔓延到了全身，他被大火烧着，不能叫喊，不能动弹，就像一堆柴火，等待着被火烧尽。李培林在那种被火烧着的焦灼里醒来后，才喊出了声。方圆惊醒了，说，你怎么了？李培林说，没什么。方圆摸了摸他的额头，全是汗，又说，你怎么了？李培林说，没什么，做了一个噩梦。方圆说，梦见什么？李培林说，我不想说。方圆说，我都让你吵醒了，还不说？李培林只好说，我梦见你和别人做爱。方圆讥笑说，我看你真是没什么梦好做了。李培林说，你是不是真的和别人做爱了？方圆又讥笑说，你以为你的梦那么准？你梦见什么，我就做什么。李培林说，我觉得好可怕。方圆说，不就是我跟别人做爱，有什么可怕的？李培林说，那你真的和别人做爱了？方圆若是不做一点保证，李培林是不会放心的，方圆便说，没有。

李培林做这样的梦，应该说很正常，李培林既然自己不会做爱，而方圆又只有二十几岁，不可能从此也不做爱，方圆和别人做爱的可能性确实是很大的。这个梦给了李培林一种警示，他不能这样看着方圆和别人做爱。此后，方圆上班的时候，李培林也要来发廊坐着，方圆不知道他是来监视的，只以为他一个人在房间里太闷，也就带他来发廊坐着。但是，客人看见这么一个残疾人坐在里面，好像见了什么晦气的东西，往往掉头就走。就是说，李培林在发廊坐着，发廊就没有生意可做，方圆只得把他送回房间。

方圆说，你还是在房间待着吧。

但是，李培林的自尊心受了伤害，恼恨地说，我不待，这鬼地方，我不待。

方圆说，好了，别像小孩一样。

李培林说，谁像小孩一样，我要回家。

方圆说，回家？谁照顾你？

李培林说，我不回家干吗？待在这儿遭人厌弃。

方圆说，你真想回家，那我就送你回家。

李培林看看方圆，又恼恨地说，我知道你早就想让我回家。

方圆奇怪地说，我干吗想让你回家？

李培林说，我回家，你自由啊，想干什么就干什么。

方圆委屈地说，培林，你真这么想？

李培林见方圆那么委屈，就不敢再往下深究，说，你走，晚上早点回来。

事实上，李培林的怀疑也是正确的。有一个晚上，他甚至看到了证据，那晚，李培林刚解开方圆的乳房，兀地看见她的乳房上有一块青紫的痕迹，这就像端起一碗牛奶刚刚要喝，兀地看见碗里浮着一只蟑螂。李培林厉声问，谁干的？方圆说，什么谁干的？李培林说，还想骗我，你自己看。方圆低头看了看，说，那里怎么乌青的？李培林恶毒地说，狗咬的？方圆说，那就是你，除了你，还有谁咬的？李培林听了，推开方圆，猛地一拳砸在她的乳房上，方圆感到不但乳房，连乳房后面的心脏也被砸痛了，但她好像还不相信，说，你打我？如果这时李培林表示一点悔意，事情大概也就过去了，但李培林还是举着拳头，准备再打的样子，方圆抹了一把眼泪，就哭着跑出了房间。

　　方圆来到了街上，此刻，两旁的发廊大多已经关门，门上挂的小灯泡也不再闪烁着红光招徕客人，发廊街显出了荒凉的本来面目。方圆一个人走在街上，若不是伤心，可能会害怕的，但伤心给了她勇气，她那个被李培林砸伤的心涌上一个词：没良心。方圆觉着李培林没良心，没有她，李培林现在怎么活？无论如何，李培林都应该感激她的，她乳房上的那块青紫，也许就是李培林咬的，也许不是，这一点方圆确实不太清楚。不就是乳房上有块青紫？李培林凭什么就可以打她？方圆一边擦眼泪一边走着，一会儿走到了自己的发廊门前，她停下摸了摸口袋里的钥匙，想开门进去，又想着两个工人在里面睡了，吵醒她们，让她们问来问去，也没什么意思。方圆就站在自家的发廊门前发呆，不久，她就看到了那个男人从那边走了过来，那男人左右张望，方圆一眼就看出他想干什么。那男人发现方圆后，朝她走了过来，因为灯光昏暗，那男人走得很近了才看清方圆的脸，他似乎很惊讶这么晚了还可以看到这样的一张脸，急忙问，还做吗？方圆说，下班了，明天吧。那男人有点失望，想离开，又舍不得，走了几步，又回头说，小姐，这么晚了，你一个人站这儿，等谁啊？方圆说，不等谁。男人说，刚下班？方圆说，是的。男人说，那就再做一个吧。方圆说，对不起，工人睡觉了，还是明天吧。男人磨蹭着，在方圆脸上研究了一会儿，笑着说，小姐，你晚上有心事。方圆听了有点感动，就送了他一个微笑，男人抓住机会，又说，晚上我也很痛苦，我们是今晚最痛苦的两个人，这么晚了还在这儿碰上，也是缘分，我请你一起吃宵夜，好吗？方圆觉着这男人很体贴，不像个坏人，而且她也不想回房间，就跟了男人一起去吃宵夜。

　　吃宵夜的时候，男人又关切地问，有什么心事？方圆看着他，竟流下泪来，哽咽着说，我挨打了。男人说，谁打你？方圆不好说老公打她，男人又挺了胸脯说，我是本地人，在我的地头上，谁敢欺负你，我让他去死。方圆说，谢谢，大哥是好人。

吃完宵夜，男人未经同意，就挽了方圆的胳膊，方圆也没意见，让他挽着，男人附在方圆的耳边轻声说，小姐，你真漂亮。方圆笑了笑，表示感谢，男人继续轻声说，我很喜欢你，跟我走，好吗？方圆转头看了他一眼，不说好，也不说不好。男人见她迟疑，说，你害怕？方圆说，我不怕。男人说，那就走吧，我不会亏待你的。方圆想了想，就让男人把她带走了。

男人把她带回了自己的床上。男人伸手摸她的乳房时，方圆突然想起了李培林，慌乱地遮了乳房，不让他摸，男人有点奇怪，开心地说，怎么了？方圆说，我今天这儿不舒服，别动好吗？做爱的时候，方圆也没忘双手护着乳房，不让男人碰，她似乎把自己的身体分成了两半，下半身是可以出售的，而乳房还是留给了李培林。

从男人的房间出来，天已经亮了，平时，这个时刻，方圆总是睡觉，她已经很久没看见天是怎样慢慢亮起来的了，方圆走在街上，昂着头，心情就像早晨一样稀奇、美好，她感到自己的身体就跟天空似的，慢慢地亮起来了。她随便摸了摸男人给的五百元钱，这个价不低了，相当于她替男人按摩十次。方圆想，我做鸡了。其实我也没想做鸡，我只是跟他走，就做了鸡了。原来做鸡也很好。

以后，我就做鸡吧。方圆想。

9

我可能在某些细部，跨越了写实的界限，进入了虚构和想象的领域，所谓合理想象。就我的视角，显然不是目击，我当然是听说的。如果只是我的虚构，我将感到轻松，但可悲的是我的叙述大体上还是可靠的，方圆确实从那晚开始当了妓女，她当了妓女确实觉得心情不错。她差不多忘了李培林打她的事了，她是哼着歌回到房间的，让她吃惊的是李培林不在房间里，他去哪儿了？他能去哪儿？他一定是去发廊找她了。方圆赶到发廊，李培林果然在那儿，脑袋挂在轮椅外面，睡了。方圆轻轻推着轮椅，途中，李培林醒了，睁了一下眼睛，冷冷地看方圆一眼，然后又故意闭上，不理她。回到房间，方圆说，你一个人怎么走到发廊的？李培林还是闭着眼睛，不理她。方圆说，还在生气？好了，好了，睡吧。

方圆准备把他搬上床时，李培林动了一下轮椅，拒绝了，他抬起头来，摆出了一副很严正的姿态，审问说，你去哪儿了？

方圆说，去玩了。

李培林说，你去哪儿了？

方圆说，不是说过，去玩了。

李培林显然不满意这样的回答，又问，你去哪儿了？

方圆摇头说，你烦不烦？

李培林说，哼，你说不说？你到底去哪个男人那里？

方圆笑了一下，说，我哪有那么多男人。

李培林说，你不要嬉皮笑脸的，你到底说不说？

方圆说，你真想知道我去干什么了？

李培林说，说！

方圆抿了抿嘴唇，说，我跟一个男人走了，我做鸡去了。

李培林说，放屁。

你不信。方圆说着掏出口袋里的五百元钱，这是我刚赚来的。

李培林说，真的？

方圆说，这么凶干吗？做鸡有什么不好。

李培林盯着方圆，忽然脸色铁青，他伸手在自己的裆部掏了掏，掏出一个蓄尿的塑料袋，那尿袋已经很鼓了，方圆还不明白他想干什么，尿袋就飞到了她脸上，溅了她一脸尿水。李培林似乎还嫌不够，又骂了一句臭婊子。那时，方圆满脸是尿，无法张嘴，否则尿就流进了嘴里。方圆躲进卫生间，洗了半日，出来斜了一眼李培林，一言不发去了发廊。

那天下午，李培林大约费了不少力气，终于把轮椅推到了发廊街上，然后，人们就听到了他的叫喊。

我的老婆方圆当婊子啦。

李培林的声音高亢、尖厉，人们似乎不相信自己的耳朵，纷纷出来围了李培林问，李培林，你在说什么？李培林见那么多人围了来，好像很满意，又喊：

我的老婆方圆当婊子啦。

你是不是疯了？大家指责道，就一齐皱起了眉头，表示反感。本来开发廊和当婊子的界限就是很含糊的，发廊街上的人都很忌讳用这样的话骂人，即便是骂自己的老婆，也是讨人厌的，李培林可能确实是疯了，也不管大家的反应，又大声喊道：

我的老婆方圆当婊子啦。

方圆在发廊里也听见了李培林的叫喊，那声音使她浑身发麻，就跟触电似的，一时间她丧失了反应的能力，只把脸贴在玻璃门上，迟钝地看着街上。人们觉着李培林实在太不像话，便不再理他，先后朝方圆的发廊走来，并且一点也不吝啬自己的同情。

人们说，李培林怎么可以这样？

人们说，你们到底发生了什么事？

人们说，哪有这样骂老婆的？这样的男人，应该跟他离婚。

人们说，方圆，你待他太好了，真不值得。

方圆看着大家，低声说，他身体坏了，心里难受。

大家想想也是，又觉着李培林也是可以原谅的，转头再看街上，李培林不见了。当时，包括方圆，谁也没想到李培林的异常举动，竟是走向死亡的一种告别。

大约一刻钟后，有人急急忙忙撞进方圆的发廊，上气不接下气地说，快、快，李培林出事了。方圆来不及问就跟了那人跑，李培林的出事地点就在发廊街与外面大街的岔口上，他被一辆大卡车撞了，方圆赶到那里，只见他的轮椅倒在路边，人则躺在两丈地以外，方圆抱起李培林，慌得只知道哭，随即，发廊街上的人也赶来了，把他送进了医院。但是，李培林已经死了。

李培林的死，属于交通事故，这看似偶然，但也未必不是命运指使的。后来，在方圆的记忆里，李培林打她乳房，尿袋砸她脸上以及当街骂她婊子，都因为他的意外死亡，获得了一种解释。就是说，这些都是死亡的预兆。方圆觉着李培林的死，跟她是有关的，方圆因此陷入了悔恨和思念之中，人也瘦了许多。不过，在旁人看来，李培林的死，对方圆无疑是一种解脱，她应该高兴才是，大家暗地里都替她高兴，有几个开发廊的男人开始打起了她的主意，有一个甚至表示愿意为她离婚。他们不懂，李培林对她是很重要的，即使残废了，她也不忍抛弃，李培林的意外死亡，几乎使方圆丧失了生活目标。

对男人的示爱，方圆不感兴趣，开发廊，好像也厌倦了，方圆转让了发廊，一个人回到了西地。

但是，故乡西地也没给她什么安慰，西地，在她的心里已经很陌生，她还延续着城里的生活，白天睡觉，夜里劳作，可是在西地，夜里根本就没事可做，更可怕的是，每到夜里两点，她的乳房就有一种感觉，好像李培林的灵魂也跟到了西地，照常在这个时候吸奶。回家的第三天，方圆到山下的镇里买了一台 VCD 机，发疯似的购买了两百多盘碟片，然后躺在家里看碟片。

方圆在家待了一个月。一个月后，她去了广州，还是开发廊。

这地方很荒僻。在大山深处，山上田园少野地多，草木低矮，却很茂盛，一坡一坡绿得逼眼。

门外少年

WUXUAN

ZIXUANJI

XUANBAI

1

  这地方很荒僻。在大山深处，山上田园少野地多，草木低矮，却很茂盛，一坡一坡绿得逼眼。由于在南方，又有不少绿色常年不凋，不愧为一个食草类动物的好处所。村子里牛多是顺理成章的事，五十来户人家牧一百多头黄牛，户均两头多，照目前的说法，满可以叫养牛专业村。村里的男女婚嫁之前，一律是牛娃。

  娃子们八九岁光景，大多上过几天学堂，也就是村口的土地庙，敬神与读书合用，燃着香火的神龛下摆五六张桌子，一面壁上拿油漆刷成一块黑板，老师村里也现成的，即"老秀才"福田。福田每年临开学逐家逐户动员过去，娃子们新鲜，开学那天，搬了自家的凳子，争先恐后去争座位，满满挤了一庙，趴桌子上伸长细脖子圆了眼睛看福田在黑板上画ａｏｅ，福田转身念：ａｏｅ，娃子们便涨红了嫩脸跟着：

  ａｏｅ　ａｏｅ　ａｏｅ　ａｏｅ——

  因为太急太凶太猛，声音嫩嫩的破了，哇啦哇啦地蛮像一群鸭子。

喊过一阵子，就枯燥了，而且这样整日坐着也太没意思。想想实在没有山里好玩，秋天采野果冬天夹香狸春天摘野花，夏天就更好玩了，不只捉石蛙，还泅水。阿嚏——没意思，不读了。

凳子开始悄悄地搬走，土地庙复又沉寂。家长也不反对，随他们去，反正村子里没有一个靠读书吃饭的，到头来还不是种田。

娃子们日日赶着日头上山，赶牛劈柴，日头影子缩到脚下，驮一捆柴火回家。吃过中饭又上山，日头落到山那边去了，驮一捆柴火赶牛回家。入夜，大人劳碌一天，早早困了，娃子们不困，屋前屋后追追赶赶，闹到大人在梦里呵斥才息。

莫看是个娃子，其实他们是家庭的劳力，男人下田，女人管家务，娃子看牛，三分天下，缺一不可的。他们吃的是自家劳动的食，没有娃子们就没有养牛专业村呢。

小石就是这么个牛娃。

米燕也是。

小石牧一头母牛，两头牛崽，米燕牧一头生产队的黑牛牯和自家的一头母牛，小石的母牛是米燕的黑牛牯众多配偶中的一头。牛们生活得很和谐。

2

小石是看牛头，娃群里发号施令的便是。

他胆子奇大，敢捉活蛇扎腰间当裤带，蛇若是让他发现，百分之百地没命，左手轻轻一触，正好按住七寸，提到额前用右手一捋，蛇骨架倒向，废了。再往腰间一绕，搜出随身带的书夹子，蛇头蛇尾一夹，很有趣的一条裤带。米燕正相反，看见蛇就浑身发颤，脸色苍白，牙齿咬得嘎吱嘎吱响，且娜娜后退，惊恐得像一只被拔掉尾巴的小鸟，小石觉得这样子挺逗。经常拿蛇吓得她死去活来，奇怪的是米燕并不恨，倒挺服小石的。

小石那双捉蛇的手完全不具备山里人通常的肥厚粗壮，瘦瘦的纤纤的，按手相学应该归入艺术型一类，当然他只会捉蛇，不会艺术。从这双手你可以想象他是个瘦削的小伙子，脸上雨淋日晒，皮肤略有些粗糙，显得比实际年龄要大。他在我小说里是十六岁，唇上开始长一些淡的毫毛。米燕小他一岁，十五岁，书上所云羞涩的野性的山姑是也。她确实是又羞涩又野性的。其余的诸如他们的眼睛、眉毛、头发、鼻子，等等，你照自家的习惯想象一下就行了。不过，年龄我得再强调一下，男小石十六岁，女米燕十五岁，我认为这是相当重要的，有些事情只有这个年龄才会发生，恰好是我准备要写的。小石和米燕同住一座老木屋，两隔壁。他们祖父是兄弟，算起来也是比较亲的兄妹。从小时节，他们就合得很好。夜里小石敲敲木板壁问：阿燕，你困未？米燕嘟嘴儿板缝间答：未哩，你呢？我困了。米燕嘻嘻而笑，你乱讲，困了还跟我讲话。我梦里讲，猪。你才猪。猪猪猪。吵着吵着就真困了。娃子们若玩抬新娘，他们一个是新娘，另一个必定是新郎，凳子贴一张红纸，穿了木棒儿扛，就是嫁妆，娃子们鼓唇儿哪呢哪呢地吹，新郎牵着新娘细步进稻草把撑的洞房，到新娘新郎手做酒杯状喝了交杯酒，马上有娃儿哇哇地学婴儿哭，生崽喽，生崽喽！大家一齐笑，掀了稻草把哄然而散。

米燕四岁的某一天，拉了小石去屋后的稻草垛，神色紧张地瞧瞧四下无人，拉住小石躺下，小石趴身上撅屁股磨，他们穿开裆裤，不用脱的，阳光热烈地照着，米燕小眼珠望天空下摇摆的青竹叶，脸蛋红扑扑的，兴奋地问："进去未？"

"未。"

"快点儿，人看见。"说着伸手摸摸小石那小鸡鸡，勃起一点点，烫。米燕又说："我要生娃。"

"嗯。"

"娃就是里面拉出的。"

"屁。"

"不信，去问你妈。"米燕一脸不服，又有点藐视，小石居然娃儿哪里出来都不知道。

长到七八岁，这种事一股脑儿忘了，再过些时间，免不了互相仇恨，米燕省不了哭鼻子去告状，婶婶婶婶，小石哥打我。再过几年，又亲亲热热了，看见对方，心里软软的，山也绿得软软的，觉得天上的云彩很美丽。男孩和女孩就这么枝横交错地过来，由不得自己。前些年，小石已深切地感到不能少了米燕。她时常去外婆家小住，小石上山就非常地空虚，心莫名地焦，腿也变得不听话，格外重。一路狠狠地投石击竹击树击飞过的鸟。再不，就发发看牛头的威风，无缘无故地揍他的同伴，甚至于跑去米燕外婆家，近屋前，怯住了，傻想若碰上她真不好意思，就说牛丢了，找牛，问她看见未。及米燕的声音自屋里出来，想象全崩了，颠颠地掉头就逃。可气，可气，米燕她妈妈的可气。

每逢这种时候，娃子们都远远避他，让他一个人坐石背上木愣，议论议论自然就少不了。"小石有心事。"

"我知道。"

"米燕不在。"

"这狗种真想。"

"他大喽。"

嘿嘿嘿。

是的，他大了，十六岁，米燕十五岁，这种年龄多少有点心事的。

3

赶牛上山，这是晨间最热闹的事。

待日头罩上西边最高的山头，像一顶金色的帽子，并逐渐往下套，村子里差不多都吃过早饭了，虽然炊烟照样自黑瓦背上浸起，白白地散入空中，那八成是妇女在热猪料。这当儿总有一个声音在村子某处响起，跟上课铃一样准时，内容也日日如是，没一点改变，就是：

"放牛去噢。"

"放牛去噢。"

"放牛去噢。"

声音亢奋，洪亮，有点沙哑，在童稚与浑圆之间，嚼得出其中的甜味。声音在老木屋与老木屋之间传递，村子便年轻了许多。

这声音是小石嘴里发出的。

牛娃们听到叫声，随便磨几下刀锋，将柴刀插入腰部的木鞘，挂了竹爪，去牛栏前"喔喔喔"地猛喊一阵。

村子就全是"喔喔喔"的喊牛声。

牛们悠悠倒嚼，不急不慢支起大肚子，正欲跨出栏门，却让娃子们拦住，在牛圈里打转，躲娃子们打来的竹爪。随着又一阵催叫声响起，老虎拉屎拉屎老虎快拉呀快拉呀老虎。牛被催赶得不耐烦，稀里哗啦地将积了一夜的尿屎挤出，娃子们这才松了一口气，放牛自由出去。

牛们走到村口，汇成一队，一夜未见了，都怪想念的，后头的牛嘴接前头的屁股眼，舔得有滋有味，亏就亏了最前的和最后的，一个没的舔，一个没牛舔。牛们长长地移动在山道上，煞是壮观，山间再没有比这更气派的队伍了。小石派一二娃子监视牛群，其余的聚在后头，随牛的步态慢腾腾一路笑闹。

娃群里有个叫阿旺的，眼睛有病，几乎每秒钟眨一次眼睛，大家都叫他"眨眼"。眨眼鬼头鬼脑的，在山道上蹦来蹦去，蹦得石子乱跳，蹦乏味了，眼睛盯着前面米燕的屁股，待了好一会儿，忽地爆一串笑声。

"皇天，米燕屁股真大，妇道人了呢。"

米燕脸唰地一红，转身一把扭住阿旺，压地上吃泥，一边骂咧咧的："鬼精放屁，鬼精放屁。"眨眼被压得心痒，趁机又抓了一把米燕的胸部。

小石没有看见，站一旁专心看米燕突起的屁股，果然比先前大，若不是阿旺道破，他还未发现哪，心头遂鼓鼓的。米燕还在使劲压，学着阿旺小时的腔调。

"我爸这贼种，整夜压我妈，我妈肚子压得那么大。"

"你妈你妈你妈。"

娃子们咯咯笑，也都手痒，一道上前助阵，你一腿我一腿叉牢，阿旺像一只钉地上的蜘蛛，米燕消了气，退出来看。

大家齐喊："坦白从宽，你爸昨夜压了没有？"

"你妈，皇天。"

"不老实，压。"

"压了没有？"

"皇天，断种。"阿旺声嘶力竭哭喊起来，娃子们害了怕，松手。

阿旺爬起，拍拍泥沙，眨眨眼睛，擦擦正欲溢出的泪滴，远远逃去大喊：

"米燕屁股真大，天大地大不如米燕屁股大。"

4

劈好柴，回家还早。娃子们草坪上嬉，女娃或坐或仰，欣欣然接受阳光的温热；男娃立坪外的峭壁上观望；牛坡上吃草，静静的，不细心则错看成黄色或黑色的石头，一点都未改变山的原色，好像牛也如同树木原是山的一部分。阳光自天空某处泻下，碰着山显出极分明的线条，将山勾勒得一览无余。极远处山阳山背的绿意被灿烂的阳光送过来，近在眼前，欲沾到衣上；山阴山弯却乌暗一片，深不可测，令人肃然噤声，连鸟也不敢啼鸣一声两声，四下静穆，娃子便像一群雕像。

阿旺的嘴是闲不住的，即便在静穆中，也不能不哼些诸如此类的童谣：

长尾乌，叫奇咕，三斗米，讨外婆。

娃子们听到这种不知重复过几遍的歌谣，不知不觉喉咙涌动，吐出声来续下去：

外婆生我妈，我妈生大哥。

大哥二哥讨老婆，剩下尾赖没老婆。

……

　　哼着哼着，似乎哼到了其中的味儿，声音越来越高，调子越来越长，脑瓜越来越糊，回声越来越勾人神思，一时竟全都恍恍惚惚，只觉体内涨满了尿，不得不掏出那玩意儿撒。

　　几十道尿流于是凌空而下，急急的，细细的，被阳光照得耀眼，到半壁散作珠玉，一粒粒欢快地掉进深不可测的乌暗。

　　阿旺抖抖剩余的尿滴，看看旁边的小石，还不停地细水长流，羡慕得哇哇大叫小石尿泡真大。

　　小石颇自得，说："谁像眨眼你，那么一点点。"

　　阿旺随即反嘲："尿多也吹，鸟大猛吹吹，别人笑话也不脸红。"

　　"比那儿，你个眨眼还不够鸡啄一口。"

　　"比，比。"

　　娃子们晃荡自家的小东西，先后肿起来，互相看，较来较去，到底小石的大。阿旺不服，啐一口唾沫："那点算鸟，米燕他爸的才大。"

　　"你看见了？"

　　"当然，不看见讲鸟，他蹲粪房上拉屎，挂下来那么大那么长。"阿旺双手比比长度，又弯掌比拟大小。

　　娃子们哄笑。

　　"怪不得眨眼，这破东西看了，一辈子倒霉，你再也长不高喽。"

　　哈哈哈哈哈哈。

　　男娃的秘密叫草坪内的女娃看见，都掩了脸嬉笑，肩膀抖抖的像鸟的翅膀。男娃正在兴头，又见女娃挑逗，心里只有一个字：抓。遂猛扑过去。灌木丛一跃而过，是飞。男娃和女娃混作一堆，乱抓乱摸，噫呀噫呀地喊叫和呻吟，在草坪上滚来滚去，辨不出哪只手是谁的。其实乱也可说是表象，一般抓和摸是有中心和要点的，男娃总是

吴玄自选集
门外少年

抓自己喜爱的女娃，摸的要点不外两个：大腿丫及乳房。米燕就是一个中心，真是英雄所见略同，许多男娃专门抓她，幸亏小石力大，得天独厚，双手紧紧地扎牢拥入怀里，其他男娃大多只能摸摸脖子后背屁股及腿肚子（隔着衣服），正面是叫小石独占了，摸不着。米燕平贴着小石，听得见他怦怦的心跳，她自然要扭来扭去挣扎反抗的，身体每个部位触到又躲开躲开又触到，多开心。否则，老实巴交的，让那么多手覆盖其上，不是太不好意思了。当然，这是米燕辈的专利，那些遭冷落的女娃只好气巴巴地抓附她身上的男娃，顾不得女孩子的尊严了。如此这般一层抓一层摸一层，显得很乱。上面的娃子，因为米燕的扭动，乱摇乱晃，激烈了大面积翻倒。这场面，到大面积翻倒，基本上告一段落，娃子们汗水淋淋，面红耳赤酸气熏人，一具具摊草坪上喘气，没几个愿意动弹，骨头筋肉皆酥酥的，怪舒服。

只有意犹未尽者如阿旺，依旧眨眼瞧米燕。米燕张嘴哀哀有声，嘴唇红红地闪着诱人的光，从嘴唇到屁眼大幅度地一起一伏，似一小船在水上，身体蒸发着热气，如雾。阿旺瞧着瞧着，在雾里消失了。哧地蹿过去，像一瓶胶水倒米燕身上，粘牢。嘴里呀呀着奶子真大麻布袋大。米燕早已疲软得不行，又手拼命撕，却无论如何撕不开，反而围来几个凑热闹。小石终于忍不住，眯眼立起，懒懒地过去，一言不发，推倒凑热闹的，一手缠头发，一手提屁股，将阿旺提起，不失分寸地甩出去。米燕极羞愧，转身趴地上，地气阴阴地侵入燥热的脸孔。

众娃子见状，感到问题严重，都默不作声，作壁上观。阿旺浑身酸麻，倒地上擦鼻孔里奔下的鼻涕，拧紧眉毛抑声骂："假正经，又不是你老婆。"

忽有一对黑蝴蝶交尾飞过头顶，大翅膀翩翩的衬着天空，阿旺一眼看见，抓过竹爪，一弓而起，一竹爪挥去，蝴蝶折断翅膀，悄然掉落。阿旺破涕而笑，奋然将脚掌抬过膝盖踩下，狠狠道：

×妈妈的。

5

譬如说春天。

春天来临的迹象无疑应该下雨而且起雾，山的轮廓模糊了，天和地寥廓的距离撤除了，糅合在一起，云云雨雨的世界一片湿漉漉，雨下了又下雾散了又聚，娃子们的箬笠藏在雾里，脚掌心被泥泞搅得痒痒，眼睛被雾圈着，雾里的春天实在令人遐思。

万事万物浸在春天里，都准备有所表示，山是云沾雾罩地告别了寒风，你会想到草木一年一度地拔节了。其实，最先感觉到春天的并非草木，是娃子们的脸，经过雨雾的滋润，一个冬天长在脸上的松树壳，悄然无声地剥落，露出干干净净白白嫩嫩的原色，确乎妩媚得很。

女娃卸下毛衣毛裤的厚层，更发现冬天没有白过，胸前的两座小山不觉中隆高了，鼓鼓的既惊又喜，臀间的肉又增了一层，自己摸摸也难免不动心，走在山道上，小心翼翼的还真担心让刺划破呢。可是不妙了，腹内开始一阵一阵隐秘地疼，蹲下去嘘嘘地拉，一低头还不吓昏过去，地上竟是一摊鲜红鲜红的血，若不是自己流出，那也罢了，不妨看作一簇杜鹃花。可这是怎么回事呢？当米燕第一次流出那么多的血，以为自己要死了，可怜伤心得号啕大哭，哭声自雾中穿来，那么急切惊慌错乱，大家以为被蛇咬了，委实吓煞。

小石走过米燕蹲的地方，发现那片红迹，甚是不解，回家告诉母亲，母亲笑他多管闲事，那笑容分明隐含着一个巨大的秘密。这时候，小石才觉着女人原来那么神秘，天天又抓又摸的肉体他一点都不懂。

他开始恐惧，对女娃不再那么肆无忌惮，处处提防着点，也就在这个时候，偏偏米燕正式进入他的梦境，梦中的米燕很柔顺，光着身子，黑发披下来，绕过脖子散在胸际，遮了两个鼓鼓的乳房，小石拿手指仔细撩开，看见两粒乳蒂圆圆的安在正中，周围一圈透红，像两枚小小的太阳。再撩开去，两座乳白色的小岗，在阳光下袅袅着轻雾，莹莹地渗出水珠，小石看得出神，正不知如何是好，米燕伸来的手，却是猫爪，在他背上又摩又搔，小石的身体散入空气里，轻飘飘的好像无影无踪了。

后来大约像空气一样上升了，是冉冉地上升，天上一阙蓝天幽幽的深不可测，底下的空谷薄雾潜滋暗长，渐渐淹过坡上一带的青绿。米燕嚅动红唇，柔柔地说：飞了，飞了。小石轻轻应着，透过米燕的肩膀，远处的山脊在雾中浮动，缈缈地往下沉。倏地小石一阵晕眩，天地倒转，他像一个火球，急速往下坠。心想这下必死无疑了，奇怪的并不害怕，只觉得心被熔成岩浆，通过椎骨深处，急流而下，喷涌而出。他极清晰地感到自己变成空气的一部分，没有了，死了。也就在这死去的一刹那，他醒了，全身大汗淋漓，仿佛在滚汤里泡过很久，摸摸裤裆一片黏糊，并冲来一股浓烈的腥味，他马上明白是怎么回事，激动得心头打鼓，渴望已久的急流终于从体内泄出，真想当即破壁而过，抱起米燕重演一遍梦中的情节。

米燕也如同小石，裹在大红棉被里，在梦中经历着惊险的故事。醒来全身颠颠的酥软，看见光线从板缝间漏进，迷迷糊糊地叫阿妈阿妈，今天还下雨不。

小石起床后，虽然想得热切，却犹豫了，他像个贼，偷了米燕的东西没脸再见到她，几番脚抬过门槛，都无可奈何抽回了，探出头来看，希望米燕出来，米燕故意捣蛋似的，偏偏不出来，在屋里走来走去，重重地将地板踩得咯咯响，等脚步响近门槛，大概真要出来了，他又慌得脑门直爆汗，赶紧缩回门后，恨恨地骂自己混蛋。今天是怎么啦。

等他们穿好棕衣，在牛栏门前碰面，各自都涨红了脸，背过去。无数看不见摸不着的刺刺进肉里，奇痒。不知怎么搞的，只匆匆赶起牛来，竟忘了强迫它们拉屎拉尿，就放出来，还无端地狠打牛屁股，强制它们快走。

两人跟着各自的牛，闷闷地拉下箬笠，盖过眼睛，小石只能看见米燕留在路上零乱的脚印。

春雨淅淅沥沥地从雾中淋下来。

6

梦遗以后，并不像我当初想的马上进入恋爱，他们反而疏远了，一起上山劈柴赶牛都很别扭，小石的目光总朝米燕的另一个方向。

雨过初晴，山像刚从地里长出来，鲜鲜嫩嫩的感人肺腑，所谓春光明媚，就是这种天气。春光在坡上胡乱涂抹一些月白的水红的粉红的杜鹃，新叶一张一张透明，阳光确乎不是太阳射下来，而是叶片上生长的碧色，在和风中微微摇曳起千种万种的风情。小石张开十六岁的嘴，要将阳光嚼进肚子，阳光确有嫩叶的鲜味，但是背后更有诱惑呢。

米燕在背后某处立着，在他与米燕之间，一群娃子正在地上滚爬，衣服、脸及嘴都沾了绿草汁。这游戏正往童年退去，跟他小石已越来越远。先前，男娃们把女娃一一分给自己当老婆，女娃们把男娃一一分给自己当老公，米燕就是他的老婆，他就是米燕的老公。那是假的，隔着裤子，现在不玩这个了。米燕也是，另一个方向呆立着，男娃上来抓，又是猫爪，又是唾沫，几下将不懂事的吐回去。她眼睛雾蒙蒙地转着两颗大露珠，满是怨恨。

小石不愿再和米燕做伴，每日赶在娃群前头，赶母牛及两头牛崽上山，当然不是离得很远，远到还辨认得出娃群和米燕为止，并能观察他们的行动，也让米燕可以看见他，比如隔一个岗，离一个坡。娃子们倒乐，不和他们做伴，省得受威慑。

其实，小石挺孤独的，只是他认不得这个词，说不出孤独来。静坐之时，地气抽上来，山里温度骤然而降，那边的笑闹飘荡如歌，他掏出小玩意儿揉搓，米燕就躺下面了，接下去便重演梦中的情景。不过，他不知道这个叫手淫。

这都是我当初想不到的，山娃子在性方面照样羞涩，或者说恐惧。更想不到的还在下面，小石简直玩蛇成癖，一看见蛇在草间游动，他就激动不已，捉了蛇，左右一晃，伸直手臂，稍稍抖动，做一些小动作，蛇就扭出无数美妙的曲线在眼前，以至于缠上手臂，做盘龙状。小石地地道道是一个野蛮的蛇郎。

这村子的娃子与另一村子的娃子，时常相遇，隔着山头，莫名其妙就骂起来，这边凸肚子做孕妇状，垂手捏住小玩意儿虚拉出去，再用力吐一口痰，喊：

×你妈妈。

那边也以同样的姿态喊：×你姥姥。

互相往上溯，直×得祖宗十八代头皮发胀，不过瘾，干脆冲过去撕打，以发发其攻击欲。碰到这场面，小石手中的蛇就大有用场了，每每扯衣服揪耳朵踢屁股最激烈的时候，他懵懵懂懂潜回战场，甩开蛇成一根鞭子，不问青红皂白一一鞭去，娃子们看见打到身上的是蛇，吓得魂不附体鬼哭狼嚎仓皇而逃。

剩下小石一人，高高立着木愣，听哭号声渐渐消失在山后，嘴角绽一些含意深刻的笑纹，右脚后退做成马步，手臂飞速地旋几旋，心满意足地把蛇扔出去，蛇在空中转几道弧，很快落到坡下，成一条僵尸。

7

玩蛇的事还没有了结，娃子们回去告状，小石阿爸先是红了脸，继而不动声色，叫过小石，厉声道：

"跪下。"

小石不跪，竖立着，合上眼皮。

小石阿爸又喝道："你跪不跪？"

小石不理睬，掉头欲走。

老头着了火，一把扭过小石，按倒在地，弓身一阵拳擂，小石倒地上既不挣扎也不叫喊，默默忍受父亲的拳头击到身体的各个部位，一点感觉也没有。小石母亲见没有动静，以为打坏了，一把眼泪一把鼻涕拉扯着："小石他爸，饶他一次吧，人谁不犯错，改了就是了，那么大的人还用得着你打。"因为小石没有反应，小石他爸打得乏味，加上他妈的恳求也就将就放了，小石慢慢爬起，拍拍灰尘，冷冷地说：

"不打了？"

这一问，老头半天说不出话来，可谓气极语咽，最后一字一顿学着小石的腔调："不——打——了？"说完急急去寻了麻绳，将小石推进房间，五花绑上，走到门口回头沙哑道："不会走，先学飞，看你犟到哪里去。"随即将门砰地狠声锁上。

房间里墨黑一团，角落老鼠唰唰地咕咬着板壁。小石静立着，用心体味着被父亲拳击过的部位，隐隐的酸痛。这时候除了酸痛，一无所有，体内的某种东西潜伏下来，不再折腾得他浑身奇痒，怪舒服的，甚至忘了自己是被绑着，竟想跳跃起来，痛和快的组合实在太恰当不过了。梦遗以来的恐惧被父亲打得干干净净，不留痕迹。他不再害怕米燕，米燕还是老样子，是他的堂妹他的隔壁邻居他童年的老婆，他大可以一如既往又抓又摸的。

门外脚步响连着几声咳嗽，有邻居进来，老头连声说：

"坐、坐、坐。"

"小石玩蛇了。"是米燕他爹的声音。

"没说的，阿叔，孽种迟早害了自己，也害别人。"

"蛇是神物，真玩不得。"

米燕他爹咳嗽几声，接着又重复讲起蛇精的故事。大意是一个老头上山砍柴，碰到一条蛇精，蛇精强行要娶老头的女儿当老婆，否则就要吃掉老头。这故事小石听了一千遍，早听厌了，但这时听起来却又别有滋味，他一字不漏地听着，想想自己整日上山捉蛇着实害怕，再想想并未捉着一条会说话的蛇，又放了心。

不一会儿，隔壁传来凄切的暗泣声，小石吃了一惊，细听是米燕在哭，抽泣声到唇边被手捂着，很低沉，一阵紧似一阵，一阵比一阵短促，并伴有手指抓草席的嚓嚓声和鼻孔倒吸鼻涕的渐渐声，小石仿佛知道哭声与他有关，只觉得心往下掉，渐渐地抽泣声盖过讲古，在暗中放大起来，如紧锣密鼓，在他脑海里回荡。他真想过去捏住她的鼻子说：别哭，别哭，有我呢。一抽身，发现自己让绳子绑着，动弹不得。绳子在身上扭来扭去有点紧，如蛇。转而想叫一声米燕，让她知道他就在身边，并没有被打坏。等真要叫，却又犹豫了，即便是低低的只有自己听得见，拼足勇气，叫到嘴边，还是哽住。

隔壁的哽咽传过来。

8

小石上山，还是老样子，跟米燕隔一个岗，离一个坡。

可是母牛发情了。

娃子们叫叫崽，叫崽就叫崽，母牛垂着泛白的泡沫，仰头四望"妈妈妈"地呼唤，并打喷嚏奋小蹄去寻去年的情种。小石挥舞竹爪，在后猛追，母牛越发奔得快，一跃一跃的，简直是马。呼叫声一路不断，满山满谷热烈地回应着，娃子们耳里就全都是母牛叫崽的声音。

那边米燕牧的黑牛牯，听到呼唤，也放弃青草扬蹄急急地赶来，米燕见状，也挥舞竹爪，在后猛追。其实她大可不必追赶，无非下意识学小石的动作，脚步由不得自己。山坡上便见一对男女莫名其妙地追赶两头发情的黄牛，大人若见了，肯定哈哈大笑的。

我得补叙一下，母牛叫崽，公牛本来得厮杀一场，这是自然界的规律，我相信公牛长着两只大角就是为了争夺母牛而生的。但小石喜爱米燕的黑牛牯，这家伙高大强壮，肩峰擎在脖颈上如一座山，真正的气势如牛，尽管有点老了，可干起母牛来老练自如，确也惹人喜爱。小石是看牛头，不仅管牛娃，还管母牛的配偶，所以黑牛牯就省去一场惊险的角斗，不斗而享有小石母牛的专利。

往年，母牛叫崽，他可乐了，命令娃子们牵住自家的牛牯免得过来捣乱，他和米燕将牛赶进僻静处，母牛翘尾巴等待，牛牯后退几步，一个俯冲，骑在母牛背上。他眼盯着，不禁手心大腿丫痒心里更咯咯痒，三下五除二，按倒一旁专心观看的米燕，滚作一堆。今年境况不同，他非但不乐，反而仇恨，挥舞竹爪猛追。两头牛碰面，正欲接嘴，小石挥起竹爪朝牛头一个劲狠抽，像弹棉花。牛头被抽到的地方很快勃起一溜儿一溜儿的爪痕，即便母牛再有耐性，也是经受不住的，只得掉头而逃。小石不解气，又追；黑牛牯不甘心，也追；米燕乱了方寸，不知自己在干什么，追。两头牛两个人，一队排开一个方向，追。灌木丛前面扑来又向后面弹去，一路啪啪地响，风呜呜地叫，小石越追越急，渐渐觉得自己在飞，两侧闪闪地流过绿的河流，脚下的灌木丛是一片绿云，他腾云驾雾，如履平地。突然，他感到屁股眼让牛角挑着，急忙一侧身，公牛嘴正好顶住母牛的屁股眼，母牛一震颤，马上就不逃了，尾巴高高翘上是一杆旗。米燕迷迷糊糊的不知牛已停住，也一头撞上黑牛牯的屁股眼，一个跟跄，摔了个四脚朝天。

小石见米燕躺着不动，心头一酸，不由自主地过去，拉了拉，咕噜道："摔着了吗？"

米燕不回答，只拿眼定定地凝他，圆了嘴艰难地透气，小石亦拿眼定定地凝她，身子缓缓地瘫软下去，草木掩过头发。

慢慢地米燕平下气，忽然脸涨得透红，嘶声道："逃呀，逃呀，你逃呀！"接着两眼汪汪地流下泪水，是两汪山泉，清亮地顺着冷却了的脸孔滚下。

小石心里一阵酸楚，张开双臂，拥过米燕，这回再不是梦中的幻影了。

事情就这么简单，身体一接触，恐惧就消失了，小石不再害怕，真的不怕。第一次激动过后，他探头察看山势，原来他们已经跑得很远，那边山脊静静的，没有娃子追来，阳光从山头上斜照下来，坡上的新叶浮着半层金黄，牛们在一旁摩耳擦鬓热乎乎流着牛泪，却很安详，大概早骑过背了。他心里一阵痒，回头趴到米燕身上，米燕也很安静，好奇地望着他。他抽手去解她的裤腰带，米燕脸上堆出一片绯红，一边呜噜着："莫啊，莫啊。"双手挡住裤腰带，小石一个手指一个手指掰开，米燕不再阻止，任小石摆布，并很严肃地望着上面的小石、灌木和枝叶间漏进的天空，枝条在身下折折地断裂。

小石屁股一撅一撅的，不学也会。枝叶的光影投到嫩嫩的屁股上，有规律地游动。米燕躺在下面，一动不动，忽然，哇的一声叫出来，带哭腔道：

"莫啊，莫啊，疼，疼。"

米燕弓起身子一看，吓得差点昏过去。自家的隐秘处毛茸茸的殷红一片，蒙蒙的不知怎么回事，慌得就哭了，看见小石一边呆着，像一段木头，赌气说：

"坏了，你赔。"

9

往后不难想象，一夜之后米燕不疼了，不过，不能不做出些女孩的矜持，一两日内不搭理是必需的。早晨，小石在牛栏门前十分庄重地问："还疼？"

"要你管？"

小石看她只是有点气，其他没什么异样，一头心事放下，忙着去赶牛。

春天赶牛上山，不像前面写的那样轻松，母牛一叫崽，牛队就不成样子了，娃子们一头一头监视，乱得团团转，嘴里老虎扒腿不要脸地乱骂一气，可母牛突屁股就是赖着不走，真是又可气又可笑。牛牯嗅到气味，一头一头拼命上前挤，好像只要舔一舔，死也值得。更要命的是不择地形角斗，平日豁达大度和平相处的牛啊，一下色迷心窍，结了九世冤仇似的，一见面就往死里斗，娃子们奈之何？竹爪挥舞得密不透风也无济于事。这地方坡陡壁深，牛牯脚一滑就没命，这些牛牯们十有八九是死在争夺母牛上。好在牛牯都是生产队公有的，死也就死了。春天，娃子们有的是牛肉吃。

米燕的黑牛牯就是这样死的。

黑牛牯死的那天下雨，云头俯到山脚，山上湿淋淋的，爬不得坐不得，娃子们没有去处，闷闷地正要回家。忽见阿旺家未开荤的处牛不吃草，在溪坪上转来转去，翘起尾巴妈妈叫，娃子们知道有戏看，雀叫着又叫崽喽，退一旁静观。

马上有米燕的黑牛牯和另一头黄牛牯横过来，两张嘴同时接住屁股眼，都想独占，各不相让，低头撞将起来，夹尾巴屈脊背正斗得欢，又一头趁机过来捞便宜，径直朝处牛背上爬，二牛一见渔翁得利，随即拆阵联合出击，直把那头撞得狼狈而逃，再赶上一边避去的处牛。争。这样，牛牯越斗越多，你斗一角，我追一步，全乱了套，一直随着处牛斗到坡上，诸牛牯只白拼了力气，谁也无法正式交配。

坡上滑，更有一丈多高岩背突着，险。娃子们本来该赶牛下山，但坡上湿，谁也不愿去，算了。况且摔下来也是活该，谁叫它们争着？

牛牯长久的相争，实害苦了小母牛，它"妈妈妈"叫得急切。阿旺听了动心，忍不住上去帮忙，娃子们齐喊：

"赶下山来。"

"偏不，你们这班狗种，懒骨头。"

阿旺想米燕的牛牯配种，得个好崽，穿着棕衣笨重地在牛群和枝叶间窜来窜去，追赶其他牛牯，牛却经得起打，你打得凶，它歪歪头，等竹爪一放又照样追。阿旺赶了半天，没个结果，气得破口大骂：

"×妈妈的，死、死、死。"

娃子们在下面哈哈笑。阿旺一气之下砍来一根柴刀柄大的木条横扫，到底把牛牯们扫出几丈之遥，黑牛牯不失时机骑上，毕竟是情场老将，只几口气工夫，小处牛就疼得一跃而去。

下面的娃子们问："进未？"

阿旺兴奋地答："进了，流血呢。"

小石说："真？"

"骗你是狗。"

小石透过雨雾，集中看小处牛的屁股眼，果然拖着血迹。他恍然大悟，嘴角眯起微笑。黑牛牯专注于小处牛的屁股，赶上去有滋有味地舔，伸长的舌头卷进一片儿一片儿红。不料，黄牛牯从山上冲下一头撞来，老黑猝不及防，四脚朝下斜斜滑去，到岩背，后蹄悬空，翻滚而下，随着一声闷响，老黑在岩下翻一个跟斗，接着一圈一圈滚下，直到溪坪，像是被山坡扔到溪坪上。

娃子们喊一声天，围过去。米燕蹲下推推拍拍，叫着："喔喔喔，起来。"

老黑躺着不动，照常抬头沙沙沙地倒嚼。满不在乎的样子，只是再站不起来，竹爪猛抽也毫无反应，小石跺跺脚惋惜道："坏了。"

米燕看看小石，脸一沉，呜呜哭丧起来："牛，牛，牛，我的牛。"又指着阿旺鼻尖："你，你，你，都是你。"大家被呜呜得鼻子涩，不觉也跟着呜呜起来。

老黑它也该满足了，有那么多娃子为它哭，别的牛死，哪有这般礼遇。娃子们想的是快叫大人来剥皮。

10

米燕好像刚刚发现自己有个身体，以往自己只是些声音和动作，当刺扎进皮肉才感觉到皮肉。但山上的一番云雨之后，随时都有另一个自己在注视着自己的头发、眼睛、鼻子、脸上的皮肤、嘴唇的厚度、手背的毛孔以及身体任何一个细微的部位，常常让自己给注视得不好意思起来，脸烫烫的。

山上的内容也有了变化，譬如独独去溪涧边坐石头上瞧自家的倒影，水从岩缝间挤出，到她跟前，必是小小的一潭，清亮透澈，水中的人儿倚着底下的碎石子，倒着的山影和山尖下一角云天，默默地注视她，很长久地注视她，可恨水中人只有一个轮廓，蒙蒙昧昧的总不见皮肤的颜色。米燕脸是不是还红呀？轻轻拨开一层水，水却荡漾了，水中人晃晃地破碎，融入山影和云天，不复是完整的人。

这时阿旺们若见了，嘴里灌满水，潜过来，喷她身上，米燕一惊，仰起脸，红红的，不言语，阿旺错认为是生气，嘟嘟嘴不尴不尬地退去。

米燕便埋头水中，黑发漂浮水上，娜娜地散成一朵花，拿手揉、搓、搔，将山上带来的头屑洗掉，抬起头捏捏，上太阳地里摊开晒，干了再去水边照影，嘿，亮多了。暗自高兴地驮柴回家，一摸头，真冤，又沾了碎片子，洗，再洗。洗完头，头上冒着热气，匆匆进房间照镜子，脸蛋被温水温得洁白而且鲜嫩，两边披下的黑发，湿润油滑，秀色可餐。她捏一绺塞嘴里嚼，哧哧地笑了。

然后是梳头，梳成哪种样式？倒真不好办。额前遮一层刘海，头发扎成一把挂到胸前？还是打辫子？打一根还是打两根？或许干脆就是披肩发？米燕终不能确定哪种样式最好看，跑去问她妈：

"妈，我头发哪种样式好看？"

"随便哪种。"

"唔，究竟哪种？"

"你想哪种就哪种。"

"你讲不讲！"

"就这样式。"

米燕很失望，心里烦躁，继而感到头和衣服不相称，在山里爬了半日，衣服老碰着带尘土的枝条，坐草坪又沾了草汁，更糟糕的是早上叫牛尾巴甩了一下，不可不换。想着想着就忘了头发的样式，转而换新衣服。好了，随即轻松无比，飘然欲飞，按按胸前鼓鼓的奶子，扭头摸摸背后的屁股，十分满意。跳到母亲跟前，炫耀地说：

"妈，我上山了。"

她妈一看米燕又换新衣服，指责道：

"上山穿新衣服干吗，又不是做新娘。"

米燕没想到母亲会这样说。

11

春天过后，雾聚到天上作奇峰，太阳报复似的燥热起来，到了着衬衫的时节，米燕身体着实丰腴了不少，乳房屁股都胀得紧身，走起路来步态婀娜。体内发出一种前所未有的气味，渗进娃子们的皮肉、骨头、脑髓，燥人，比阳光更燥人。阿旺很想过去抓一把奶子或屁股什么的，眼睛歪歪的脚步歪歪的，近前那气味越发浓烈，熏得脑瓜昏昏的，他努力睁眼看看米燕，无可奈何地退去。暗里说，米燕妈妈的真可怕。

这个夏天，米燕在娃子们抓摸的游戏中，不再是中心。男娃闻着那气味皆不敢近前，小石在娃群中绝不轻易去碰她，独坐在阴凉处，脚浸着流水，看娃子们大汗淋漓地乱抓乱摸，并不知道她身上有一种气味叫人害怕。米燕另一个方向面他而坐，目光时常飘过来，撞上，撞出浑身的燥热。各自仰头看山上的阳光，一片白光。甲虫的气味，牛粪的气味，阳光闷热的气味，搅和着体内发出的说不出味道的气味，逼人透不过气。装着满不在乎，低头去玩水，果然有清凉阵阵爬上手臂，再抬头看山上，山上兀自一片乌暗，渐渐透出白光，却不热，米燕以为是月亮泻下的。

噫，夏夜那么美好。

米燕躺在屋里，身边挤着弟妹。蛙鸣吵吵闹闹的自月夜传来，睁眼看板缝外的月光，在屋檐外满地铺银，咕噜道："妈，外面凉呢。"

小石隔壁听见，不一会儿，就愤愤而骂："热，热死人，妈，我去外面睡。"

"哦，凉了进来。"

小石便一跃而起，搬了竹椅嘎吱嘎吱出去。米燕转几个身，朝她妈喘起粗气来，她妈说："热呀？"

"嗯。"

"是热，我也流汗。"

"妈，我出去凉。"

"你不怕。"

"我就在门外。"

"怕了进来。"

"哎。"

米燕开门出去,看见小石躺月光下,走近了,小石转动黑眼睛望她,然后伸手往她身上各处摸,湿湿的。米燕惊惶地看看屋子,嘴唇朝那边嗫嚅。

两个影子遂蹑手蹑脚地穿过一段月光,向屋后柳杉林子进去。蚊子从沉睡中惊醒,纷乱地嗡嗡而叫,月光在林子外面白白的宁静。林子里乌暗乌暗的,谁都看不清谁,形体骤然消失,小石感到米燕渐渐变为一团温热的气体,在不断往外涌往外涌,一浪一浪将他推到远方,靡靡然不知身在何处。

米燕说:"我们独自有房间就好了。"

"嗯。"

"我跟我妈说,我要独自一间,你猜她怎么回答?"

"不知道。"

"她说,想独自一间,早点出嫁。"

"嫁给我。"

"屁,你知道怎么讨老婆?"

"不知道。"

"还说。"

小石还想接下去,米燕发觉出来久了,应该回去,慌忙说:"回去,大人知道了没命。"他们回屋的时候,夜确实凉了。

12

你发现没有,小石米燕他们恋爱,我居然没有提过他们接吻。这不是我的疏忽,小石一动真格,就扒裤子,不像城里人先文学哲学什么的,而后嘴而后胸而后依次而下,可谓一步一个脚印。他们知道嘴除了吃饭说话吐口水之外,还有接吻的功能,是在恋爱不算很短的一段时间以后。

夏天的某日,公社电影队来村子放电影,这稀奇事村人一年难得见上几回，娃子们无不把看电影看作隆重的节日，一见某座屋前的天井扯了白白的电影布，早早搬了凳子竹椅去抢占位置。小石、米燕自然不例外，日头老高就从山里回来，连偷情都暂时让位给电影了。夜里同坐一条四尺凳看银幕上映出他们陌生的城市和陌生的男女，这回同以往很不一样，不是打战，而是他们相当熟悉的男女之间的事，幕中人在一棵树下或者电影布样白的房间里，说说笑笑，而后拥抱起来，并不躺下扒裤子，却伸过嘴来互相咬，男的高，女的低，一俯一仰，几分钟过去，还是蠢蠢咬住不放。小石只晓得狗猫之类的动物互相咬，不知道一对相好的男女也可以这样咬。眼睛看得越来越圆，突出来，几乎跳到银幕上去，幕中人咬完了，还是不躺下，各自微笑很快活，又是说说笑笑，说一些他不知所云的事。小石回味那咬的动作，大概很有味道吧，嘴里不禁爬上口水，嘴唇痒痒的好像虫子爬过，舌头有一种伸出来舔的欲望，他急欲一试，朝米燕屁股捏了一把，起身钻出去。

米燕很解风情，耐了一会儿，随着小石远去的口哨声到屋后的柳杉林子，月光在天空某处泻下，从针叶间漏一些进来，散地上一溜儿一溜儿地亮，在半明半暗中，小石看见米燕鼻子底下的红唇噘起，煞是动人，扑上去一口咬定，米燕疼得直往后倾，又叫不出声，只在喉间呜呜发些鼻音。待小石放嘴，米燕喷着唾沫星子骂：

"疼死，鬼！"

"哦。"小石反应过来，学电影注视米燕，慢慢俯下头，米燕仰起脸接住，互相吸吮起来，不觉将舌头伸进对方嘴里卷，嚅嚅几分钟过去，米燕坚持不住，收回嘴，抹抹嘴唇的唾液说：

"臭，口水臭。"

小石也颇为失望，说："他们怎么那么有味道？！"

"城市人嘴涂香油，口水香呢。"

"怎么单单接嘴。"

"有味道呢。"

"不来那个。"

"什么那个？"

小石不说，伸手去摸大腿丫，米燕扭身笑道："猪，这种事好映出来你看的。"

小石手触到大腿丫，像机器按上开关，口水的臭味很快干了，不碍事的，堵着米燕耳朵说："我要。"

"别，人看见。"

"鬼都在看电影呢。"

终究是扒裤子来劲，过后他们很快把城里人必不可少的接吻忽略了。

13

从某天早晨开始，米燕胃里不适，感到被什么东西往上顶着，想呕吐又呕不出东西来。饭量是少了许多，看见油腻就发慌，空着肚子上山，头有点晕眼有些花，路、山坡和山坡上的黄牛，都虚虚地看不真切。回家呜呜地向母亲说："我不舒服呢。"

"哪里？"

米燕摸摸心头、胃、肚子，一时却想不起究竟哪里不舒服，随便指指肚子说："肚子。""怕是日头气受了，吞颗人丹。"

米燕一连吞了好几颗人丹，阴凉的蛮爽口，可肚子好几天还是一直往上顶，饭食照样不进。确实病了，她母亲料她是日头晒的，解除了她上山的任务，在家玩几天，等肚子好了再上山。

米燕在家闲着，偶尔帮母亲料理些家务，日子过得比山里慢得多，日头停在一个地方不动，抬头怏怏地往山上望，总不见娃子们下来，山道弯弯，时断时续将山坡的苍翠割成两半。阳光落到山道上，黄色。看久了，有一个影子移动，一时上一时下一时左一时右，模模糊糊，不知去向。米燕想是小石呢，走去迎接，却是一棵树，她专注于那棵树，立太阳下呆呆的不禁强烈地思念，就像古人说的一日不见如三秋兮。太阳依旧停在原地，仰头阳光落进鼻孔，不知所措地打一个喷嚏，肚子一阵疼。

待太阳的光影自山脚缓缓往上爬，竟至于缩小为山头的几许金黄，一抹余晖从高高的山头上斜照下来，投到米燕焦躁的脸上，这时，穿过一层薄薄的光线，才见山坡上一队黄牛腆着大肚子，以慢得不能再慢的速度爬下，背后跟一群驮柴的娃子。米燕脸上的颜色不辨余晖抑是笑。牛渐渐地越走越大，她瞧见自家的母牛了，胃里一阵放松，噔噔噔上前去，喔喔喔地喊，小石掀动肩上的柴火，探出头来，看见米燕眼睛异常地亮，将整个黄昏照得也透亮透亮。

关上牛，米燕瞧准无人，一头扑进小石带汗味的胸脯，急不可耐地喁喁着："想死了。"栏里的母牛看见，侧头伸出栏关，若有其事地朝他们嚼，似乎在说：不慌哪。

小石说："肚子好些没有？"

"一样。"

"我来摸摸看。"

正当小石为米燕摸肚子时，也许转角处有脚步响起，无奈只好分开，各自立牛栏前，把关上的栏关卸下再关。

进来的是米燕母亲，提一桶猪料，朝边上的猪槽里倒，一边说："米燕，快些关上，吃饭了。"

"不想吃。"

"少吃点，快来。"

米燕不得不去吃饭了。

饭后很长一段时间，屋前屋后到处都是乘凉的人，更有娃子们捉迷藏东跑西跳，他们是无法找到一处地方亲热的。这问题不大，以前也如此，重要的是大家入室以后，米燕准时听见小石开门嘎吱的声音，这时她再要求出去乘凉，她妈就不允许了。

"别去，身体不好，再受凉气，你要命不要？"

"热啊。"

"困了就不热。"

米燕怕受凉气，不再强求，只无端地痛恨肚子不争气。再说她只是心里想得热切，那个来不来倒无所谓，甚至有点怕，肚子不舒服呢。躺床上实际比树林子里好些。静听屋外小石口哨呜呜地暗示，渴望变为内疚，觉着十分过意不去，辗转反侧地等小石进屋，才鼻子酸酸地睡去。

一段时间后，米燕肚子不治而愈，饭量正常了，只是尿尿的次数比以往多，不多久就得蹲一下，数量又不多，很麻烦。不过，能够上山夜里又可以自由乘凉，还是挺高兴的。

14

娃子们上山，有时不走山道，赤身子沿溪涧爬，有水玩，又有石蛙捉，蛮乐的。石蛙这小东西，长着黑色的皮肤，样子极难看，夜里喜欢跳到岩背上鼓着两只蛙眼数星星，村人常点火把去捉。有石蛙的地点都有蛇，村人都说，这两种东西是神物，蛇是神的面，石蛙是神的鸡，鸡比面贵，人吃了很补的，但捉石蛙被蛇咬了也是常事。白天，石蛙一般躲水下的岩洞里，也有爬到山上乘凉的，不易捉到。娃子们不在乎捉到捉不到，有个东西捉捉就够开心了。

阿旺远远跑在前面，一路捡石子朝山上打，侥幸打只石蛙下来，没有也得丢块石子到水里，扑通一声，大喊石蛙跳下了。娃子们上当，急急去水里扳，也许石蛙藏石块下面呢。小石和米燕故意落在后头，不多久，就跟娃子们隔一个弯一个岗，看看娃子们远去，四下无人，心里恍惚得很，溜到山上，亲热一下，米燕远远听见娃子们扔石头的声音，紧张地说："快，快。"

然后，米燕又说："肚子疼。"

小石没什么好回答："很疼？"

"也不是很疼。"

"我们也去捉石蛙吧。"小石想起娃群，快步去追，以免时间长了他们怀疑，示意米燕在后慢走，隔一段距离，表示他们并不在一起。

看见娃群的时候，小石装着认真寻找石蛙的样子，不看他们。阿旺坐上边的潭口喊："快来，刚才一只石蛙跳潭里去。"

小石三步并作两步跑去，娃子们一个一个望他，争着说："真有一只石蛙跳下。"又做个手势："那么大，没半斤也有八两。"

小石低头看潭，呈三角形，阳光被山挡在外面，潭水阴阴的，溪水自一角冲下，激起一圈一圈的水纹，看不见底。他兴奋起来，抓石子朝山上乱扔一气，好像要发泄什么。忽然山上一只东西跳下。"石蛙。"大家齐喊，小石越发地兴奋起来，就地劈一些枝叶，用石头压水源上，潭面随即平静了，底下的石子映上来，粒粒可数，石蛙伏在潭底清晰可见。他扔一粒石子下去，眼睛追随着石蛙窜进洞里。

小石解下腰间的刀鞘，准备去捉。这时，米燕也到了潭边，看小石解衣服，好像回忆起什么，眼睛不由亮了亮。小石看一下米燕，知道肚子还疼，这只石蛙非捉来给她补补身子不可。山里的水凉，先掬把水拍拍胸部，然后一头扎进水下，留两只脚掌在水面扑腾，就像鸭子钻进水里抓食物。不一会儿，潭水哗啦一声响，小石钻出水面，高举的手里捏着一只石蛙，娃子们水花般地笑起来，小石另一只手的手指伸入石蛙腹部，石蛙的前脚便紧紧抱住手指，小石说："是公的。"

娃子们也争着拿手指来试，说："是公的。"

米燕说："你们怎么认出来的？"

阿旺看看米燕的胸部，哇的一声道："这也不知道，摸摸它的胸部有没有奶子，不就知道了。"

娃子们又水花般地笑起来，然后询问石蛙给谁吃。当然是给米燕吃了，可是小石不能告诉娃子，笑笑说："反正轮不到你们吃。"

米燕溜一眼小石，心领神会地笑一下。小石就老惦记着杀石蛙给米燕吃，这天早早地赶了牛群回家，大人还在田里劳作，正是杀石蛙给米燕吃的好时机，若让大人发现，盘问起来，怎么解释呢？！小石赶紧杀了石蛙，关起门来，用黄酒焖熟，偷偷地叫隔壁的米燕来吃。米燕看着碗里的石蛙，黑的皮，白的肉，说：

"我不敢吃，你自己吃。"

"快点吃，很补的。"

"我一个人不吃，要不我们一起吃。"

"你肚子疼，你吃。"小石焦急地看着米燕，又说，"吃了肚子就不疼了，快点吃，让大人发现，说我们偷吃，不好交代。"

"那么你尝一块，我再吃。"

小石只得尝一块，而后看着米燕吃，一种自豪感在他心里膨胀起来，觉得自己是个男子汉了。

<h1 style="text-align:center">15</h1>

米燕吃了石蛙后，肚子确实不疼了，但肚子却动起来，好像是有一只石蛙在肚子里窜来窜去。米燕发觉自己的肚子有东西在动，很是害怕，赶紧神色慌乱地找小石商量。米燕说："我肚子里有东西在动。"

小石说："什么东西？"

"好像是我吃进去的石蛙。"

"鬼话。"

"真的，不信你来摸摸。"

小石就将手伸进米燕肚子里摸，米燕说："不要乱摸，按住这儿，这儿刚才动了一动呢。"

果然，米燕的肚子是有东西在动，小石按住的手感到被肚子里的东西顶了一下。小石说奇怪，真有东西在动。真是不敢相信，小石又解开米燕的衣服，盯着肚子看了半天，可怎么也看不见肚子里在动的是什么东西，倒是把米燕弄得越发害怕起来，几乎想哭了。

小石说："别害怕，可能是肠子在动呢。"

米燕说："不是，我觉得是石蛙，它在里面跳来跳去。"

石蛙在村人的脑子里向来有几分神秘，小石也不可断定被米燕吃进肚子里的石蛙，就一定不在她的肚子里跳来跳去，这问题小石无法解决。米燕只得向母亲求救。

米燕母亲看了看肚子，又摸摸会动的部位，顿时脸色发白，好像见不得人似的，把米燕拖进房间，来不及审问，就自己先哭起来，米燕以为自己要死了，也跟着痛哭起来。

米燕母亲边抹眼泪边骂说："你还有脸哭。"

米燕听得母亲口气不对，就止了哭，米燕母亲说："你还想不想做人？"

米燕不懂是什么意思。

米燕母亲说："你还想不想嫁出去？"

米燕还是不懂什么意思。

当母亲审问是谁作的孽，把她肚子弄大，米燕才明白在肚子动的是孩子，原来和小石那样是要生出孩子来的，孩子在肚子里实在是比石蛙在肚子里还可怕，明白了的米燕又害怕得痛哭起来。米燕母亲见女儿这等伤心，就忘了骂，倒是安慰起女儿来了。

米燕怀孕，也不只是米燕害怕，其实我也非常害怕，她一怀孕，我就不知道接下去该怎么写了。米燕和小石是门外少年，我的意思是他们生活在社会和文明之外，譬如放牛的山上。而一旦怀孕，就得回到现实中来，而现实大家都说是冷酷的，至少也是世故的，事情就麻烦了，就无法继续他们那种天真烂漫的性本能了。

胡未雨发现她的丈夫丁小可原来只是个废物，看上去很随意，其实是厚积薄发，偶然得之。

像我一样没用

W U X U A N

Z I X U A N J I

X U A N B A I

1

胡未雨发现她的丈夫丁小可原来只是个废物，看上去很随意，其实是厚积薄发，偶然得之。那天，胡未雨五岁的女儿丁丁，捧着一本什么儿童读物，丁丁在书上遇到了"废物"这个词，她不明白，问：

妈妈，妈妈，废物是什么意思？

胡未雨说，废物，就是没用的东西。

丁丁说，那什么东西是没用的？

胡未雨说，没用的东西多啦。比如垃圾，没用吧；你撒的尿，没用吧；还有你爸爸，没用吧，也是个废物。

丁丁开心说，啊，哈，爸爸也是废物啊。爸爸跟我的尿一样。

胡未雨跟着也开心地笑起来。

丁丁想想又不放心，问，爸爸真是个废物？跟我的尿一样？

胡未雨笑着说，你爸爸除了下棋，什么也不干，有什么用？他还不如丁丁的尿，丁丁的尿香。

这段问答发生时间应该在下午五点半左右，胡未雨下班之后。胡未雨在女儿面前这样损她的爸爸，并不符合她平时的言行举止，她是个相当严肃的女人，不擅长开玩笑，尤其是在只有五岁的女儿面前胡说八道。这表明，胡未雨关于丁小可是个废物的比喻，只是突发性的意料之外的不可预测的，所以胡未雨自己也笑了。但是，笑过之后，胡未雨又严肃起来，觉着自己不经意间说中了，丁小可确实是个废物。这么一想，还真的勾起她的鄙视来。丁小可没回家，他肯定又没去上班，在楼下的茶馆里下棋，若是上班，他早就回来了。对于丁小可，胡未雨想，最好是别想他，就当他是不存在的，只要一想起，心里就难免不鄙视，那鄙视就像窗外的风，只要窗户稍微拉开一道缝，就无端地潜入进来。

丁小可端着棋盘和围棋盒子回家的时候，丁丁跳上前炫耀说，爸爸，我知道你是个什么东西了。

丁小可说，我是什么东西？

丁丁说，你是我撒的尿。

丁小可说，不对，一点也不像。

丁丁说，我撒的尿是废物，你也是废物，所以，你是我撒的尿。妈妈说的，妈妈说你还没我的尿香呢！

丁小可就吃惊地看着自己的女儿。胡未雨感到问题有点严重，赶紧说，丁丁，妈妈跟你开玩笑，以后不许这样跟爸爸说话。

丁丁不服气，说，爸爸真的没用，他什么也不干，只会下棋，我确实觉得爸爸是个废物。

好，好，爸爸是个废物。丁小可瞪了一眼女儿，对自己的女儿，他除了瞪眼，也没办法。但他可以朝胡未雨发脾气，一会儿，丁小可说，你就是这样教女儿的？我开玩笑。开玩笑？丁小可咽了一口气说，我知道我是个废物，但你这样教女儿还是不妥吧。对女儿，最好不要让她知道，她的爸爸是个废物。胡未雨看着丁小可说，你也承认你是个废物了？丁小可说，当然，我不是废物，是什么？所以你觉得连女儿也伤了你的自尊？是的。胡未雨又看了一眼丁小可，说，那好吧，我让女儿向你道歉。

丁丁早忘了刚才说了些什么，她趴在沙发上看书，一边不停地撅着小屁股，那样子就像胡未雨想象的，是个天才。胡未雨说，丁丁，你起来，别看了。丁丁没有听见。胡未雨又说，丁丁，你知道你刚才做错了什么？丁丁的脸从书上转过来，妈妈，你说什么？胡未雨说，我问你，你知道你刚才做错了什么？丁丁使劲地摇头，表示她不知道做错了什么。胡未雨说，你刚才那样跟爸爸说话，是不对的，爸爸生气了，你应该向爸爸道歉。丁丁坐了起来，说，我没说错，我不道歉。胡未雨笑了笑，对丁丁非常满意，觉着丁丁已经开始有个性了。但她还是把丁丁拉到了丁小可面前，说，丁丁是好孩子，丁丁向爸爸道歉。可是丁丁不听诱导，完全无视"好孩子"的荣誉称号，她仰着脸像个大人似的责问，爸爸，你为什么要我道歉？丁小可没想到女儿会追问道歉的原因，其实他也没要求女儿道歉，是胡未雨要女儿道歉的，丁小可就不知道怎么回答女儿的问题。丁丁又问，爸爸，你是个废物，不对吗？丁小可说，你觉得对吗？丁丁坚定地说，对，你就是个废物。丁小可也不知道哪根神经被触动了，就赏了女儿一记响亮的耳光。丁丁不能理解爸爸不是跟她讲道理，而是动手打她，丁丁嘴一撇，就号啕大哭起来。

胡未雨一边安慰女儿，一边鄙夷地说，你真有出息，跟孩子过不去。

丁小可没有理睬老婆，站那里莫名其妙地看着女儿哭，其实他也不知道怎么就打了女儿一记耳光。他似乎没想过要打女儿，那只手在没有接到任何指令的情况下，就擅自打了女儿一记耳光。

丁丁挨了一记耳光，夜里，就要赖似的发起高烧来，尤其是被丁小可打过的半边脸，一片潮红。这可吓坏了胡未雨，胡未雨抱怨说，都是你。丁小可说，跟我有什么关系？你不打她，她会发烧？我打她，可是跟发烧也没有关系。当然有关系。接着胡未雨命令说，你送她上医院。丁小可上窗前往窗外看了看，说，外面下雨，明天吧，没事的。说着丁小可就一副没事的表情，去书房摆起棋谱来。

如果丁小可不那么无聊地去摆棋谱，胡未雨也许不会发火。但她一听见棋子敲打棋盘的声音，气不免就从喉间涌上。胡未雨站在书房门口，大声说，丁小可，你到底送不送女儿上医院？丁小可伏在棋盘前，头也不抬说，不是说过了，明天，没事的。

一会儿，丁小可听见了自家铁门发出的一声巨大声响，丁小可被声音震惊，夹在左手食指和中指间的一粒白子，好像也受到了惊吓，啪的一声掉到了棋盘上，白子在棋盘上跳了几跳，又啪的一声掉到了地上。丁小可对棋子是很珍惜的，有点心疼地捡起白子，捏在手心里，不耐烦地走出书房，发觉胡未雨和丁丁都不见了，丁小可嘴里咕噜着"讨厌"，只好下楼来追赶胡未雨。

胡未雨一手抱着孩子，一手撑着雨伞，站在路边，雨伞外面都是雨。丁小可缩着脖子走过去，好像他这样缩着脖子，雨就淋不着他似的。胡未雨看着他缩着脖子，像条挨了打的狗那样跟来，心里得到了一种满足。我来抱吧。丁小可伸手的时候，手心里捏的白子掉到了地上，胡未雨低头看他手里掉下的是粒棋子，心里又得到了一种满足。丁小可捡起棋子，搓了搓，放入口袋，再次伸手来抱丁丁，但丁丁还记着丁小可打她一记耳光的仇，拒绝让他抱。丁小可就只能替胡未雨打伞。

这路段，平时出租车就少，遇上下雨，就更少。丁小可等了一会儿，街上除了绵绵密密落下来的雨，什么也没有，丁小可心里就烦躁起来，发牢骚说，我说明天嘛，你不信。明天，她就好了，没事找事，站这儿淋雨，舒服吧。胡未雨斜了他一眼，那目光就像被风吹动的雨，冷冷地落在丁小可脸上。胡未雨说，我又没叫你来，你不舒服，就回去。丁小可本来是想扔了雨伞就回房摆棋的，但正好一粒雨打进了他眼里，刺了他一下，使他的注意力转移到了眼部，他拿食指擦了擦眼睛，决定还是忍了气陪胡未雨等候出租车。其实，他对胡未雨还是有几分害怕的，若是这时他发脾气走掉，想必胡未雨回来不会给他好脸色看。丁小可的决定应该是相当明智的。

后来终于等来了出租车。医院对发烧这种病最有办法了，就是挂盐水。胡未雨和丁丁坐在输液室里，说说笑笑，好像这是一种享受。丁小可没事干，一瓶盐水滴完得两个小时，就是说丁小可得空等两个小时。这对他无疑是一种折磨，丁小可觉得被抛在了一个极其无聊的地方。输液室很热闹，大多也是父母带着孩子来挂盐水的。丁小可想，他们的孩子是否也是被打了一个耳光后才发烧的，结论显然不是，丁丁发烧跟他没有关系。但丁丁偏偏在被打了一个耳光后就发烧，丁小可觉得自己是让丁丁这小东西给耍了。丁丁与别的孩子不同，甚至可以说古怪，她不怕打针，她喜欢来医院挂盐水。那些不过加了点盐的盐水，注入她的体内，似乎让她很兴奋。她靠在胡未雨怀里，歪着脸看着顶上吊着的盐水瓶，眼里充满了新鲜和好奇，嘴里跟胡未雨叽叽喳喳个不停，而对身边的丁小可，却不理不睬，像个她不认识的陌生人。丁小可看着正在挂盐水的丁丁，一点也找不到当父亲的感觉。事实上，他也不像一个父亲，他似乎一直遵守着萨特先生的格言：生孩子，何乐不为，养孩子，岂有此理。岂有此理的事情，丁小可当然不干了，丁丁实际上像个没有父亲的孩子。

丁小可无聊地踱到输液室门外，立在走廊上看雨，看医院里的雨是否与别处不同，他非常厌恶此地的气候，此地的气候就是天天下雨。医院的雨不但令人厌恶，似乎还带着死亡的气息。丁小可抽出一支烟点上，又摸出口袋里的白子，放手里揉了又揉，这动作似乎有缓解无聊的功效。丁小可每隔十几分钟回一次输液室，眼巴巴盯着丁丁头上的盐水瓶。慢，真慢，太慢了。丁小可小声地自言自语着，但是没人理他。丁小可想，生活真是一种折磨啊。

更冤的是，丁小可这样空等了两个小时，胡未雨回家还是饶不了他。丁丁睡后，胡未雨开始算账。

胡未雨说，丁小可，你太不像话了。

丁小可说，我又怎么了？

胡未雨说，你一点也不关心丁丁。

丁小可说，不去医院挂盐水，真的没事的。

胡未雨说，不是挂盐水的问题，是你一点也不关心丁丁。

丁小可不想辩解了，妥协说，嗯。

胡未雨说，你说说，你关心过丁丁没有？

丁小可说，嗯。

胡未雨说，你也该关心关心丁丁了，你这样下去，真的要连丁丁也看不起你了。

2

丁小可，夜里不到两点是不睡觉的，早上不到十点是不起床的，他又躲进书房摆棋了。我怎么会嫁给丁小可？胡未雨想，胡未雨想这个问题已经有些时间了。这个问题的结论应该很简单，就是她不应该嫁给丁小可，可实际上她已经嫁给了丁小可，这就有些让人想不通。

当初，胡未雨成功地成为丁小可的妻子，其实还费了不少心思，她是在击败好几个竞争者之后，才成为他的妻子的。这对她也算得上一项成就。丁小可虽然并不英俊，但他对什么都不放在眼里，对什么都不在乎，看上去相当潇洒，像是个逸才。这对某些女孩，还是有魅力的。这种人跟他谈几天恋爱也是可以的，但跟他结婚就铸成大错了，可惜胡未雨在跟丁小可结婚之前，从没有结过婚，没有经验，不懂得有一种人是只可谈点恋爱而不可结婚的。

说起来都是那次该死的诗歌沙龙。在 20 世纪 80 年代，诗歌是不可缺少的，到处都在举办这样的诗歌沙龙，就像现在的卡拉 OK，许多人谈情说爱都是从诗歌开始的。谈的说的当然是别人的诗，如果某个男人自己也写诗，自以为是个诗人，那他的屁股后面很容易就跟着一打以上的女性追随者。嫁给诗人，那是女人做梦的时候想的。丁小可确实写过诗，也以诗人自居，刚好碰巧又坐在胡未雨旁边，他们就认识了。现在看来，所谓诗歌沙龙，不过就是一群乌七八糟的人聚在一间屋子里胡言乱语。当时，丁小可说了些什么，胡未雨一点也记不起来了，但丁小可总有什么地方吸引了她，可能是眼神吧，他那种懒洋洋满不在乎的眼神，看上去颇有才情。胡未雨刚师范学院毕业不久，分到一所中学教书，在她的印象中，似乎所有的才子，都是这种表情，胡未雨大约把他当作才子了。当丁小可说，无聊，无聊透了，我们出去走走。胡未雨愉快地接受了邀请，跟了他出去。

街上下着蒙蒙细雨，准确地说，那种雨不能叫下，它们在空气中若有若无地飘着，好像就是空气的一部分。衣服是没有感觉的，脸也没有感觉，只是落在头发上，很快便凝成细微的颗粒，而且发光。丁小可蓄着当时流行的长头发，脖子上面的脑袋似乎没有五官，就是乱蓬蓬的一堆头发。胡未雨看着那头乱发渐渐地被雨珠笼罩了，发出一种淡淡的光芒。胡未雨想，这等天气，在街上走走确实蛮好的。可是丁小可只顾着走路，并不跟她说话，好像他的腿一走动，嘴就顾不上说了。胡未雨觉得这个人实在奇怪，邀了她出来，又只顾着走路，不与她说话，两个人一起走又不说话是不对的。

你也写诗吗？话一出口，才想起这话刚才在沙龙上问过，没话找话，胡未雨把自己羞得脸微微地红了。

但丁小可早忘了她刚才问过，应付道，写的。

胡未雨说，那我能拜读你的大作吗？

丁小可说，当然。

胡未雨还有点慌，不知道接着问什么好，又换了一个话题，你在哪儿上班？

丁小可说，电台。

电台？当记者？胡未雨很是羡慕地说。

丁小可说，嗯。

胡未雨说，当记者，好啊。

丁小可说，有什么好？当记者就跟当狗一样，净放狗屁。

胡未雨第一次听到有人这么贬斥记者，就呵呵笑起来，丁小可看着她笑，恭维说，你笑起来很可爱。

是吗？胡未雨笑着说，我还是觉着当记者好，总比当教书匠好，如果有人叫我当狗，我马上就去。

丁小可说，当教师有什么不好，我觉得当教师也很好。

胡未雨说，我不相信，如果一个教师，一个记者，两个位置让你选，你选什么？

丁小可说，我都不选。

胡未雨说，那你想干什么？

丁小可说，我不想干什么，我什么也不想干，我最想的就是什么也不干。

丁小可其实是相当诚实的，初次见面，他就告诉了胡未雨，他什么也不想干，只是这种话谁又把它当真了？胡未雨只觉着他有个性，也有趣，谈话氛围也开始融洽了。胡未雨的兴趣又回到了诗歌上面，问丁小可最喜欢哪位诗人。顾城。丁小可随即念了顾城的几句诗：

> 有些灯火
> 是孤独的
> 在夜里
> 什么也不说

丁小可的朗诵应当说十分成功，胡未雨听了好像受到了什么触动，她停下了脚步，立那里做孤独状，仿佛她就是有些灯火中的一朵灯火。顾城的这几句诗，后来胡未雨一直记着，直到顾城在新西兰的激流岛，拿斧头劈了妻子，然后上吊自杀。胡未雨在报纸上看见顾城杀妻的消息，立即想起了他们初次相识的那个夜晚，丁小可随口念诗的情景，她面对报纸发了好长时间的呆，结论是不可能的。她相信顾城有可能自杀，但她根本不相信顾城会杀妻，一个诗人拿斧头劈了妻子，就像宰一头猪，太不可理喻了——如果改动一下，顾城拿斧头劈了自己，然后他的妻子上吊自杀，那倒可以接受。胡未雨扔了报纸，狠狠地说，撒谎。胡未雨是在办公室看的报纸，她的异常举动让同事很不解，都问，你怎么了？你怎么了？胡未雨什么也不想说，她感到异常的孤独，有些灯火，是孤独的。在夜里，什么也不说。回家，胡未雨很忧郁的样子，说，我看见报纸上报道顾城杀妻，是真的吗？丁小可说，是真的。胡未雨说，你怎么知道是真的？丁小可说，到处都在报道，连他父亲也证实了是真的。胡未雨说，可是我不相信。丁小可说，这有什么不相信的，诗人也可以杀人，也可以是个杀人犯。胡未雨瞪圆了眼，说，你真的这么认为？丁小可说，你这么认真干吗，顾城杀妻跟你有什么关系？人家诗人送书给人都要写上"请某某某斧正"，顾城用斧头砍老婆是对的，那不叫杀，叫斧正。丁小可玩世不恭的口气太让人受不了，胡未雨觉着他比顾城更可恨，便懒得与他说了。顾城与她确实没什么关系，但她和丁小可之间跟顾城有关系。若不是当初他朗诵顾城的诗，也许现在胡未雨就不会嫁给他。丁小可可能还不知道顾城帮过他这么大的忙，否则他就不会这么刻薄。这样说来，顾城跟她也是有关系的，顾城杀妻，无疑也粉碎了她心中某些堪称美好的东西。丁小可朗诵《有些灯火》那会儿，胡未雨瞅着他那头蒙了一层薄雾似的细雨的乱发，好像他就是一个诗人，这些诗句好像不是顾城写的，而是他随口吟出来的。他就是那些孤独的灯火。孤独的男人当然讨人喜欢了，胡未雨分明是感觉到她喜欢上了丁小可，那个时候不像现在，一个女孩子喜欢一个男人，不是看他有多少钱，而是看他有多么孤独，好像孤独是内心的通行货币，可以买到灵魂需要的东西。

丁小可见她沉默，说，你干吗发呆？

胡未雨像是被人发现了秘密，慌乱说，啊，我发呆了？你念得真好，我被感动了。

丁小可说，你也喜欢顾城？我那儿有他的诗集。

胡未雨说，我是被你的朗诵感动的。你最好朗诵给我听，我自己看没那种感觉。

从没有人夸奖过他的朗诵有这么好，丁小可感到很受用，一边走着，忽然指着面前说，前面就是我的单位，我就住里边，要不要上去坐坐？

胡未雨犹豫了一下，问，现在几点？

丁小可说，早，九点不到。

胡未雨说，那好吧。

丁小可住的这幢破楼，后来胡未雨住了整整五年，而且直接改变了她的人生走向，若不是无法忍受这儿的居住条件，她也不会从公立学校跳槽到私立学校。那是有点悲壮的，有一个专用名词，称之为"下海"。不过，第一次进入破楼，她并未感到它是那么破的。她跟在丁小可后面，什么也没在意，丁小可的房间完全像一个读书人的房间，简陋，但充满书卷气，一张床，一张书桌，一个竹制的简易书架，书架上、桌上、床上，全都胡乱地堆满了书。一面墙上贴了一张横幅，未经装裱的，就那么贴在墙上，上书陶渊明的《五柳先生传》，是小楷，字有几分清秀，因为没有装裱，就像是别人扔了他捡来贴墙上的，倒也显得漫不经心，像是一种境界。胡未雨在大学语文课读过《五柳先生传》，也想在丁小可面前显露一下她的文化底蕴，便仰了脸，盯着墙上，有板有眼地念起来：

> 先生不知何许人也，亦不详其姓字。宅边有五柳树，因以为号焉。闲静少言，不慕荣利。好读书，不求甚解；每有会意，便欣然忘食。性嗜酒，家贫不能常得。亲旧知其如此，或置酒而招之。造饮辄尽，期在必醉；既醉而退，曾不吝情去留。环堵萧然，不蔽风日，短褐穿结，箪瓢屡空，晏如也。常著文章自娱，颇示己志。忘怀得失，以此自终。
>
> 赞曰：黔娄之妻有言："不戚戚于贫贱，不汲汲于富贵。"极其言兹若人之俦乎？酣觞赋诗，以乐其志。无怀氏之民欤？葛天氏之民欤？

胡未雨念毕，喘了一口气，说，字很漂亮，你写的？

丁小可说，不是，一个朋友写的。

那么，书法就没必要赞美了，胡未雨刚想坐下和丁小可谈谈五柳先生的人生观。突然，李志强连门也不敲一下，就闯进来了，见丁小可房间有女人在，好像见了什么怪物，极为夸张地伸了一下舌头，又发出一声"啊"的叫声。胡未雨转头看他，刚好看见他伸着舌头的鬼脸，就笑了。李志强长得长而瘦，像根竹竿，脑袋又特别小，好像只有脖子一般大，也是长头发，看上去就是一根竹竿挑着一蓬头发。胡未雨以为他会打招呼的，但是他没有，故意看也不看，好像她是不能看的。他冲着丁小可嚷嚷，菜鸟、菜鸟，快点菜鸟。胡未雨不知道他在嚷什么，有点不自在，站起来说，你们有事，那我先走了。丁小可说没事，他找我就是下棋。胡未雨迷惑地说，菜鸟是下棋的意思？丁小可说是，胡未雨不解地说，菜鸟怎么是下棋的意思？丁小可说，就是下棋的意思，他的专用名词。胡未雨笑了笑，说，那好吧，你们下棋，我看你们下棋。丁小可说，你会下棋？胡未雨说，不会，但是我喜欢看别人下棋。丁小可就在床单上摆上棋盘，两人厮杀了起来。胡未雨确实一点也不会下棋，但她知道围棋这东西风雅得很，在四大风雅之物琴棋书画中，它名列第二，下棋是很风雅的，即便不会下棋，看别人下棋也是风雅的。胡未雨很专注而又莫名其妙地看着他们下棋，可是不懂，这样看着是愚蠢而且劳累的。胡未雨就找了点事情干，替他们倒水，自觉侍候起两位棋士来。两位棋士只顾着棋盘，接过她递来的水杯，也不道谢，似乎她就应该替他们倒水的，但是胡未雨并不介意，很欣赏地注视着丁小可。丁小可盘腿坐在床上，一副老僧入定的样子，这形象基本上符合胡未雨关于棋士的想象，只是坐在床上不够风雅，这也是没办法的事，地方简陋嘛。

但是，胡未雨还是无法坚持到将一盘棋看完，胡未雨说，你们好好下棋，我先走了。

丁小可抬了抬头，说，你走？然后表情定在那里，就没反应了，也没想到送一送她。

这样的男人，现在，胡未雨自以为是看得清楚了，然而，在80年代，胡未雨是被自己的想象所蒙蔽了。从丁小可的房间出来，胡未雨的心情是愉快的，心里有点朦胧的渴望，而且有点激动。在回家的路上，她的脑子里盘桓着丁小可的两个形象：一个是乱发蒙了薄雾似的细雨的诗人的形象，一个是盘腿坐在床上下棋的棋士的形象。这两种形象都是经典的，早有公论的，女孩子们所渴望的。胡未雨仿佛看见了她心中理想的男人。只是丁小可对她还不是十分有兴趣，这一夜，胡未雨想来想去，失眠了。

胡未雨难免不为回忆所感动，毕竟那一夜的丁小可还是美好的。她穿了睡衣来到书房，但是，一看见丁小可还在那儿摆棋，心头气又上来，胡未雨说，丁小可，你有完没完？

丁小可见老婆站在背后，吓了一跳，连忙讨好说，完了，完了，马上就完了。

胡未雨说，你能不能干点别的什么？

丁小可说，那我干什么？

胡未雨说，你什么都不干，陪我睡觉也行。

丁小可说，我睡不着。

胡未雨说，哼，你这样下去，当心我跟你离婚。

3

进入 90 年代，丁小可的那个单位，跟丁小可差不多，也快成为一个废物了。电台也曾有过它的黄金时期，比如 50 年代、60 年代，甚至 80 年代，当时的电台播音员可能比现在的电视主持人，更令人想入非非，因为只闻其声，不见其人，显得神秘。但是，电视普及之后，广播就可有可无了，现在，广播就像一个患了自言自语症的傻瓜，虽然它也知道没有人听，但它还是不停地唠叨，以示它的存在。这样的单位，有门路的人都待不长，不过，倒是非常适合丁小可，在电台，很清闲，可以不上班，即使上班，也没什么事，丁小可并不觉着电台有什么不好。

当然，这样的单位，不是随便什么人都能觉着它有什么不好的。电台的大部分人只是无可奈何而已，只有丁小可这样的人才能觉着它没有什么不好。而胡未雨就不行，婚后，她搬进丁小可住的这幢破楼，就觉着很痛苦，这鬼地方是不能久住的。这是 50 年代盖的筒子楼，就一个房间，没厕所，没厨房，上厕所得去楼下公厕，水也得去楼下公厕旁的水龙头提，它应该是单身汉的临时宿舍，谁成家了就该搬出去的。但实际上它里面几乎住了电台的所有职工和家属，没厨房，走廊便成了通用的大厨房，摆满了各家的煤球炉和待烧的煤球，如果穿着白裙子，从房间走到外面，稍不小心白裙子便黑了。更糟的是房间隔音效果极差，丁小可住的又是二楼，上下左右稍有响动，都听得清清楚楚，好像他们就在你的房间行动。胡未雨每夜都可听见别人做爱的声音，本来，这种声音，你听我的，我听你的，也算公平，但胡未雨偏偏羞耻感特强，只能她听别人的，而绝不允许别人听到她做爱的声音，所以胡未雨和丁小可做爱，总是小心翼翼偷偷摸摸的，做得一点也不尽如人意，后来简直是连兴趣也没了。

丁小可对这样的处境好像很是心安理得，每次胡未雨发牢骚，丁小可先是像猪似的没感觉，然后，可能是听烦了，又不便发作，就无所谓似的往床上一靠，拉了被子当靠垫，目光漠然地注视着墙上的《五柳先生传》。他这副超然物外的形象，似乎是要胡未雨感到她的牢骚是庸俗的，你看人家五柳先生，环堵萧然，不蔽风日，还经常饿肚子，不是照样活得逍遥自在嘛。丁小可大概很以为他就是当代的五柳先生，至少也是颇得五柳先生的遗风，只是他并不常著文章自娱，他写过诗，但是，他早就不写了，而且还很藐视诗歌，顺便也藐视诗人。以为那也是狗屁的一种，他不过是随便玩玩，其实是很不屑的。这就像某些想恋爱的男女，恋爱不成，便反目成仇，诽谤之，丁小可之于诗歌大约也是这样。不过，不"常著文章自娱"也没关系，他还有一样东西是五柳先生所不会的，就是下围棋，围棋这东西比诗歌似乎还抽象还深奥，饱食终日，无所事事，不亦有博弈者乎，常下围棋自娱，也是可以当五柳先生的。

丁小可虽然屁事没有，但看上去也很忙。他通常在早上十点左右醒来，然后赖在床上等胡未雨叫他吃中饭。中饭快完的时候，李志强往往就及时出现了，嘴里照例叫着"菜鸟、菜鸟"。丁小可对吃饭这种事本来是不感兴趣的，无精打采的，看见李志强他才来了精神，这一天算是正式开始了。他嘴里含着一口饭还来不及咽下，就忙着搬凳

子摆棋盘开始"菜鸟"。后来，胡未雨才明白为什么她第一次进丁小
可的房间，就要碰上李志强，那是一定要碰上的。李志强没工作，比
丁小可还闲，但他在街上有一间店面，租金相当于好几份工资，他是
真正有闲又有钱的闲人，不下棋还干什么呢？李志强完全没有时间观
念，经常待到半夜还不走，好像他根本不知道丁小可已经结婚了，他
还有个老婆。弄得胡未雨只好跟自己生闷气，有时她也瞪他几眼，但
李志强在下棋，下棋又有个高深莫测的别称，叫"坐隐"，就是说他
身体坐在那里，灵魂早已隐居起来了，你瞪眼也是白瞪，胡未雨原来
对围棋的敬意，就这样被败坏掉。现在，她再也不相信围棋是件高雅
之物，其实，下围棋跟打扑克、搓麻将也没什么两样，都是一种恶
习。有一次，他们两人在房间下棋还差点打起来了。丁小可说，不能
再悔了。李志强说，不悔？不悔我就不下。那就别下了。丁小可突然
起立一把掀翻了棋盘，那些棋子哗啦啦脱离了棋盘，都在地上快活
地滚动起来。李志强弹簧似的跳了起来，说，你什么意思？丁小可
说，没劲。李志强说，你他妈的，你这是在污辱我，幸好是在你自己
家里，否则老子抽你。丁小可说，你试试看？他们毕竟是下棋的，有
修养，最终没有打起来。胡未雨看着李志强气鼓鼓地从房间离开，他
那个小脑袋气得好像忽然大了不少，李志强到门口又回头朝丁小可发
誓道，丁小可，我再跟你下棋，我狗生的。丁小可和李志强吵架、闹
翻，胡未雨当然是高兴的，但他正在生气，她也不想幸灾乐祸，免得
丁小可再来跟她吵一架。丁小可生完气，又心疼自家的棋子，蹲在地
上一颗一颗捡。胡未雨看他捡完棋子，摆到了书架上，说：

你们干吗吵架？

丁小可说，没干吗。

胡未雨说，就因为悔棋？

丁小可说，嗯。

胡未雨说，他悔棋，你就掀棋盘？

丁小可说，我最讨厌悔棋。

胡未雨说，我看你是天天下棋，把自己给恶心了。

丁小可说，有可能。

胡未雨说，你再这样天天下棋，就要得躁狂症了。

丁小可说，有可能。

胡未雨说，以后别下棋了，行吗？

丁小可说，行。

丁小可这么听话，胡未雨很满意，又说，你跟李志强吵架，也好，我不喜欢他。

丁小可说，嗯。

胡未雨说，我看他年龄比你大，也该结婚了，还天天下棋。

丁小可说，他结过婚，离了。

胡未雨说，他结过婚？

丁小可说，他结过婚有什么奇怪的。

胡未雨说，他一看就是个光棍，怎么也结过婚？那么，怎么又离了？

丁小可说，他老婆说离婚，就离了。

胡未雨说，他老婆肯定是无法忍受他天天下棋，才离的。

丁小可说，有可能。

胡未雨说，你要是这样天天下棋，我肯定也受不了，我也会跟你离婚的。

丁小可说，嗯。

丁小可和李志强吵了架，确实有三天没下棋。但是，三天后，他们又和好了，李志强早忘了他发过的狗生的誓言，见了丁小可，又是"菜鸟，菜鸟"。胡未雨才发觉他们不但下棋可以悔，连吵架也是可以悔的。

90年代，对丁小可实在不是一个好的年代，这年代，贫富迅速分化，每个人都在跳来跳去。就说电台，有人调报社去了，有人调电视台去了，有人调市府当秘书了，有人干脆下海了。丁小可住的这幢破楼，每隔一段时间，总有人搬走，搬走的人都是终于脱离苦海的样子，用怜悯的目光看着这些无法搬走的人，喜气洋洋地说，来玩啊，以后来玩啊。丁小可是五柳先生，可以不在意他们的发迹，但胡未雨看到每有人搬走，心灵总要受到一次折磨。胡未雨说，你就准备在这样的烂地方住一辈子吗？丁小可说，不住这儿住哪儿？胡未雨说，你也想点办法调走啊。丁小可说，调哪儿？我没办法。胡未雨轻蔑地说，人家都有办法，就你没办法。丁小可对她的轻蔑一点也不在乎，说，那是人家，我没办法。既然丁小可连轻蔑也不在乎，胡未雨拿他也没办法了。若想离开这个烂地方，胡未雨只有自己想办法。

胡未雨书教得是不错的，在当地也算得上是一个新秀。那几年，这地方出现了不少的私立学校，忽然就有人来请她，工资是公立学校的三倍，并且提供一套商品房。胡未雨虽然心里有点忐忑，但经不住商品房的诱惑，就去了。但是私立学校的工作量也是公立学校的三倍，甚至五倍。胡未雨一大早出门，中饭在学校吃，晚饭偶尔在家吃，夜里经常还要加班，九点以后才得回家。其实，跟卖身也差不多。这样，这个家就变得有点奇怪，一个是忙得要死，一个是闲得要死。本来，丁小可那么闲，在家带孩子总可以的，可是，孩子他是不带的，胡未雨只得再雇一个保姆照顾孩子，同时也照顾丁小可。

但是，毕竟住进了一百二十平方米的商品房，过起了政府所说的小康生活。胡未雨开头的感觉还是蛮好的。况且，这一切都是她个人的努力得来的，又有一种成就感。丁小可的感觉更没有理由不好，他什么也没干，托老婆的福，就从那栋破楼搬进了崭新的商品房，有客厅，有书房，有两个卧室，同时摆得下五六局棋。五柳先生也是愿意住得更好一些的，并不希望环堵萧然，不蔽风日。搬家的当日，丁小可叫了包括李志强在内的六个棋友，在客厅里摆了三局棋，以示乔迁之喜。

胡未雨虽不喜欢以这样的方式庆贺乔迁，但丁小可既然这样做了，她也不便做脸色给他们看。再说她今天心情不错，她带着丁丁将每个房间巡视一遍又一遍，检查哪些角落的装修可能不合她的意思。胡未雨不停地问丁丁，喜欢吗？喜欢吗？丁丁都说喜欢。而且特别高兴的是她也有了自己的小房间，她的床、床上的被子、窗帘以及墙上的墙纸，印满了许许多多的小动物，比如小猪、小狗、小熊、小花猫。丁丁说，她太喜欢自己的房间了，以后她要一个人睡，不跟妈妈一起睡了。胡未雨夸奖说，好，好。然后，她面带微笑，以一个最合格的女主人给客人端茶、倒水、敬烟、点火，并且例外地倚在丁小可的身边看他下棋，脸上是幸福的模样。

下棋，在理论上应该是很安静的，只听得见棋子入盘的声音，可他们好像不是在下棋，而是在斗嘴，就像一群狗趴在棋盘前，在争夺肉骨头。这些人虽然日日棋不离手，但水平大多在业余初段以下，这个水准的臭棋篓子是最喜欢吹牛的，就像半瓶子醋的文人，总以为自己的文章最为了得，谁赢了谁立即就宣布，现在，你不是我的对手了。那样子就像马晓春赢了李昌镐，以为从此老子天下第一了。丁小可也许是刚搬了新居，更是得意忘形，自己不好好下棋，总在指点别人这步很臭，那步也很臭，啊哈，臭死了，真正的遗臭万年。俨然一个大师，就像聂卫平在挂盘讲解。胡未雨推推他说，你能不能少说两句，你自己不是更臭？丁小可似乎扫了兴，不高兴地说，有什么关系，下棋的乐趣就是胡说八道。胡未雨见他这个样子，觉着看他下棋很没面子，就不看了。

胡未雨上酒店叫了桌饭菜，招待这些棋手，指望他们吃完了就走，但是，他们刚吃完又吵吵嚷嚷地下起棋来。胡未雨不好意思自己出面催他们走，过了夜里九点，她让丁丁跑到丁小可面前说，爸爸，下完这盘就别下了好吗？我们想睡觉了。丁小可说，好，好，你先睡吧。丁丁说，你们这么吵，我睡不着。大家这才安静下来，下完了棋，先后离开。

洗完澡，靠在床上，胡未雨微闭了眼，慢慢地竟兴奋起来。丁小可余兴未尽，一个人还在客厅里摆棋。胡未雨叫道，丁小可，你不来洗澡？胡未雨的声音经过房间传到客厅，格外温柔。丁小可就说，洗。胡未雨说，那就快来洗吧。

洗了澡，胡未雨抱着丁小可说，新房真好。

丁小可说，是好。

　　胡未雨说，今天，我才感到自己是个新娘。

　　丁小可说，是吗？

　　胡未雨说，以后，你可以尽兴地来了。

　　但是，做爱才刚开始，就结束了，这比不做还更糟糕。胡未雨很不满意地看着丁小可，那眼神让他颇为难堪。丁小可很想找个借口去客厅坐坐，胡未雨见他心神不定，说：

　　你不想我？

　　丁小可说，想。

　　胡未雨说，那怎么这么快？

　　丁小可说，习惯了，以前你巴不得我快点，就这么快了。

　　胡未雨说，不是，我觉得你心不在焉。

　　丁小可很难回答这个问题，此后，他也努力过几次，可还是这么快。丁小可对做爱就有些恐惧，主要还不是怕做爱，而是胡未雨那种不满意的眼神，那眼神使他感到极其失败。做完爱，胡未雨即便不满意，也还是睡了。但丁小可本来就不是在这个时间睡觉的，又披衣而起，去书房摆棋，或者说坐隐，通过坐隐，把做爱忘掉。

　　其实，丁小可的性功能这么差劲，是可以理解的。丁小可想，艺术是性的升华，围棋当然是艺术，他天天下棋，他的性欲恐怕早就升华为艺术了。

4

　　胡未雨一直搞不明白她怎么就看上了曾连厚，这个问题，就跟她怎么就嫁给了丁小可一样，都有些让人想不通。曾连厚是她私立学校的同事，不是本地的，这地方，不是本地的都被叫作打工仔。本地的，虽然同样也是打工仔，但没人这样称呼，就是说本地的打工仔比外地的打工仔要高人一等，起码在称呼上是这样。曾连厚是相当典型的男教师，平庸、笨拙、老实。前些年，当教师的很让人看不起，不平庸、不笨拙、不老实的都跑光了，留下来的差不多就是曾连厚这样。曾连厚脸上还有打工仔常有的卑微、紧张以及猥琐，见了学校的老板，总要想方设法凑过去点几个头，哈几下腰，好像不这样做，就没有安全感，哪天没准就得被炒鱿鱼。他的身材其实蛮高大的，但因为没有神气，别人也就没有感觉。这种男人，若在以前，胡未雨是不可能看上的，胡未雨颇有几分姿色，行点贿或许还能进入南国佳人之列。另外，她又热爱过诗歌，神情里还留着几分矜持，就像现代派诗歌那样，冷而且傲。曾连厚就坐她对面，有很长时间，胡未雨几乎没有注意过他。他不爱说话，也许他根本就不会说话，偶尔说件什么事，也总是含含混混，老半天说不清楚，不知道他在课堂里跟学生是怎么说的。不会说话的人是要被神抛弃的，就像拉美神话里的木头人，虽然也像个人，但是语言含混，不知所云，胡未雨觉着曾连厚就是拉美神话里的木头人，连仁慈的神都抛弃这种人，胡未雨自然是没必要注意他的。不过，据说，他课上得还可以。

曾连厚的老婆在学校当生活指导师，这是好听的说法，其实就是保姆。曾连厚的老婆个子矮小，脸胖胖的，看上去很和善，但曾连厚却经常挨她打。他们就住在学校的教师公寓里，每隔一些时间，就可听见他们在房里吵架，接着就是她拿起什么物什敲打曾连厚的声音，有时凶了还把茶杯开水瓶之类的易碎品，从窗户里摔出来。

那天，胡未雨刚上班，就看见曾连厚的老婆哭着叫着，一只手里高举着鸡毛掸子，将她的老公从办公室里驱赶出来。他们看见胡未雨的时候，立即低了头加快了步子，好像是跑了，胡未雨回头看了他们好一会儿，就像观看一个放牛娃在驱赶一头犯了错误的牛。胡未雨觉着这个比喻颇为妥当，他们夫妻俩的比例跟一个放牛娃和一头牛的比例也差不多。胡未雨这样想着，觉着有点意思，就笑了。

进了办公室，同事们都用极为怪异的眼神看着她，胡未雨以为自己的穿着打扮哪儿不得体，赶紧看了看自己，又摸了摸自己的头，发觉没有不得体之处，松了口气说：

你们这样看我干吗？有什么不对吗？

大家就哈哈大笑，笑得胡未雨越发莫名其妙。一个同事忍不住了，说，你看见曾连厚和他的老婆闹着出去了吗？

胡未雨说，看见了？

另一个同事说，我们知道他们为什么吵架啦。

胡未雨说，为什么？

一个同事说，因为你。

胡未雨吃惊地说，因为我？

另一个同事说，他老婆说，曾连厚爱你，不爱她。

胡未雨说，没搞错吧！

一个同事说，没搞错，他老婆认为你们好上了。

胡未雨好像受到了污辱，愤怒地说，有毛病。

同事们原来不过是想拿她开开心，不想胡未雨这么不配合，竟然生气，大家就说，他老婆确实有毛病，你不用生气的。但是，胡未雨已经生气了，没办法马上又不生气，而且眼眶里涨起了眼泪，非常委屈。同事们见她这样，都很没趣，有课的赶紧去上课，没课的也暂时躲开。一会儿，曾连厚回来，胡未雨抬起头泪汪汪地问：

听说你和老婆吵架，是因为我？

曾连厚很尴尬，看也不敢看胡未雨，只把脸红得什么似的，他转了一个角度，背对着胡未雨，连连说，对不起，实在是对不起。胡未雨没有回答，曾连厚又说，我老婆有毛病。胡未雨见他这么可怜，也就没什么可生气的了，说，其实也不能怪你。曾连厚转身感激说，实在是对不起，我让老婆向你道歉。胡未雨想，你这么怕老婆，老婆会听你的吗？曾连厚好像突然聪明了许多，知道胡未雨在想什么，又发誓道，我一定让她向你道歉。

这事只是个笑话，胡未雨也觉着她其实不应该生气的。夜里回家，就把它当笑话跟丁小可说了。丁小可说，真恶俗。胡未雨说，没准人家真爱我呢，你还不小心点。丁小可说，可是我老婆看不上这种人。胡未雨说，那可不一定。丁小可说，别恶心了。所以，后来胡未雨告诉他，她确实和曾连厚好上了，丁小可也不愿相信，宁可认为，他和胡未雨离婚跟曾连厚是没有关系的。

几天后，曾连厚的老婆还真的来向她道歉了。晚饭后，她忽然出现在胡未雨面前，说，胡老师，我有话跟你说。胡未雨说，说吧。曾连厚的老婆又别扭说，我们到外面说吧。胡未雨就跟她到了校外的河边。

曾连厚的老婆说，胡老师，你能否帮帮我？

胡未雨说，我帮你什么？

曾连厚的老婆说，胡老师，我很自卑，看见你那么漂亮、高雅，和我家连厚坐在两对面，我就不放心。其实，我也知道你不会跟我家连厚好，他再爱你，你也不会跟他好，对吧？

胡未雨说，对。

曾连厚的老婆说，我家连厚老在我面前夸你，说你这也好，那也好，我就很妒忌。我想，我也像你那样，就好了。

胡未雨发觉曾连厚的老婆很坦率，还是蛮可爱的，说，你的丈夫很老实，他肯定是很爱你，不会跟别人好的，我们只是同事而已，没有任何关系。

曾连厚的老婆说，我知道。可是，我很爱他，没有他，我活不下去，可能是我太自卑了，我总是不放心，不断跟他吵架，哪天他受不了了，我就完了，你说我该怎么办？

胡未雨安慰她说，曾连厚有个这么爱他的老婆，他应该很幸福，他不会离开你的，当然，对男人也不能管得太严，老是怀疑会伤感情的。

曾连厚的老婆说，对啊，我也知道怀疑不好，可我就是忍不住想跟他吵架，你说怎么办？

胡未雨说，你可能确实有点自卑吧，其实，你一点也不比他差，你很真诚，很可爱，你再自信一点，就更好了。

曾连厚的老婆说，胡老师，你是好人，我谢谢你。

胡未雨的开导似乎并没什么作用，曾连厚和他的老婆还是照样吵架。胡未雨想着他们吵架居然跟她有关，既感到荒唐，又有点冤。这事对她还是有影响的。此后，有意无意地她也注意起了曾连厚，她发现曾连厚看她的目光好像是有点不一样，好像不仅仅是一个同事的目光，他老婆吃醋也许是有根据的，曾连厚在爱她。胡未雨想，就算曾连厚爱她，跟她也没什么关系，她不能干涉别人的爱，况且又是没有任何表示的，那是他的权利。

奇怪的是，那天夜里她竟然梦见了曾连厚，她仿佛和曾连厚的老婆正在河边走着，她说，曾连厚爱她。然后，曾连厚就出现了，也不经她同意，曾连厚就抱住她，吻她，并且伸手摸她的乳房。胡未雨感到他的老婆就在边上看着，她很慌张。醒来，胡未雨面红耳赤，觉着胸部燥热。她闭着眼睛回想了一下梦中的情景，很奇怪那个人竟是曾连厚，她很是羞愧，什么人不可以，竟是曾连厚，她觉着好没面子。她伸手摸了摸身边，丁小可还没来睡觉。胡未雨又躺了一会儿，没有睡着，她心里或许有点烦躁，就起来走到了书房门口。书房内的景象让她惊呆了，丁小可不在摆棋，他在自慰。他的屁股朝向胡未雨，没有看见她就站在门口。他宁可自慰，也不来跟我做爱。胡未雨感到受了极大的耻辱，就像见了见不得人的隐秘，她不敢出声，她觉着眼泪就要从眼眶里滴下来了。她回到卧室，拉了被子，连头带脸将自己蒙了起来。似乎丁小可自慰，她再也没脸见人了。

这件事是很严重的，而且丁小可一点也不知道，他和胡未雨之间已经发生了这么严重的事件。丁小可是很迟钝了，他甚至没觉着随后的一段时间，胡未雨对他的态度已发生了根本性的变化，胡未雨和他基本上是形同陌人，她早出晚归，回来就睡觉，有些天简直连面也碰不上。丁小可睡的时候，有时顺手也碰碰胡未雨，但她麻木得一点知觉也没有，丁小可也就睡了。胡未雨不唠叨了，不再指责他下棋了，他下棋回来晚了也不做脸色给他看了。丁小可觉得自由了，这样的生活比以前好过了。

胡未雨其实不会过这么冷漠的生活，这样坚持下去，迟早要出事的。那天上课，一个向来调皮捣蛋的学生，忽然站起来打断她的讲课，嬉皮笑脸地说，胡老师，你好漂亮，我好喜欢唔。胡未雨过去立即就扇了他一个耳光，扇得他嗷叫着当场跑了。老师是不能打学生的，私立学校的老师尤其不能打学生，这个道理她懂。这样的学生她也没少见，平时，过去敲敲他的后脑勺，然后微笑着，叫他乖点，也就完了。但是，不知道哪儿来的怒气，她就狠狠扇了他一个耳光。这事，她不仅挨了学校老板的训，那学生跑回家还搬了家长过来。那家长是个所谓的农民企业家，财大气粗，将她堵在大庭广众之下，肆无忌惮地臭骂了一顿，什么臭娘们、臭婊子、乌龟王八婆……还盛气凌人地当众表示，要×她。气得胡未雨差点没自杀。

私立学校和公立学校的最大区别就是，公立学校的家长通常都要拍老师的马屁，而私立学校的家长却可以随便谩骂老师。私立学校的家长都交了数目不菲的集资费，好像就进了学校董事会，拥有了随便谩骂老师的权利。这样的事，在私立学校，胡未雨也不是第一个遇上，学校是拿家长没办法的。挨了骂的老师一般也只能回家讨点安慰。但是，胡未雨一点也不想回家。夜里，胡未雨走出校门，习惯地往回家的路走，但刚走了几步，她又突然转身，朝与家相反的方向走，漫无目的走到了校外的河边。河边都是长着柳树的，柳树都是催人愁思的。胡未雨不可避免地就眼里含愁，觉着自己孤独无助，没有家，没有爱，没有过去，也没有未来，有的只是备受凌辱。她有一种想往河里跳的欲望。

也许是凑巧吧，也许是刻意的，总而言之，胡未雨在河边胡思乱想的时候，曾连厚从对面走过来了。那个时候，胡未雨的现实感是很弱的，即使曾连厚到了面前，她也视而不见。曾连厚见她这样，就不知道该不该打招呼，但最终他还是打招呼了。

曾连厚说，胡老师，你在这儿啊。

胡未雨一惊，你，你也在这儿啊？

我，我，我随便走走。曾连厚说。胡未雨找不到话说，就呆呆地看着他，曾连厚跟着沉默了一会儿，突兀地说，胡老师，今天的事，你别生气了。

胡未雨说，我也想不生气，可是我做不到。

曾连厚说，是，是，我肯定也做不到。

　　不知怎么的，胡未雨的眼泪不听控制地就流了下来。曾连厚说，胡老师，你，你别伤心啊。

　　胡未雨擦了眼泪，说，不好意思，你有事吧？

　　曾连厚赶紧说，没事，没事，我随便走走，想不到碰上了你。

　　胡未雨说，那就陪我走走吧。

　　曾连厚就陪胡未雨走了起来，胡未雨的心情忽然好了许多，说，你这样陪我走走，没事吧？

　　曾连厚说，没事。

　　胡未雨说，我很脆弱，对吗？

　　曾连厚说，不，不，你很坚强，你，你，你是我最佩服的女人。

　　胡未雨说，是吗？

　　曾连厚说，是，是的，我经常在老婆面前说你好，所以她才跟我吵架。

　　胡未雨说，所以你老婆怀疑你爱我。

　　曾连厚突然站住，说，不是怀疑，我确实爱你。

　　胡未雨说，你爱我？

　　曾连厚说，我爱你。

　　胡未雨说，那你为什么不说？

　　曾连厚说，我很痛苦，说了更痛苦，我知道你不会爱我。

　　胡未雨忽然想起自己曾梦见过他，就在这个地方，一时就恍惚起来，说，要是我愿意呢？

　　曾连厚摇头说，不会的。

　　胡未雨闭了眼睛说，你想吻我吗？

　　曾连厚的运气应该是很好的，那个时刻，胡未雨随便碰上什么男人，大约都愿意在他的肩上靠一靠。古人语，傻人有傻福，看来古人又一次说对了。

5

其实，胡未雨改变对曾连厚的看法，是在她邀请曾连厚吻她的那刻，那种偷情所产生的瞬间爆发力，完全点燃了胡未雨，她感到晕眩，想软化在曾连厚的怀里。现在，她不再从外部观察他，而是从内部体验他，她对曾连厚的感觉就不同了。

回家后，胡未雨还感到自己的身体内部有什么东西在继续爆炸，她觉得紧张、窒息、胸部在跳。她躺在床上，想让自己平静，偏偏今晚丁小可有了一点做爱的欲望，过来将手摁着她的胸部，胡未雨的呼吸立即急促起来，以为他窥破了她的隐秘，她推开他的手，提防说：

你想干什么？

丁小可说，我想做爱。

胡未雨歇了一口气说，我不想。

丁小可说，很久没做了，应该做了。

胡未雨说，我没感觉，你还是去摆棋吧，别来烦我。

丁小可说，我不想摆棋了，摆棋其实没什么意思。

胡未雨说，哼，你觉得没意思了，才想我，那你平时怎么都不想？

丁小可说，也想的。

胡未雨说，哼，你去摆棋吧。

丁小可求饶说，我以后都不摆了，行不行？我专门想你，专门跟你做爱。说着，丁小可又伸手来摸胡未雨，但胡未雨警惕地避开了。丁小可做爱不成，有些无趣，讪讪地只好又去摆棋。

虽然，后来胡未雨还想尽点做妻子的义务，如果丁小可有要求，她并不拒绝，但后果是更糟了，不知怎么的，只要丁小可一动她的乳房，她的乳房就痛，胡未雨下意识地就锁起眉头，一副受苦受难的样子。

丁小可说，你怎么了？

胡未雨说，痛。

丁小可说，哪儿痛？

胡未雨说，你动的地方痛。

丁小可说，不动也痛吗？

胡未雨说，不动不痛。

丁小可说，那是什么毛病？

胡未雨说，不知道。

丁小可又动一下，说，痛吗？

胡未雨说，痛，别动我，你想来就来好了，但是，别动我。

丁小可说，那还有什么意思？

胡未雨说，那就别来算了。

丁小可就不来了，丁小可想象着她一动不动地躺在下面，很有点奸尸的嫌疑。

一对夫妻到了这个份儿上，差不多也该散伙了。通常离婚之前总有个吵架的程序，但胡未雨是教师，有点斯文，她不擅长吵架，她想好聚好散，就忽略了吵架的程序，直接说了。

胡未雨说，丁小可，我们离婚吧。

丁小可说，好啊，离婚好啊。

胡未雨说，那么说，你同意离婚？

丁小可说，我同意。

胡未雨说，那么，我们写一份离婚协议书。

丁小可说，你写吧，我同意就行了。

胡未雨说，我跟你说真的。

丁小可说，我也说真的。

胡未雨说，我确实是说真的，你为什么开玩笑？

丁小可说，不开玩笑。

胡未雨这样提出离婚，确实有点突兀，丁小可以为她开玩笑也是对的。若是胡未雨告诉他，她已经爱上了别人，那样才像正经闹离婚。但是，胡未雨不想说，她不想让丁小可知道，他们离婚是因为有第三者介入，她是这样计算的，先离婚，然后再和曾连厚结婚，中间要有不短的时间差，这样，这两件事看上去就没有关系。

但是，曾连厚的老婆上门来了，曾连厚的老婆说，你是胡老师的丈夫吧？

丁小可说，我是。

曾连厚的老婆说，胡老师不在吧？

丁小可说，不在。

丁小可以为她要走了，而她却说，我找你有点事。

曾连厚的老婆来不及说什么事，就先哭起来了，而且越哭越响，没有一点节制。丁小可不知所措地看着她哭，她本来就没什么好看，这样哭起来就更不好看，简直是丑陋了，丁小可终于等她哭得告了一个段落，赶快问：

你有什么事？我能帮忙吗？

曾连厚的老婆抹了一把眼泪，眼泪沾在手上，她又抖了抖，说，我来求你帮忙，我求求你了。

丁小可从来没有这样被人求过，就觉得自己很重要，说，什么事啊？

曾连厚的老婆说，我老公和你老婆好上了。

丁小可不快地说，是吗？

曾连厚的老婆说，是的，我说的是真的，你别不相信，你还不知道啊？

丁小可想起胡未雨曾告诉过他，曾连厚和他老婆的笑话，看来曾连厚的老婆确实是有毛病。丁小可说，我老婆和你老公好，我能帮你什么呢？

曾连厚的老婆说，我求你不要离婚。

丁小可说，好的。

曾连厚的老婆说，我很爱我的老公，没有他，我也不活了，我求你管住胡老师，叫她不要和我的老公好。

丁小可说，好的，我一定让她不和你的老公好。

曾连厚的老婆说，你一定不要和胡老师离婚，请你原谅她，我是真的没办法了，才来求你的。

丁小可说，好的。

丁小可等胡未雨回家，高兴地说，曾连厚的老婆来找我了。

胡未雨脸色一变，说，她来找你干什么？

丁小可说，她来告诉我，你和她老公好上了。

胡未雨脸色又一变，变红了，说，你相信吗？

丁小可说，我当然不相信。

胡未雨停了一会儿，说，要是她说的是真的呢？

丁小可说，那你比他的老婆更有毛病。

这话分明是刺激了胡未雨，胡未雨冷冷地说，你很看不起曾连厚，是不是？

丁小可说，是啊。

胡未雨说，你凭什么看不起他？

丁小可说，不凭什么。

胡未雨说，你有什么资格看不起他？告诉你吧，我确实和他好了。

丁小可张大嘴巴说，不会吧，你不会真有毛病吧？

胡未雨说，我已经告诉你了，信不信随你。

胡未雨也够倒霉的，她和曾连厚好了，丁小可竟然不相信，其实，这都怪胡未雨自己，她把曾连厚和他的老婆当笑话讲，丁小可自然就拿他当笑话了，丁小可不可能跟着她改变对曾连厚的看法。不过，这样也好，胡未雨若是爱上别的什么人，没准离起婚来还有点困难，而爱上曾连厚，离婚就变得异常简单了，因为，连曾连厚这种人她都要，在丁小可眼里，他的老婆胡未雨就跟一堆不可理喻的狗屎差不多了。丁小可倒好像不是胡未雨不要他，而是他扔掉了一堆狗屎。

胡未雨说，为了维持你的自尊，你尽可以污辱我。

丁小可说，我没兴致污辱你。

丁小可回到了电台分给他的那间破屋。那破屋，丁小可搬走以后，再没有来过，屋里积了很厚的一层灰尘。现在，丁小可回来了，灰尘都兴奋得飞舞起来，有一些已经吸入了他的鼻孔，丁小可捏了几下鼻子，一抬头，又看见了墙上的《五柳先生传》。那宣纸不知什么时候受潮发霉了，字迹就像生锈了似的，看起来很沧桑。丁小可仰着头，漠然地看着五柳先生，似乎五柳先生就站在霉得发黄的宣纸后面，也那么漠然地看着他，丁小可心里慢慢地就有了疑问，五柳先生是否也结过婚，也有过老婆？陶渊明没说他有老婆，也许他也有过老婆的，就像现在的丁小可，离了，陶渊明懒得写这等闲事。

　　丁小可大概从五柳先生身上吸取了能量，他提了精神，向邻居借把扫帚，准备清扫屋子。邻居说，你怎么又回来了？丁小可说，这儿好啊。邻居说，你老婆呢？丁小可说，老婆？没老婆了，离了。虽然，这年头离婚是很平常的事，但邻居还是立即沉默了，只是很同情地看着丁小可，好像离婚是什么了不得的大事，问也不能问的。邻居那同情的目光，让丁小可很不舒服，但是没办法，人家要同情你，你有什么办法。

　　丁小可在离婚这件事上，做得还是蛮潇洒的，几乎使胡未雨差点又产生了初次见他时的那种感觉。尽管在法律上，他可以分得一半财产，但他什么也不要，他只带走两箱书和一旅行包衣服，当然还有围棋。胡未雨原来准备好的一大堆准备用来对付他的措施，一点也没有派上用场，这反而让她很失望，丁小可好像从来就没有把这儿当作一个家，而只是个旅馆，现在他要走了，他根本无所谓，他本来就是要走的。他把两箱子书分两次搬到了楼下，然后上楼来提旅行包，同时将房钥匙交给胡未雨，说，我走了。胡未雨跟他来到了楼下，等待出租车。

　　离婚应该有一种沉重感，这样太轻了，轻得让人受不了，套句昆德拉的名言，就是生命中不能承受之轻。胡未雨觉着这婚还没有离成，丁小可提着旅行包，只是去出差，他还要回来的。

　　胡未雨说，我们就这么简单离了？

　　丁小可说，那还怎么着？

胡未雨说，我们还是朋友吗？

丁小可说，你说呢？

胡未雨说，你会来看我吗？

丁小可说，我想不会。

胡未雨说，那我可以去看你吗？

小可说，当然可以。

胡未雨还想说点什么，但是出租车来了，丁小可钻进出租车，就消失了。

胡未雨回到房间，突然就想念起丁小可，而且从来没有这么强烈过，开头她也不知道究竟想念什么，但逐渐就明确了，她想和丁小可做一次爱。

就在胡未雨想和丁小可做一次爱的时候，曾连厚来了，曾连厚兴奋地说，离了？

胡未雨没有回答，曾连厚过去想抱她，胡未雨说，别动我。

曾连厚退开一点，说，我正在离，我离婚没那么容易。

胡未雨冷漠地说，你离不离婚，跟我有什么关系？

曾连厚说，你怎么了？

胡未雨说，没怎么，你走吧，我想一个人待着。

曾连厚又说，你怎么了？

胡未雨命令说，听见没有，你给我走开。

6

曾连厚死了。

曾连厚是在夜间被人杀害的，尸体就抛在校外河边的一丛冬青树后面。其实也不能说抛，比较符合事实的说法，可能是凶手杀了曾连厚后，便迅速离开了，根本没有动过尸体，曾连厚就是在他扑倒的地点被人杀死的。刀子是从他的后背捅进去，一连捅了三刀，曾连厚也许还来不及转头看看杀人者是谁，就倒地死了。这河边并不荒凉，不是个杀人灭尸的好地方。第二天一大早，一位来河边想呼吸新鲜空气的同事，马上发现了他的尸体。但是，这位同事的最初印象却是他已经死了很久，因为他后背的三处伤口，一夜之间就密密麻麻爬满了蚂蚁，它们围成三个互相交叉的黑色圆圈，就像是谁刻意设计出来的某种标志。

丁小可注定要成为杀害曾连厚的嫌疑犯之一，大家都知道，他的老婆胡未雨和曾连厚好上了，他因此离了婚，弄得妻离子散，他一怒之下杀了曾连厚，是最合理不过的了。而且曾连厚的社会关系非常简单，除了学校的同事，几乎就没什么社会关系，这应该是件不难侦破的命案，就连最初发现曾连厚尸体的那位同事，脑子里首先闪过的也是丁小可杀了他。胡未雨也算是学校里引人注目的女性之一，她的前夫丁小可，很多人都是知道的，不过是电台的一个闲人。这位同事虽然自己也是个被人看不起的打工仔，但他也是看不起丁小可的，觉得胡未雨实在是可惜了，一朵鲜花插在牛粪上。胡未雨和丁小可离了婚，而重新选择的人竟是曾连厚，这位同事又觉着实在是可惜了，那是一朵插在牛粪上的鲜花，好不容易拔了出来，却又重新插在了另一堆牛粪上。现在，丁小可杀了曾连厚，这位同事才改变了对他的看法，杀人不是那么容易的，而丁小可敢于连捅第三者三刀，这说明他尽管是个闲人，但仍然不失为一条有血性的汉子。

这位同事把曾连厚的死报告了学校，学校又随即报告给了公安局。那天早上，学校的气氛就有些异常，毕竟这是死了一个人，而不是死了一头猪。曾连厚的老婆还不知道她的老公已经被人杀了，曾连厚一夜未归，她也一夜未睡，她以为曾连厚一定是跑去跟胡未雨睡了。她正满脸憔悴地躲在校门不远处，准备等胡未雨一进来，就扑上去一口咬死她。

但是，警察把她叫走了，警察告诉她曾连厚被人杀了，然后就用怀疑的目光盯着她。曾连厚的老婆惊恐地看着警察，嘴唇颤动着，想说点什么，但来不及说，就先昏倒了。警察怀疑她也是有道理的，这段时间，曾连厚正和她闹离婚，她曾扬言要杀了他。现在，曾连厚果真被杀了，她当然是嫌疑人之一。而且她又那么惊恐，等她醒来，警察就把她监控了起来。后来，曾连厚的老婆很让人同情，她疯了，学校将她送回了老家。

胡未雨的反应让警察很疑惑，曾连厚的死，她好像无动于衷。她只是表示了点震惊，就没有别的表情了，这也许跟她面对警察不习惯有关，如果不是警察，而是别的什么人告诉她，曾连厚被杀了，她的反应也许完全两样。

警察说，他被害之前，来过你那儿吗？

胡未雨说，没有。

警察说，那么你最后见到他，是在什么时候？什么地点？

胡未雨说，昨天下午吧，在办公室。

警察说，这案子很简单，我们很快就会抓住凶手的，我想问你，曾连厚被害之前，你跟他是什么关系？

胡未雨说，我跟他没什么关系。

警察说，不会吧，据我了解，你是为他离婚的。

胡未雨说，人家以为是，其实并不是。

警察说，这话怎么讲？

胡未雨说，我也不知道怎么讲。

警察说，那么曾连厚闹离婚，跟你有关，对吗？

胡未雨说，大概对吧，我跟他说过，如果是为了我，那就别离，即使他离了婚，我也不会嫁给他的。但是，他不信，他也以为我是为他离婚的，我在等他。

警察说，那你们之间到底是什么关系？

胡未雨说，怎么说呢，他说他爱我，我也相信他爱我，我离婚也许跟他有点关系，我也以为我爱他，但是，一离了婚我就发现，我不可能嫁给他，我们之间无话可说。在他被害之前，我们实际上没什么来往，对他的死，我只能表示遗憾。我认为他跟我并没有关系。

但是，警察认为跟她有关系，警察还要带她去看曾连厚的尸体。

胡未雨犹豫了一会儿说，我就别看了吧。可是警察坚持要她去看，警察是用命令的口气说的，胡未雨只好跟着来到公安局的验尸房，曾连厚躺在验尸台上，衣服已经被扒光了，胡未雨根本没看，或者说不敢看，就逃出了验尸房。她感到自己受了污辱，不理警察，独自就走了。

丁小可是那天下午在他自己的房间被带走的，警察没告诉他什么事，只是严厉地说，跟他们走一趟。丁小可从没有跟警察打过交道，而且他向来讨厌警察，从警察的口气判断，等待他的不会是什么好事，但又不知是什么事，丁小可就很慌乱，当他被带进公安局的审问室时，脑子里几乎已是一片空白。警察让他坐在一张矮凳上，自己坐到了一张大桌子的后面，丁小可得抬着头仰视才能看见大桌子后面的警察，他很年轻，比丁小可还年轻，但他那样坐着，顿时就威严了许多，也老了许多，好像比丁小可老了许多。随着又进来一个女的书记员，比警察还年轻，她坐在警察边上，摊开稿纸，手里握着一支钢笔，非常严肃地等着记录。但是，警察什么也没问，好像他早就什么都知道了，不用问了，他只是悠闲地俯视着丁小可，就像一个猎人在观赏一只刚刚逮到的什么小动物。丁小可被他看得很不自在，只觉着越来越热，额头冒汗，他不停地拿手擦汗，脑子里似乎除了汗水，什么也没有了。

警察突然发话了，你叫什么名字？

丁小可惊了一下，说，丁小可。

警察说，你在什么单位？

丁小可说，广播电台。

警察说，你的年龄？

丁小可说，三十二岁。

警察停了一下，解释说，问这些是例行公事，我早就知道你叫丁小可，三十二岁，在电台上班，现在，我问你，昨天晚上你都干了些什么？丁小可仰头茫然地望着警察，好像他一点也记不起昨天晚上干了些什么，警察又说，昨天晚上，你干了些什么？丁小可说，没干，昨天晚上，我没干什么。警察说，你干了，昨天晚上，你干了很多事，我都知道了，否则，我干吗要叫你来？我让你自己说，是给你一个机会。大桌子上的电话响了，警察接了电话，跟女书记员说，我出去一会儿，你坐着。警察走了，丁小可感到了一些轻松，他不习惯这样坐着，他摆了摆自己的坐姿，但是，不管怎么摆，还是不习惯。女书记员坐在上面，没东西可记大概很无聊，她手里慢慢转动钢笔，看着下面的丁小可，不知道她看见了什么好笑的东西，她那么严肃的脸突然朝丁小可笑了一下，丁小可也想朝她笑一下，作为回报，但他还是紧张，没笑出来。丁小可说，你们找我来，到底什么事啊？但是，女书记员不回答他的问题，她的脸又那么严肃了，铁板似的，很难想象刚才的笑，是从这么铁板的脸上绽出来的。

警察回来好像很高兴，还来不及坐下，就问，昨天晚上，你干的事情，记起来了吧？

丁小可说，记不起来，我没干什么事情。

警察说，那我提醒提醒你，晚饭后到夜里九点左右，你和李志强下棋，对吧？

丁小可说，对，可是下棋不是什么事情。

警察说，你下棋的时候，很烦躁，你只下了一会儿，就不下了，然后你和李志强谈论自杀和杀人的问题，你说杀人比自杀容易。对吧？

丁小可说，对。

警察说，九点左右，李志强走了，然后你去干什么了？

丁小可说，我上街瞎逛了一圈，然后回房，坐房间里发呆，然后睡觉。

警察说，你只是瞎逛吗？

丁小可说，只是瞎逛，我每天都上街瞎逛一圈。

警察说，你不是瞎逛，你很有目的，你逛到了你前妻胡未雨的学校门口，你又逛到了校外的河边，你看见了曾连厚在河边散步，你从后面追上去，朝他后面连捅了三刀，对吧？

丁小可可能是过于震惊，他望着警察，脸都吓白了。后来，丁小可感到很丢脸，一般不愿提这个细节，他一直不明白，当警察指控他杀人时，他为什么那么害怕，这使他看起来更像一个嫌疑犯了，当时他简直是语无伦次，说，杀？杀？杀……谁？

警察提醒说，曾连厚。

丁小可结巴说，曾连厚？曾连厚是谁？

警察得意地看着他，嘲笑说，曾连厚是谁你不知道？你就别装了吧。曾连厚就是抢走你老婆的那个男人。

丁小可憋红了脸，他想起来了，曾连厚是谁。他突然很激动，不经允许擅自站了起来，大声叫道，你是说我杀了曾连厚？

警察说，别激动，你给我坐下。

丁小可重新坐下，这才感到脑子清醒了，原来是曾连厚被人杀了，他被当作了嫌疑犯。丁小可说，曾连厚被人杀了，跟我有什么关系？

警察说，没关系，我们就不找你了。

丁小可忽然觉得很好笑，忍不住就笑了，说，谁真是吃饱了没事干，杀了曾连厚，曾连厚有什么好杀的。

警察也笑着说，别装模作样了，你以为一脸不屑的样子，就可以躲过去啦。

丁小可说，我没杀曾连厚，我跟他根本不认识。

警察说，不认识？你老婆跟你离婚，不就是要找他结婚吗？

丁小可说，不可能，我老婆不可能跟他结婚，我了解她。

警察有点困惑，说，那你为什么离婚？

这个问题也是女书记员感兴趣的，本来她一直埋头记录，这时，她也抬起了头看着丁小可。丁小可沉默了一会儿，说这是他们之间的私事，他无法回答。而在警察看来，离婚跟后面的谋杀案是有逻辑关系的，根本就不是私事，丁小可必须老实回答。但丁小可变得强硬起来了，他就是拒绝回答，而且他对警察提出了质疑，认为他们毫无证据，没有资格审问他。他缺乏对付警察的经验，他是被他们搞糊涂了，现在，他完全清醒了，他可以不理他们的。他表示他要走了，而

吴玄自选集 像我一样没用

警察警告他，这地方不是他想走就可以走的，他们已经掌握了大量证据，足以证明曾连厚是他杀的。他们是人民警察，不会冤枉一个好人，他现在不说，是给他一个机会，让他自己说，以获得宽大处理。然后，警察正式宣布他被拘留了，并且让他在拘留证上面签字：同意拘留。丁小可抗议说，拘留还要我同意？我不同意。警察说，你不同意也得同意。

7

丁小可觉着自己是冤枉的，那种冤枉的感觉肯定是很折磨人的，所以，进监牢的时候，他表现得一点也不潇洒，委屈得就像一个孩子。在牢房门口，警察搜了他的身，抽走了他的皮带，发给他一根软绳当皮带。丁小可来不及系上，牢房门就开了，一牢房的光脑袋在里面攒动。丁小可双手提着裤子，本能地后退了一步，但是，警察把他一推，他一个踉跄就进去了。

牢房门关了之后，随即有几双手伸来，把他推来推去，接着有更多的手伸来，把他推来推去，丁小可被推得晕晕乎乎的，大叫道，你们干什么啊？但是他们推得更狠了，而且高兴得哈哈大笑，继而干脆将他抬起来，上下扔来扔去，好像丁小可根本不是一个牢犯，而是警察赏给他们的一个玩具。后来，丁小可只觉着重重地摔到了地上，他的身体完全散架了，叫的力气也没了。

丁小可醒来是躺在床上，不知道是谁把他搬到床上的，后来，他才明白新来的犯人睡的都是这个位置。他的床头下面就是大家拉屎撒尿的池子，一股恶臭升上来，丁小可感到恶心，捏了鼻子，用嘴透气。不一会儿，一只肥大的苍蝇从池内爬出，嗡的一声，扑到面前，丁小可挥手驱赶，那苍蝇似乎也不拿他当人，一点也无视他挥来挥去的手，照旧嗡嗡叫着，在他的鼻子周围绕来绕去。丁小可绝望得只好用手将脸盖上，那苍蝇找不着脸，大概不满意，又嗡的一声，索性停在了他的手背上。

你叫什么名字?

丁小可听到一个声音问他,那声音粗暴、蛮横,几乎不是问,而是骂。丁小可放下手来,看见"领导"立他跟前,此时,他还不懂牢里的规矩,更不知道他就是"领导"。此人个子矮小,大约就一米六光景,脸上一道刀疤,从左耳根一直拉到下巴,他的脚上戴着脚镣。据说他在外边一连杀了八个人,大家都很怕他,不敢叫他的名字,尊他为"领导"。丁小可尚未领教过"领导"的厉害,而且他看起来也确实不起眼,就没理他。

啪。丁小可就挨了一记耳光,这记耳光不仅仅是痛,重要的是摧毁了他仅剩的一点自尊,现在,丁小可老实了,说,我叫丁小可。

"领导"说,什么地方的?

丁小可说,广播电台。

"领导"说,你的年龄?

丁小可说,三十二岁。

丁小可发觉"领导"的审问跟警察是一模一样的,不过,后面就不一样了,"领导"比警察要直截了当,"领导"说,你犯的什么罪?

丁小可,我不知道。

啪。丁小可又挨了一记耳光。"领导"说,猪头,哪有不知道自己犯什么罪的?

丁小可求饶说,你别打了,我确实不知道。

"领导"说,那警察指控你犯什么罪?

丁小可说,杀人。

"领导"说,杀人?你也敢杀人?不可能。

丁小可说,是,是。不可能。

"领导"说,那警察怎么又指控你杀人?

丁小可不好意思地说,有个人被杀了,那个人跟我老婆好过,警察就怀疑是我杀的。

"领导"说,你为什么不杀他,你就应该杀了他。

丁小可说,我没杀他,我没想过要杀他,我和老婆离婚了。

原来你是个乌龟——王八蛋。"领导"就觉着很没意思。虽然没什么意思，但不折磨他一番，也是不行的。"领导"指示说，赏他看场电影吧。

丁小可尚不明白看电影是什么意思，立即有两个人过来，一人又了一只胳膊，将他脑袋摁入床头下面的粪池内。丁小可的嘴巴离粪池仅一点距离，他不能叫喊，一叫喊，池内的恶臭被惊动，就加速往嘴里跑，他只有忍，就像看电影那样默不出声。丁小可先是觉着鼻子里塞满了大粪，接着喉咙里塞满了大粪，接着胃里塞满了大粪，接着全身都塞满了大粪，再接着他就是一团大粪了，一团囚犯们拉的大粪。

这样的游戏，在牢里其实是很平常的，不过是老囚犯送给新囚犯的一点见面礼，通常忍一忍，也就过去了。这样的凌辱甚至还是必须的，经历一番凌辱之后，新囚犯才会发现原来他并不是人，原来他就是一团大粪，以后他就可以心平气和地在监牢里待下去了。

可是，丁小可是知识分子，用古人的话说，就是士，而且还是五柳先生那一类高士，士可杀不可辱。因此，丁小可看完电影就想自杀了。但在牢里自杀的希望是极其渺茫的，不是丁小可可以做到的，顶多也就是徒劳地想想而已。最后还是睡眠比较慈悲，把他从这个无法容忍的世界上带走了。

以后，囚犯们倒也没怎么虐待他，只是十分鄙夷而已。牢里的等级是这样的，杀人犯地位最高，强奸犯次之，抢劫犯次之，小偷骗子又次之，贪污犯受贿犯又次之。丁小可是嫌疑犯，本来地位不明确，但"领导"早把他确定为乌龟王八蛋，乌龟王八蛋当然最让人瞧不起。丁小可在里边待了好些时日，也无法加入囚犯们的群体，他们有他们的快乐，比如用擦屁股的草纸折成麻将牌打麻将，说下流话，搞同性恋，实在无聊了也不妨打架。若是在外边，丁小可拥有自由，他们鄙夷他，是无所谓的，但在牢里，日日面对他们，他们又鄙夷他，还是不太好受。丁小可在牢里是孤独的，就像顾城写的诗：有些灯火，是孤独的。

开始，警察每日都提他去审问，其实，所有的问题在头一次审问时，都问过了，无非也就是你为什么离婚？你看不起曾连厚是假的，虚伪的，不成立的，你非常痛恨曾连厚，你想杀了他，你和李志强讨论自杀和杀人问题时，就暴露了你的杀人动机，曾连厚就是你杀的。丁小可也觉着警察的推论很有道理，曾连厚应该是他杀的，但是他说，他确实没有杀人。这样，审问毫无进展，双方都很乏味。警察可能觉着太没劲了，有时也动点刑罚，拿电棍击他，看他像扔进火锅内的虾，在地上打滚，活蹦乱跳。

　　既然审问毫无进展，警察也就懒得问了，后来，警察就很少来提他去审问。丁小可坐在牢里，好像被人遗忘了，他终于知道什么叫度日如年，有人审问还是好的，虽然有时不免要受电击之苦，但到底时间过得快些，而现在，他剩下的只有时间，而且是停止了运动的死了的时间，比大粪还臭，真是一秒钟也让人难以承受。他必须躲开，他需要回忆，但可怕的是甚至连回忆也回忆不起来了，他好像从来没有生活过，没有什么东西可供回忆，想来想去只有那么一天是清晰的，就是曾连厚被杀的这天，他的回忆好像被警察固定在这一天上面了。他记得那天是这样过来的：十二点之前也许是下午一点之前，睡觉。两点之前也许更迟一些，躺床上发呆，抽烟。两点之后也许更迟一些，起床、刷牙、洗脸，上街吃饭，五块钱的快餐。抽烟。三点左右，去办公室，同事们在打牌。他们天天在办公室打牌。他观看了一会儿，其中一位有事要走，请他接班，他不想打牌，说，我也有事。就走了。回房，大概不到四点。抽烟，发呆。六点也许不到六点，李志强来了。他并不想他来，他宁可一个人发呆，但是他来了，一起上街吃饭，五块钱的快餐。李志强付钱，也许是他付钱，忘了。六点半左右，回房下棋。他说，不想下。李志强说，不下棋，干什么？他说，那就下棋。离婚之后，他发觉自己下棋明显地心不在焉了，好像下棋和婚姻是共生的，婚离了，棋也懒得下了，也许跟离婚并没有关系，不离婚照样也懒得下，他对围棋也厌倦了。七点或者八点，棋下到一半，他说，不下了，不想下了。他听见自己的声音是颓废的。你怎么了？李志强说。烦，有点烦。因为离婚？狗屁。对，狗屁。本来就不该结婚。傻瓜才结婚。我们不是傻瓜。我们是废物。烦。没意思。去死吧。自杀。真正严肃的哲学问题只有一个，那就是自杀。但是，自杀太难了，那可是哲学问题，还是杀人吧。他说，还是杀人吧。为什么刚好是在这个时间讨论这个该死的问题？为什么？警察说，这说明你有明显的杀人欲望。是，也许是吧。警察总是有道理的。如果不在这个时间说还是杀人吧，也许他就不会进监狱。他说还是杀人吧，果然有人被杀了。他就进监狱了。他这样说就是要让自己进监狱。你不是瞎逛，你很有目的。你逛到了胡未雨的学校门口，你又逛到了校外的河边，你看见了曾连厚在河边散步，你从后面追上去，朝他后背连捅了三刀。是，也许是的。警察这样说时，他为什么那么害怕？是否又一次暴露了内心的杀人欲望。杀人应该很有快感的。九点左右，左还是右？李志强走了。他和李志强还讨论了什么？忘了，警察不关心的都记不得了。如果李志强不走，就可以证明他没有杀人，但是，李志强走了。他上街了，向前还是向后？都一样，前后都叫人民路。一个人过来，又过去了，又一个人过来，又过去了，都一样，都是人。他有目的吗？应该有，譬如他想找点什么。街上有人、车、商店、电线杆、路灯、垃圾箱，无数的人、无数的车、无数的商店、无数的垃圾箱、无数的垃圾。他看见了，前面丢的一只易拉罐，他上前狠狠踢了一脚，易拉罐跌着跑着，发出很响亮的声响，一个女人回头看他，说，神经病。是的。他追上去，抬腿，狠狠踩下去，易拉罐吱地叫了一声，瘪了，他吐了一口气，好像解决了一个重大问题。曾连厚就在这时被杀的吗？人民路，还是人民路，人民路是逛不完的，他一直在人民路瞎逛。曾连厚被杀的时候，人民路没发生任何事情，至少是没发生他感兴趣的事情。谁可以证明你一直在人民路？没人。谁可以证明你没去她的学校？没人。谁可以证明你没到过校外的河边？没人。他说，如果我反过来这样问你，你能证明吗？警察说，当然能。他也知道应该由警察来证明杀人，而不是由他来证明他没有杀人。但警察不愿出示他的杀人证据，一定要他先来证明他没有杀人。警察这样做，总是有理的。既然无法证明你没有杀人，你就是嫌疑犯，你就坐牢吧。十点还是十一点？回房。抽烟。喝水。发呆。突然想做爱。这么无聊的夜晚，是应该有个人被杀。两点还是三点，睡着了。

这一天，实际上没有任何迹象表明，第二日他要进监狱。

8

也不知是入狱后的第几天，有人来探监了。丁小可被带到一个大厅里，大厅中间隔着一道玻璃，犯人在里边，探监者在外边，里边乱哄哄的，外边应该也是乱哄哄的，但却一点声音也听不见，透过玻璃，就像观看一群影子在外面挤来挤去。丁小可以为来看他的肯定是李志强，所以就忽略了女人，胡未雨站他面前好一会儿了，他也没看见，目光茫然地看着胡未雨后面的人群。胡未雨拿手拼命敲玻璃，才震动了他，丁小可意外地说，是你？丁小可听不见回答，只看见胡未雨在玻璃后面张着嘴巴。丁小可看了看左边，又看了看右边，才明白犯人和外面的人说话是要拿着对讲机的。隔得这么近，却要打电话，丁小可突然觉得很可笑。

你在里边还好吗？胡未雨的声音是抑郁的。

丁小可一点也不想让她知道他在里边不好。还好，他说，有人送饭你吃，又不用干任何事情，有什么不好的，我差不多实现我的理想了。丁小可说着，就被自己说得潇洒起来，入狱以来，他就没有潇洒过，现在，胡未雨来了，他又有了表演潇洒的机会。潇洒的感觉是必须的。

胡未雨说，你还在故作潇洒？

丁小可说，不是故作，是真的。

胡未雨说，忍着点，你很快就会出来的，我知道你没有杀人。

丁小可说，可是他们认为我杀了。

胡未雨说，你没有，我知道，你不敢。

丁小可就不说了，盯着玻璃看外面的胡未雨。

胡未雨说，你怎么了？

丁小可说，我为什么不敢？

胡未雨说，就是不敢嘛，不敢有什么不好，难道敢杀人好？我跟你生活了那么长时间，我了解你。

丁小可说，你不了解。我敢，我为什么不敢？

胡未雨说，你怎么了？

丁小可说，告诉你，曾连厚就是我杀的。

胡未雨说，不可能，你根本不认识他。

丁小可说，认识他有什么难？我还知道他经常夜里在你们学校外面的河边散步，我上刀具店买了一把刀，杀猪用的那种尖刀，就像杀一头猪，我把他杀了。

忽然，左边和右边的犯人都停止了说话，诧异地看着丁小可，然后就流露出钦佩的表情。丁小可受到鼓励，还想继续说下去。玻璃外面的胡未雨恨不得拿石头堵了他的嘴，惊慌说，别说了，你再这样胡说八道，你就完了。

丁小可轻松说，完了就完了，完了好。

胡未雨说，我不跟你说了，我给你带了一本棋谱，你最喜欢的《藤泽秀行名局精选》，他们要检查，检查完了会交给你的，没事你就看棋谱吧。

胡未雨搁下话筒，却并不走，把脸贴在玻璃上，注视着里面的丁小可，那眼睛隔着玻璃，竟意外地深情。刚才，丁小可觉着报复了她，很有些快活，可是，她那个样子，虽然隔着冷漠的玻璃，却出乎意料地引起了一种生理反应，他的裆部有件东西竟勃起来了。丁小可即刻感到了厌烦，他回想了一下离婚前他们的生活，那事情是虚妄的，总是让人失望，是没意思的。丁小可淡漠地说，再见。就回头走了。他忘了这样说，胡未雨是听不见的。

第二日，看守把《藤泽秀行名局精选》交给了丁小可。丁小可虽然对下棋也已经厌倦，但看到书，眼睛还是一亮。他拿了书正当要看，冷不防"领导"一把将书夺了，站丁小可面前很自得地先看起来。他不懂围棋，翻了翻，就皱起了眉头，他妈的，什么屁书，给老子擦屁股。丁小可说，把书还给我。"领导"说，不还又怎样？丁小可坚定地说，把书还给我。"领导"说，口气硬多了嘛，叫我爹，叫一句我撕一页给你。丁小可看准"领导"的脸，就是一拳，"领导"动也没动，冷笑了一声，说，龟儿子，你也想打老子。伸手一把掐牢丁小可的脖子，将他脑袋往墙上砰砰乱撞。丁小可先是觉着脖子断了，然后觉着脑袋碎成了数块，血从里面奔突而出，然后就什么也不知道了。

丁小可在监狱的医疗室里醒来，第一句话就是，我招了，我招了，曾连厚是我杀的。

狱医说，你脑袋被撞昏了，清醒清醒。

丁小可摸了摸脑袋，扎着绷带，他又想了一会儿，检查了一遍脑子，确定说，我是清醒的，能不能给我一杯水喝。

狱医倒了杯水给他，丁小可喝了一口，说，我招了，我想通了，曾连厚是我杀的。

狱医还是有点怀疑他的脑子被撞昏了，丁小可平静地看了他一眼，又重复了一遍，曾连厚确实是我杀的。丁小可说着，脑子里很快就浮现了他谋杀曾连厚的全过程。他在人民路一脚踩瘪了易拉罐后，俯身捡了易拉罐扔进垃圾箱，就在扔易拉罐时，他看见了垃圾箱内躺着一把刀子，是那种杀猪用的尖刀，刀子的光芒立即刺亮了他的眼睛，丁小可不由自主地把它捡了起来，握在手中欣赏了一会儿。来往的行人见他手握刀子，都立即避开，绕道而行。他才觉着在大街上这样握着刀子是令人恐惧的，不妥的，丁小可拿手擦了擦刀子，把它藏在了衣服里层。

如果不是捡到一把刀子，这个晚上肯定还是那么无聊。身上带着刀子和不带刀子，感觉是完全不同的。现在，丁小可知道他要干什么了。他打的到了胡未雨的学校门口，在门口站了大约三分钟，没见到一个人，他突然想起曾连厚经常在校外的河边散步，就到了河边。果然有一个人在散步，而且就一个人，丁小可上前说，你叫曾连厚吧？

曾连厚吃惊地说,我是。你是?丁小可说,我是胡未雨的丈夫。曾连厚尴尬地说,你?丁小可一点也不想跟他啰嗦,干脆亮出了刀子。曾连厚说,你……丁小可说,丁小可应该是非常潇洒地笑着说,我要杀了你,要不你就杀了我,都行。如果你想杀我,我可以给你一次机会,给你刀子,我们俩就在晚上,必须有一个是死的。曾连厚不敢看丁小可,拔腿就跑。丁小可说,混蛋。追上去朝他后背就是一刀,第一刀是很有成就感的,刀子捅进去,曾连厚一声不吭就倒下了,丁小可拔出刀子,抖了抖沾在刀上的血,痛快地说,曾连厚,你死了吗?曾连厚哼了一声说,没。丁小可只好屈尊,蹲下又连捅他两刀。现在,你总该死了吧?丁小可站起来拍了拍膝盖,一甩手把刀子扔进了河里。他长长叹了一口气,觉得这一天的无聊终于结束了,这辈子的无聊终于结束了,生活他妈的终于有了意义了。

是的,就是这样。丁小可被带去审问之前想,我就是这样杀了曾连厚。

可能是狱医警告过他的脑子可能尚未清醒,警察特意先问了几个与本案无关的日常问题,以证明他的脑子是完全清醒的。丁小可叙述了怎样捡到刀子,怎样到了胡未雨的校门口,然后到了校外的河边,又怎样杀了曾连厚。他只叙述杀人过程,没有说出自己的感受,就像在报道一件杀人案。警察满意地说,跟我说的一样吧。丁小可说,是,跟你说的一模一样。警察就不无得意地看着女记录员记录。

丁小可发觉女记录员和警察看他的表情不同了。明显多了几分尊重,这是让他感到欣慰的,坐在审问室里也不那么难挨了。最后,警察甚至不无同情地说,作为个人,我同情你的遭遇,但你杀人是不行的。丁小可说,我知道,杀人是要被枪毙的。丁小可那么轻松的口气,警察和女记录员看他的表情更尊重了,几乎都快要佩服了。

丁小可回到监牢时的形象,与离开时血淋淋的惨状就大为不同,他头上扎了绷带,脚上套了一副镣铐,更明显的变化是他的表情放松了,简直是有点自得。"领导"倒是奇怪起来,说,给你戴脚镣干什么?

丁小可说,我招了。

"领导"说,你招了什么?

丁小可说，我招了我杀人。

"领导"说，你真的杀人？

丁小可说，不真杀人，我招什么？

呵呵，都是兄弟不对。"领导"立即伸手来握，紧紧地握手，随后又抽回手，猛地给自己一个耳光，以示自责，说，都是兄弟的错，你是有种的，谁让你当王八，就杀了谁。丁小可呆呆望着，不知做何反应，"领导"又送回《藤泽秀行名局精选》，说，还你书。

丁小可说，不用了，送你擦屁股吧，我再也不看这种破书了。

好，好。"领导"又握住丁小可的手说，这牢里，就我们俩是杀人犯，你要被枪毙，我也要被枪毙。我来得比你早，杀的人比你多，也要比你毙得早。你不用怕，你被毙的那天，我在地狱里摆酒，为你接风洗尘。"领导"说得兴起，又大声向囚犯们宣布说，大家听着，我被毙了以后，丁小可就是这牢里的领导，你们要听他的话。

丁小可成了杀人犯，又被"领导"指定为接班人，在牢里的日子就好过多了。

胡未雨听说丁小可在牢里承认了他是杀人犯，又来探监。这回不在大厅，而是安排在一间小探监室里，两人可以毫无障碍地面谈。显然这是一项优遇，不知她使了什么招。胡未雨见他戴着手铐脚镣，半天说不出话，眼里全是陌生感，好像丁小可她是从来不认识的。

丁小可举着手铐说，怎么了？不认识了？

胡未雨说，是。

丁小可说，这玩意儿，警察是考虑你的安全，才戴上的，我在里边不戴这个。

胡未雨说，我本来想带丁丁一起来看你的，但是，我没勇气。

丁小可说，对。

胡未雨说，我不知道丁丁看见你这样，会有什么后果。

丁小可说，她没必要来看我。

胡未雨说，你想见丁丁吗？

丁小可说，不想。

胡未雨说，下次我还是带她一起来吧。

丁小可坚决地说，不。

胡未雨沉默了一会儿，激动地说，你为什么承认杀人？是他们逼供？

丁小可说，没有，他们没有逼供。

胡未雨说，那你为什么承认杀人？

丁小可说，我杀了人，不承认怎么着，躲得过去？

胡未雨说，我根本不相信你杀人。

丁小可说，你总是不信，你看不起我。

胡未雨说，我没有，我还是爱你的。

丁小可冷笑说，爱？别废话了，我本来是要杀你的，买把斧头，像顾城那样，劈开你的脑子，在你的脑子里塞一把狗粪，然后让你去爱曾连厚。可是，顾城已经做在前头了，模仿没意思，我就把曾连厚杀了算了。不过，上次我说我上刀具店买了一把刀子，其实是不对的，那把刀子我是从垃圾箱里捡的，杀个曾连厚，垃圾箱里捡把刀子就够了。

胡未雨说，你可以侮辱我，但是，你没有杀人。

丁小可恼怒地说，你凭什么不相信，杀一个人有什么了不起。

胡未雨说，我问过李志强，曾连厚被杀那晚，你们讨论过自杀，你是不是想自杀，又下不了手，就承认自己杀人，好让他们把你处死？

如果不戴手铐，我现在就杀了你。丁小可暴怒地说，我为什么要自杀？杀人多好，杀人有人破案，有人起诉，有人审判，一大群的傻瓜煞有介事地围着你转，多有成就感。然后还要枪毙，很多人赶来观看，我唯一要做的就是把腰挺直一些，死得像个人，以对得起观众。杀人多有意思，杀人就像演戏，我为什么要自杀？

胡未雨见他这样，只是流泪。

丁小可叹了气说，你走，以后别来了，等我被枪毙那天，你再来看我吧。

结局很有戏剧性，丁小可最后被无罪释放，多少有点偶然。事情是这样的，公安局抓住了一个在逃犯，该犯穷凶极恶，所到之处，见人就杀，总共杀了十六个人。该犯抓获归案后，对自己的罪行供认不讳，那天晚上，他路过河边，看见一个人在散步，而且就他一个人，顺手就连捅了他三刀。这样，丁小可的供词就被推翻了。

丁小可被警察带到办公室，卸了脚镣。警察友好地拍了拍他的肩膀，说，丁小可，祝贺你，你被无罪释放了。

丁小可惊诧地说，我为什么被无罪释放？

警察说，我们抓住了真正的凶手，曾连厚不是你杀的。

丁小可说，曾连厚是我杀的。

警察说，我们没有逼供，对吧？

丁小可说，对。

警察说，那你为什么要承认曾连厚是你杀的？

丁小可说，曾连厚确实是我杀的。

警察说，丁小可，公安局是个严肃的地方，不能开这种玩笑。

丁小可说，我没开玩笑。

丁小可确定是严肃的，警察匪夷所思地看着他，劝告说，请你珍惜生命，你不要拿自己的生命开玩笑，你已经很危险了，要不是我们及时拿住凶犯，你真要被枪毙的。

丁小可说，我没开任何玩笑，曾连厚就是我杀的，我愿意被枪毙。

警察说，好了，你在里边受了点苦，我们感到抱歉。告诉你，警察是人，不是神，也会犯错误的，冤案有时真的难免的。

丁小可说，我不冤。

警察说，行了，你可以走了。

丁小可说，我不走。

警察从未见过这种人。丁小可赖着不走，后来是被强制送出公安局的。警察觉得他是被关出毛病来了。

丁小可本来是有目标的，那就是等死。现在，突然被释放了，就等于希望破灭了。他站在公安局门口，觉着自己是被死亡抛弃了，仅有的一点尊严也没了，他一边悲声恸哭，一边破口大骂：

你们这些王八蛋，为什么就不相信我杀了曾连厚！

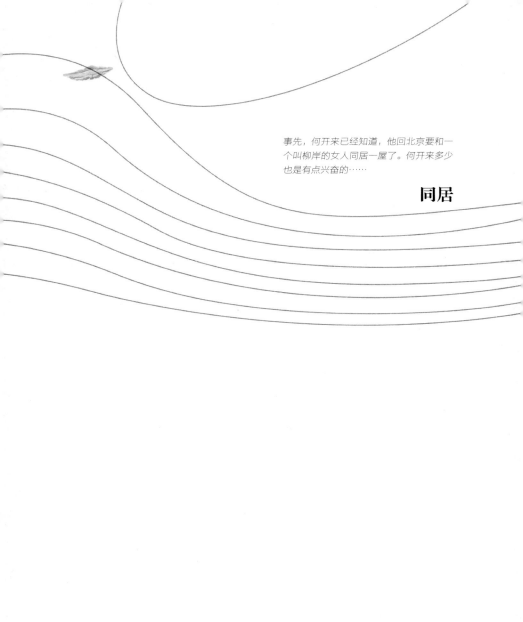

事先，何开来已经知道，他回北京要和一
个叫柳岸的女人同居一屋了。何开来多少
也是有点兴奋的……

同居

W U X U A N

Z I X U A N J I

X U A N B A I

1

事先，何开来已经知道，他回北京要和一个叫柳岸的女人同居一屋了。何开来多少也是有点兴奋的，和女人同居一屋，这种生活是相当时髦的，至少在北大周围一带，相当普遍，甚至被称为"新同居时代"，好像同居再随便加个新字，就是这个时代的特征，不管你出于什么原因，只要找个异性同居一下，你就可以代表时代了。代表时代其实就这么简单，那么，何开来马上就要成为时代的代表了。

何开来原来和卢少君、陈冬生同住一屋，是个半地下的三居室，一人一间。那屋子因为大半部分在地下，住在下面有点像老鼠之类的穴居动物。但是，像何开来这种人，能够住上这样的屋子也就不错了，而且地理位置很好，就在北大边上，又正对着圆明园，一点也不比住在校内差。何开来并非北大学生，是来北大中文系旁听的，他大概准备当一个作家，就像当年的沈从文。这类人在北大被叫作北大边缘人。北大周围住着的几乎都是这类人，数量极其可观，因为北大与别的大学稍有不同，所有的课堂都可以随便旁听，只要在北大边上租

吴玄自选集
同
居

个房子，就可以过上和北大学生差不多的生活了。和他同屋的两人，却是北大学生，卢少君是计算机专业的博士，陈冬生则还在读大三，他们在校内都有宿舍。卢少君是因为有一大堆的情人，住在校内不太方便，陈冬生住在外面的目的不明，现在他又搬走了，然后柳岸刚好可以住下。

柳岸，何开来是认识的。但是，柳岸住在他的房子里，却跟他没有关系。半年前，他要回南方小城萧市，刚好丁伟问他哪儿还有房子租，他想找个清静地方写论文，何开来就把房间钥匙交给了他，说，你就在我那儿写吧。但是，丁伟并没有在他的房间写论文，却把他的房间转给了柳岸。何开来在萧市接到了柳岸的电话，柳岸说，猜猜我是谁？何开来正在闹情绪，一点也不想猜，说，我不知道，我不猜。柳岸没趣地说，不猜算了，我是柳岸。哦，柳岸，你好。何开来对着电话笑了笑。这个柳岸，他还是记得的，是在任达教授的课堂上，关于鲁迅的讨论，那堂课究竟讨论了些什么，已经模糊了，好像有个女生说，鲁迅对女性也是很好的，鲁迅和女性主义是一个值得研究的课题。何开来觉着这个女生莫名其妙，鲁迅对女性好，就和女性主义有关系？我们在座的这些男人，没准对女性更好呢？就在这时，柳岸抢着发言了，大声说，现在的男人全都精神阳痿。这句话柳岸大概憋得有些时间了，始终没有机会说出来，现在，终于憋不住了，她就抢着发言了，但是，可能是过于激动，也可能是紧张，她的声音高得在课堂里都抖动了，不能算是发言，几乎就是尖叫了。就像是对课堂的一次空袭，她的这句话使课堂静止了好几十秒钟。这个问题，大概不便讨论，而且跟鲁迅好像也没什么关系。任教授立在课堂上，为难地看着静止了的课堂，好一会儿，才想起应当赶紧引导学生讨论别的问题。柳岸坐在最后一排，当时何开来就坐她边上，她这么突兀地尖叫，现在的男人全都精神阳痿。何开来吃惊地转头看她，柳岸因为说了一句这么让人吃惊的话，大约自己也吃惊了，脸上有一层红晕，好像是羞了。何开来觉着这句话不应该是她说的，她的脸看上去有点古典，不像那种什么话都敢说的另类女生。柳岸见何开来看她，干脆也转过了头来。这样，何开来就不能白看，不能不有所表示了，何开来抿着嘴，对她笑了一笑。

柳岸大概把这一笑当作了赞赏。课间休息时，何开来站在走廊上抽烟，柳岸就过来跟他打招呼了，柳岸说，你在读博士？何开来说，不是，我是旁听的。柳岸说，哦，那你是哪儿的？浙江的。浙江的？柳岸高兴地说，我也是浙江的。那我们是同乡了。是啊，是啊。何开来说，刚才，你怎么只说一句就不说了？我？柳岸又红了脸，何开来看着她，又对她笑了一笑。

何开来的笑，其实也不算是赞赏，他只是觉着一个看上去还斯文的女孩子，突然大叫一声现在的男人全都精神阳痿，非常好笑。所以何开来在电话里听到柳岸的声音，对着电话还笑了笑。柳岸听见何开来笑，说，你笑什么啊？何开来说，没笑什么，很高兴听到你的声音。柳岸说，是吗？你知道我现在住哪儿吗？何开来说，住哪儿？柳岸说，我住在你房间里。何开来说，可惜了，你在我房间里，我却不知道在哪儿。柳岸说，不开玩笑，我说真的，是丁伟让我来住的，你没意见吧。人家都住进来了，何开来当然只好说没意见。柳岸说，你什么时候回来？何开来说，还没定，你住吧。

何开来想，这个丁伟在干什么？他和柳岸在干什么？何开来想了一下，就懒得想了，反正也就是借用一下他的房间，他们干什么跟他有什么关系？但是，何开来的房间住进了一个女人，卢少君很高兴，他特地打电话问何开来，是不是女朋友？何开来说，当然是女朋友，否则她怎么会住我的房间？卢少君说，可是，我问过柳岸，她说不是。何开来说，那就不是。卢少君说，你还回来吗？何开来说，回来的。卢少君说，你别回来了，我们跟柳岸同居，比跟你同居有意思多了。卢少君说起同居的语气，好像他跟柳岸不只是同居，而且同床了。何开来说，好的，那我就不回来了。

何开来原打算在家待两个月，结果他在家待了半年，直至3月17日，才告诉卢少君他要回来了。卢少君说，你还回来的？何开来说，回来的，我马上就回来了。卢少君说，好，好，回来好，可是……何开来说，可是什么？卢少君说，没什么，没什么，回来再说吧。何开来想，操。何开来已经知道陈冬生搬走了，现在那屋里就卢少君和柳岸一男一女，卢少君不欢迎他回来倒也可以理解，如果是他，大概也不欢迎别的男人进来。路上，何开来闲着没事，就在想柳岸和卢少君，卢少君对柳岸肯定是很有兴趣的，他对所有的女人都很有兴趣，况且柳岸比他以前带回来的女人都要漂亮一些。柳岸对他是否有兴趣，他就不清楚了，柳岸是个什么样的女人，他还一无所知，既然她愿意和卢少君同居一屋，应该也是有兴趣的，那么他自己对柳岸是否也有兴趣？何开来认真想了想，觉着这确实是个问题，如果他有兴趣，他和卢少君就成了情敌；如果他没有兴趣，当一个旁观者，看卢少君和柳岸在搞男女关系，那也是很无聊的。何开来突然明白陈冬生为什么要搬走了，一个屋子里是不能有两个男人的。何开来这样想着，觉着自己其实是多余的。但是，也不一定，也许他回来以后，柳岸就对他有兴趣了，他们三人的关系将是这样的，卢少君对柳岸有兴趣，柳岸对他有兴趣，而他，对什么都没有兴趣。

何开来是 18 日到京的，进屋以后，才知道卢少君为什么在电话里吐吐吞吞的，原来柳岸把他的房间占为己有了，房间完全变了样，不是他住的时候，只有一张九十厘米宽的铁床和一张破桌子，地上铺了暗红的塑料地毯，中间极其夸张地摆了一张双人席梦思大床，床顶还吊着一只彩纸做的风铃。何开来看着那张大床，疑惑地说，这是我的房间？柳岸站在门内，一只手下意识地把着门，好像是把守的意思，红了脸说，对不起，我以为你不回来了。卢少君显然也在帮她，跟着说，真的，我们都以为你不回来了。何开来见他们两人在联手对付他，气得就不知说什么好，只是站着发呆。

这房子最早是何开来租的，他是二房东，卢少君和陈冬生是从他手上转租的，照规矩，他有支配权，只要不高兴，就可以赶他们走。但是，刚回来就赶人，也不像话，而且柳岸又是个女的，男人在女人面前总是要吃亏一些。何开来看看柳岸，叹了口气，想，操，女人就是厉害，我让你白住半年，也不谢我一声，还把我房间占了。

柳岸见何开来发呆，不知道他在想什么，但发呆对她总没有好处，就说，你先洗澡吧，我替你烧好热水了。

这句话使何开来突然感到了一种温暖，他点点头说，你还是很好的，房间让给你了。

让给我了？

让给你了。

你真好。柳岸的脸就灿烂起来了。

何开来说，我的东西？

柳岸说，在小房间，你的东西一件没少。

小房间还不到六平方米，何开来进去看了一眼，又跑了出来，他的铁床和破桌子扔在里面，早覆盖了厚厚的一层灰，实在不像是可以住人的。柳岸怕他又后悔，赶紧说，你快洗澡，我帮你收拾房间。何开来跑到柳岸房间门口，暧昧地看着那张席梦思双人大床，忽然想起她在课堂里的尖叫，现在的男人全都精神阳痿。何开来嘴角浮着一点笑，突然叫了一声：

柳岸。

柳岸吃了一惊，说，嗯。

何开来说，你一个人睡那么大一张床？

柳岸说，我喜欢大床，我不习惯睡单人床。

何开来说，我也喜欢大床，我也不习惯睡单人床。

柳岸说，是吗？

何开来说，其实也不用我让房间，我研究过了，你那张大床足够两个人睡的，我们干脆一起睡得了。

柳岸脸红了，柳岸还是相当害羞的。

卢少君听何开来这么说，也兴奋起来，从房间里跑出来，起哄说，就这样，就这样，这样很好。

柳岸说，去你的。

何开来说，你不愿意跟我睡，你们两个一起睡也行，我没意见。其实，跟谁睡还不一样？不就是睡觉？

卢少君说，这样更好，我也没意见。

柳岸看看卢少君，又看看何开来，眯了眼嘲笑说，这样好是好，可是，你们俩，行吗？

何开来没想到柳岸这么勇敢，就不敢看她了，对卢少君低声说，你行吗？

卢少君说，我试试。

何开来说，我也试试，我马上洗澡，洗完澡和柳岸小姐一起睡。

这玩笑一开，何开来的心情好多了，洗澡时，他的想象就像头顶上喷下的水，湿淋淋地将他覆盖了。他立即体验到了和一个女人同居一屋所带来的好处，那好处就是可以想入非非。而且这个女人又是柳岸，柳岸的想象空间显然相当地大。他和柳岸是因为吃惊才认识的，吃惊是一个很好的开头。何开来想，柳岸肯定是很开放的，起码在语言方面是很开放的，什么话都敢说的，和一个什么话都敢说的女人同居一屋，应该是很有意思的。

何开来洗澡这会儿，柳岸把他的小房间收拾了一遍，等他出来，小房间已焕然一新。何开来的心情就更好了些，嬉皮笑脸地说，啊，柳岸真好。

卢少君说，好吧，才刚刚开始呢。

何开来说，好，其实，这小房间就不用收拾了，我睡那张大床就行了。

卢少君说，那不行，那张大床是我帮她一起买的，我都没睡，你不能睡。

何开来说，那就你先睡吧。

卢少君说，你把房间让给了她，还是你先睡吧。

柳岸发觉何开来不会跟她争房间了，只不过是贫嘴而已，贫嘴的男人其实很好对付的。柳岸说，你们两个臭男人，去死吧。

柳岸装作生气的样子，躲进了房间，连门也关上了。

卢少君说，不行了吧，演砸了吧。

何开来讨了点没趣，也就进了房间。但是，他还在兴奋之中，一会儿，他又站在了柳岸的房间门口，刚好卢少君出来看见，卢少君说，你站在人家门口干吗？

何开来说，当然是想她了。

卢少君说，那就进去嘛。

何开来说，不进，还是我们聊聊吧。

卢少君对他站在柳岸门口，还是很奇怪，又说，你傻乎乎站在人家门口干吗？

何开来说，我不知道，我的房间太小了，我一走动，就到了她的门口。

卢少君说，这个理由不成立，你是对她有兴趣。

何开来说，是吗？不会吧。

卢少君说，你们原来什么关系？

何开来说，我们？我们没关系。

卢少君说，不会吧，她是因为你的关系才来这儿住的，而且那么大方，连房间也让给她。

何开来说，不是我让她来的，你想，你这个色狼住这儿，我不在的时候，会让一个女人进来住吗？

卢少君呵呵笑着。

何开来说，轮到我来问你了，现在，你们是什么关系？

卢少君又呵呵笑着。

何开来说，不说？不说就是有关系了，老实说，做爱了没有？

做爱没意思。

这话是柳岸说的，何开来又大吃了一惊。转头看见柳岸站在门口，脸上是一种嘲讽的表情。

何开来说，做爱没意思？那还有什么有意思？

柳岸说，做爱没意思，做什么都比做爱有意思，做爱非常虚无。

何开来说，你胡说，我怀疑你还是个处女，你根本没做过爱。

柳岸说，你不要这样看不起人，我有男朋友，但是，做爱真的没意思。

何开来说，那是你的男朋友没做好。

柳岸说，我男朋友很好，肯定比你们好。

何开来生气说，你又没试过，怎么可以这样乱比。

柳岸说，生气了吧，我就知道你们男人，说你们别的不如人可以不生气，说你们那个不如人一定生气。

何开来说，你饶了我，我说不过你，你对男人太了解了。

何开来逃回自己的小房间，躺在床上，目光盯着屋顶，想，柳岸到底是个什么样的女人啊？

2

第二天，何开来起床的时候，跟以往一样，不穿衣服就先上卫生间，这回轮到柳岸吃惊了，柳岸蹲在地上擦地板，一抬头看见何开来只穿着一条裤衩，蒙头蒙脑地经过客厅，就像见到了见不得人的东西，大大地惊叫了一声，弄得何开来把一泡尿也憋了回去。连忙说，对不起，对不起。何开来这才意识到现在是男女同居一屋了，不能不穿衣服就上卫生间的。

何开来穿完衣服，觉着这新同居时代也是很麻烦的，故意在房间里叫，柳岸，我现在可以出来了吗？

柳岸说，只要不是裸体就可以出来，你的裸体一点也不美，我可不想再看了。

何开来说，我不是故意的，我是习惯了，我没有暴露癖。

柳岸说，没有就好，你要是有这样的爱好，我还真怕呢。

何开来说，你那么勤快干吗？一大早起来就擦地板。

还早啊？柳岸看了一下手表说，都十一点啦。

何开来说，十一点啦，那就不早了。不过我前半句说的还是对的，你很勤快。

柳岸说，谢谢。

这时，何开来看见客厅里多了好几件东西，电视、冰箱和一对沙发，何开来说，这些东西是谁搬来的？

柳岸说，我。

何开来说，你？不可能吧，你搬得了那么多东西？

柳岸说，你也太小看人了，我不会叫搬运公司？

何开来说，对，对，可以叫搬运公司，你怎么有那么多东西？

柳岸说，我就有那么多东西，你没来之前，我不敢搬，怕被你赶走，现在看你也像个好人，就搬来了。

何开来说，我像个好人？你肯定看错了，我一点也不像，尤其是看见柳岸小姐的时候，就更不像。

柳岸说，又贫嘴，还不赶快刷牙，刷干净点。

何开来说，那好吧，为了你，我一定刷干净点。

说完这句话，何开来突然有点兴奋，好像他对柳岸确实有了某种兴趣。刚刚起床就对一个女人有兴趣，这种感觉是非常好的，简直比做梦还好。这样，刷牙也就有了目的，而不再是例行公事。洗漱完毕，何开来看见柳岸刚搬来的沙发，就坐了上去，并且随手操起遥控器打开了电视，何开来又架起二郎腿，点了一根烟，摆出最闲适的姿势，开始观看电视。

柳岸就像一只勤劳的蜜蜂，拿着一块抹布，在房间的各处忙碌着，柳岸的这个形象，就像一个标准的老婆，这与何开来最初的印象很不一样，她尖叫着现在的男人全都精神阳痿，何开来以为她是时髦的女性主义者，而且是那种极端的仇视男人的女性主义者，看来，女性主义对于柳岸，大概也就是一张标签，她热衷的其实还是做一个家庭妇女。现在，拿着抹布擦地的柳岸，也许才是真实的柳岸。一个家庭妇女比一个女性主义者，当然更受何开来欢迎，一个家庭妇女在劳动的时候，他可以跷着二郎腿抽烟；若是一个女性主义者，事情恐怕就要倒过来了。何开来想，柳岸是很好的，虽然对她还一无所知，但她还是很好的。柳岸的到来，几乎改变了一切，原来他和卢少君、陈冬生三条光棍住在一起，到处都是灰尘，根本就不像是有人住的房间，而柳岸一来，这儿就像一个家了，柳岸制造了一个家的幻觉。也

同
居

吴玄自选集

203

许家的幻觉比真正的家更好。在家里，老婆就是老婆，性是固定的，伸手可及的，没有意思的，而在这儿，性是不可捉摸的，不可捉摸的东西当然诱人了，现在，何开来觉着对性也有了一点兴趣。

就在何开来对性有了一点兴趣时，柳岸叫他了。柳岸看了一眼何开来的房间，出来说，能不能跟你商量一件事情？

何开来说，可以，当然可以。

柳岸说，你把你的房间也铺上地毯。

何开来说，好的。不过，我现在坐着很舒服，不想动。

柳岸说，不行，现在就去，我陪你。

何开来说，你陪我？那好，现在就去。

柳岸说，其实，你的房间铺不铺地毯，跟我没关系，但是，我是个完美主义者，你的房间没铺上地毯，我看了就不舒服。

何开来说，我的房间铺不铺地毯，其实跟我也没关系，但是，柳岸小姐看了不舒服，我就必须铺上地毯。

柳岸说，你确实贫嘴，卢少君比你好，他跟我说话从来都是严肃的。

何开来说，那不叫严肃，那叫假正经。

柳岸看了看何开来，很有原则地说，我不喜欢你在背后说人坏话。

何开来说，你别那么严肃，我没说人坏话，我说着玩的，我和卢少君，我们的关系挺好的。

柳岸说，那就好，我觉得我们三个人住在一起，就应该像一家人。

何开来说，对，一家人，你是老婆，我和卢少君……怎么办呢？……还是轮流做老公吧，这样公平。

柳岸抗议说，何开来，你再这样胡说，我不跟你说话了。

何开来不解地说，你昨天还是什么话都敢说的，今天怎么这么淑女了？

柳岸说，我本来就是淑女，都是你逼的，你们男人总是喜欢使用语言暴力，我是以暴抗暴。

何开来说，那么，我们以后不再使用语言暴力，我们使用最抒情的语言，我们说话一律以"亲爱的"开头。

柳岸忍着笑说，你臭美，谁跟你亲爱的。

一起买了塑料地毯，铺上，两人都相当满意。那种满意的感觉，何开来很快就从房间转到了柳岸身上，他再次觉着柳岸确实是不错的。接着柳岸又问了一句相当温暖的话，你饿了吧？何开来说，本来是应该饿了，但是和柳岸在一起就不饿，秀色可餐啊。柳岸说，你一个人在这儿贫吧，我可吃饭去了。何开来说，那不行，你一走，我就饿了，我们一起吃饭吧，我请你。柳岸说，你干吗要请我，给一个理由。何开来说，请你吃饭也要理由，真啰嗦，那就你请我吧，我不需要理由。柳岸说，我不请你，没理由。何开来说，走吧，吃完饭我给你一百个理由。

何开来和柳岸讨论了一下，决定去校内的淮扬轩吃饭。进了小东门，前面就是未名湖了。看见未名湖，何开来无端地就有些兴奋，眼睛也亮了，跟柳岸说，三年前，我来这儿逛了一圈，就不想走了。柳岸说，为什么？喜欢嘛。一待就三年？三年。一直在旁听？在旁听。那你靠什么生活？替书商做书，一年做三本就够了。柳岸睁大了眼睛，简直不相信一年可以做三本书。何开来说，是做书，不是写书，做书就是把人家的东西拿来再捣腾一遍，做得不那么像是剽窃就行了。柳岸又不相信地说，有这种事？何开来说，大家都这么做，你怎么不知道？柳岸不知道书原来可以这么做，好像是有点惭愧，就不说了。何开来见她沉默，似乎有点不对，就解释说，你是不是觉得我替书商做这种事情，很下流？其实我也觉得自己很下流，就跟妓女似的。柳岸听他把自己比作妓女，瞟了他一眼，不以为然地说，你这个比喻不准确，我认为妓女并不下流，妓女哪有你下流呀。何开来说，对，对，我比妓女下流，我是妓女的领导。说着何开来又叹了一口气，唉，跟你们这些女性主义者说话真累，我一不小心，随便打了个比喻，就犯错误了。柳岸说，你们这些臭男人，不要拿女人当比喻，就不会犯错了。何开来说，对，对。你对语言很敏感，你是语言学专业的？柳岸没有马上回答，而是想了一会儿，说，不是。这一想，对话就停顿了，何开来不懂，柳岸为什么要想一会儿，而不是马上回答，这种问题有什么好想的，这就说明柳岸想的不是这个问题，而是别的什么东西，柳岸究竟想的是什么，何开来不知道，但他觉着在根本不需要想的地方，柳岸却要想一想，也是很有个性的。何开来又发现他和柳岸说话，一直是在胡说八道，其实，他连柳岸最基本的情况也不知道，比如她是学什么的，她读几年级，或者她也是旁听的。何开来觉着他对柳岸肯定是有兴趣了，连她说话中间的一个停顿，他都注意了，柳岸最基本的一些情况，他是应该了解的。

柳岸只说她不是语言学专业的，没有接着说她是什么专业的。柳岸似乎不太愿意说她的专业，但何开来还是想知道，这个问题，何开来在淮扬轩坐下后又问了一遍，柳岸还是想了一想，才说，中文的。何开来发觉柳岸说的时候，脸上掠过了一丝的不安，似乎她对自己的中文专业有点自卑，但那丝不安只在脸上停留了瞬间，很快就消失了。何开来又问现在读几年级？柳岸说，研一。何开来知道了她是正式学生，心里就有几分羡慕，但又不能表现出来，作为一个北大边缘人，面对正式的学生，尤其是女生，是要装一装的，譬如装作才华横溢的样子，北大的学生向来以才华论人，而不重名分，你才华横溢，虽然是旁听的，也照样可以获得尊重，没准还会爱上你。何开来应该立即跟柳岸谈谈他在文学方面的天才，他在写某某三部曲，准备二十年后获诺贝尔奖，而不只是替书商当枪手。如果这样，也许柳岸就得对他刮目相看了，但是何开来明显犯了一个错误，或者说太老实了点儿，最终还是以玩笑的方式表达了他的羡慕。何开来说，我要崇拜你了，能考上北大研究生多难啊。柳岸谦虚地说，我是瞎考的，没想到还考上了。何开来说，跟你同居一屋，非常荣幸。但是，就我了解，你们女生不住校内，租到外面都是因为男朋友，你是不是也要带一个男朋友进来。柳岸说，没有，我的男朋友在法国，在巴黎大学当教授。何开来高兴地说，那就好，那就好，要是你每天带个男朋友回来，让我和卢少君干瞪眼，还真有点痛苦。柳岸说，说好了，我不带男朋友，你们也不要带女朋友回来。何开来说，我没问题，我没有女朋友，卢少君……何开来刚想说卢少君有一大堆的女朋友，他不带女朋友回来是不可能的。但一想卢少君和她已同居了几个月，没准有了什么关系，在背后捅他的隐私，是不道德的，就忍回去不说了。柳岸说，我跟卢少君说好的，他不带女朋友回来。何开来说，好，好，这样很好，这样我们三人内部解决。柳岸忽然很严肃地注视着何开来，又端起啤酒喝了一口，说，我问你一个问题行吗？何开来说，说吧。柳岸说，你在这儿三年，一直没有女朋友？何开来说，没有。柳岸就不可思议地看着何开来，说，那你的性生活怎么解决？何开来也不可思议地看着柳岸，不想她会问这种问题，这种事男人之间倒是经常讨论的，但何开来从未遇见过女人问他性生活怎样解决，何开来的表情就很有些滑稽，说，啊，哈，没法解决，这……确实是个问题。柳岸端着酒杯，又喝了一口，好像在欣赏何开来脸部丰富的变化，柳岸说，你原来还是蛮纯洁的。何开来觉着柳岸这句话带着嘲弄的意味，反击说，现在好了，现在有你，我就有希望了，反正你的男朋友远在法国，跟没有也差不多。柳岸说，不过，我还是不相信，你这么油嘴滑舌，怎么会没有女朋友，你还是蛮讨女人喜欢的。

就是说柳岸有点喜欢何开来，这意思应该是相当清楚的。如果何开来聪明一点，吃了饭，一起回房间，或许一场恋爱就开始了。但是，何开来坚持要去听课，问柳岸，下午都有什么课。柳岸不屑地说，不知道，那些烂课，有什么好听的，你听了三年还不够？何开来说，不听白不听，我是学术消费。柳岸说，那我就陪你消费一次吧。

两人去中文系的广告栏看了一遍，何开来见下午有个讲座——死亡研究，就说，我们去听死亡研究。柳岸立即引用孔子的话说，死亡有什么可研究的，不知生，焉知死。何开来说，听听吧，这种研究挺好玩的，没准听完以后，你就死不了了。

进了教室，死亡研究已经开始了，好像对死亡感兴趣的人并不多，有三分之一的座位是空着的。何开来和柳岸在后排坐下，讲课的是一个老学者，见何开来和柳岸进来，停了一下，又开始说，大家都知道，人活着其实就是为了等死。我记得小时候，我九十二岁的姨妈总是在重复一句话，我为什么还不死……柳岸对死亡似乎一点兴趣也没有，当老学者说到死亡在古代是积极的、正确的，18世纪以后死亡就成了个人的、错误的了，20世纪以后，死亡是匿名的、无名的，早期的死亡是美丽的，现在不是了，现代人根本不敢面对死亡。柳岸趴在桌上睡着了，头发覆盖了脸部，那样子好像是献给死亡研究的一件祭品。后来老学者又说，很多德国人认为，死亡是一种睡觉。何开来看着柳岸，就想笑。柳岸大概睡得并不深，也听见了，愠怒地抬了抬头，拉起何开来就往外走。

这个老头，居然在我睡觉的时候，说死亡是一种睡觉，气死我了。

何开来看着愠怒的柳岸，说，就是，死亡肯定不是一种睡觉，柳岸趴在桌上睡觉多可爱，死亡有这么可爱吗？

这时，柳岸的手机响了，柳岸一边掏手机，一边下意识地退开几步，并且转了一个身，好像她有什么秘密，不想让何开来听见。柳岸的这些动作，突然间把他们的距离拉开了，何开来站在那儿，看着柳岸的后背，觉着和她其实还是很陌生的。如果柳岸接电话时不是躲着他，事情又怎么样？何开来想，大概也不怎么样。等柳岸接完电话，说有点事情，何开来说，你忙吧。

何开来那种因为和柳岸同居一室而引起的兴奋感，消失了。

3

何开来很快就发现，柳岸对卢少君比他要亲热得多。他们几乎就是一家人了。卢少君的衣服都是柳岸洗的，卢少君的房间也是柳岸收拾的。卢少君的房间本来乱糟糟的，柳岸来了之后，就变得井井有条了，卢少君找不到东西，经常得问柳岸，柳岸就像训斥老公那样训斥卢少君，你看，你看，你这是什么驴记性，没有我，你快要连自己都找不到了。卢少君说，还不是你放的？柳岸说，你这个没良心的，我帮你整理，倒怪起我来了。卢少君就呵呵地傻笑，很幸福的样子。

何开来听他们说话，觉着自己是个多余的第三者，说实在的，那感觉不太好，但也没办法，三个人同居一室，有一个人多余是正常的。柳岸洗衣服的时候，偶尔也问何开来，要不要帮你洗衣服。何开来说，不要，不好意思。柳岸说，没关系的，卢少君的衣服都是我洗的，连短裤也是我洗的。何开来不懂柳岸为什么要特别强调连短裤也是她洗的，是不是想说明他们的关系进入了短裤的层面。何开来说，我们男人的短裤有秘密，不好意思让你洗。柳岸笑了笑，就再也不说帮他洗衣服了。

　　柳岸和卢少君到底有没有关系，何开来其实是不清楚的。不过，柳岸肯定影响了他的生活，包括他的性生活。柳岸搬来之前，卢少君每个星期总要带回几个女人过夜，那些女人成分极其复杂，有老同学、老情人，有丑得嫁不出去的女博士、在酒吧刚认识的身份不明的女人以及网上从未见过面的陌生女人，年龄在二十岁至四十岁不等，好像每次带回来的女人都是不一样的，何开来一直没搞清楚他究竟带回了多少个女人。卢少君这一点，何开来和陈冬生都很佩服，同时又很鄙夷，因为卢少君带回来的女人，大多丑得让人不敢多看一眼。但是，有了柳岸，就不见卢少君带女人回来过夜了。何开来想，他和柳岸应该是有问题，既然他们已经有问题，何开来对柳岸就比较冷漠。再说，柳岸也不是何开来喜欢的那种女人，柳岸学的是文学专业，应该和何开来有一些共同语言，可是柳岸从来不谈文学，弄得何开来想谈点文学也不能。柳岸是个很奇怪的人，至少在何开来看来是个很奇怪的人。她基本上不去上课，却很喜欢干家务活，好像干家务活比上课有意思得多，这同她的女性主义腔调是很不相称的。何开来说，你怎么都不去上课？柳岸懒洋洋地说，不想上，我一点也不想读研，我想我们是颠倒了，我这个研究生应该由你来读。她这句话似乎有点歧视旁听生的意思，何开来就懒得说了。何开来觉得她一点也不像中文系的研究生，倒是蛮像卢少君的陪读夫人，帮他收拾房间，洗洗衣服，无聊了就上网或去附近的酒吧坐坐。

　　何开来以为她并不知道卢少君有很多女人，但实际上，柳岸比他知道得还多，那天，柳岸刚洗了澡，心情很舒畅，又问何开来，你真的没有女朋友？

何开来说，没有。

你和卢少君两个都不正常，他有那么多女朋友，而你一个也没有，你们两个一个性亢奋，一个性冷漠。

是吗？你怎么知道他有那么多女朋友？

他自己告诉我的。

卢少君对你很好，连有几个女朋友都告诉你。

我刚住进来时，他经常带女朋友回来，后来就不带了。

后来有你，不用带了。

柳岸大声说，何开来，你是不是怀疑我和卢少君有关系？

何开来说，我没怀疑，你这么大声干吗？有关系又不是什么坏事。

你还是怀疑我们有关系。我觉得有关系不好，不过，卢少君倒是很信任我的，他什么话都跟我说，他说，他只是喜欢和女人睡在一起，但是，并不喜欢做爱。

何开来高兴地说，那不就是说他是性无能吗？

我没有这样说，我也认为男人和女人睡在一起，不一定要做爱，做爱确实很虚无的。

这话我听你说过，看来，尔确实是有感而发，你和卢少君算得上是知音了，连做爱的态度都一样。何开来想，你们睡在一起，做不做爱，跟我有什么关系。

柳岸说，卢少君的性生活我了解了，现在，谈谈你的性生活。

何开来为难地说，这个问题不太好谈，你怎么喜欢谈这些？

我喜欢探究人的内心，我的寻师说，要了解人的内心，首先要了解他的性生活。

你的导师是弗洛伊德吧。

不是，弗洛伊德是谁？

别装傻，你不知道弗洛伊德？

我真的不知道，弗洛伊德是谁？

何开来见她不是装傻，而是真的不知道，觉得很好笑，说，不知道算了，一个犹太人。

犹太人怎么可能是我的导师？

有可能的，他在北大中文系当兼职教授呢。

犹太人没意思，还是谈谈你的性生活吧。

我没有女朋友，哪有性生活？要么这样，我们先过一次性生活，然后我跟你谈谈体会。

这个建议柳岸没有接受，后来，柳岸又谈起了卢少君的老婆，说，他老婆也是个博士。

何开来说，你以后多读两年，也是博士。

我才不读，女博士就是丑的代名词，我有那么丑吗？

嗬，嗬，原来你是骂他老婆丑。

你见过他老婆没有？

没有。

以前没来过？

好像没有。

下星期她要来了。

那你得小心了。

我干吗要小心？我跟他又没关系。

他老婆可以怀疑你们有关系。

柳岸天真地说，是吗？

何开来肯定地说，是的。

那我不惨了？

有一个办法可以让他老婆不怀疑。

什么办法？

他老婆来的时候，卢少君和他老婆睡，你嘛，就和我睡。

何开来，别老拿我开玩笑，好不好？

卢少君的老婆果然来了。出乎意料，她长得并不丑，和柳岸站在一起，甚至把柳岸也比下去了。柳岸虽然年轻，但卢少君的老婆更有学院派女性的气质，这表明女博士也不一定都是丑的，起码卢少君的老婆是个例外。何开来就有点不懂，既然卢少君有了一个这么漂亮的老婆，为什么还对那么多的丑女感兴趣，是不是因为老婆漂亮，漂亮对他就没有意义了。

柳岸见了卢少君的老婆，异常热情，叫她嫂子，好像卢少君是她哥哥，柳岸说，嫂子，卢少君经常在我们面前夸你怎么怎么漂亮，我们说他吹牛，哪有女博士是漂亮的，我们北大中文系的女博士一个比一个丑，见了才知道，原来你比卢少君说的还漂亮。

卢少君的老婆被恭维得不知怎么回答，其实，柳岸是在说谎，卢少君在他们面前，从来不提老婆，好像他是没有老婆的。

柳岸又对卢少君说，你好好陪嫂子，我来做饭。

卢少君的老婆说，还是去食堂吃，自己做饭太麻烦了。

柳岸说，不麻烦，我很喜欢做饭的。

说着，柳岸就叫何开来陪她去买菜。何开来想，你真的拿我当掩护了。何开来迟疑了一下，还是陪了。

路上，何开来说，陪你买菜没用的，陪你睡觉才有用。

柳岸说，闭上你的臭嘴。

买了菜回来，柳岸又让何开来给她当下手，何开来最讨厌厨房，就觉着有点痛苦了，而且柳岸还不满意，不停地骂他笨手笨脚，那种骂又有些亲热的意思，大概是骂给卢少君的老婆听的，以示她和何开来的关系不太一般。

何开来在厨房间享受了半个小时不太一般的待遇，又被差去买酒，等买了酒回来，柳岸的菜也烧好了。柳岸就像是这个家庭的女主人，笑盈盈地恭请卢少君和他的老婆品尝她的手艺，大家赞美一番她烧的菜如何如何好吃后，卢少君举着酒杯，代表老婆感谢柳岸和何开来，柳岸也举着酒杯，代表何开来欢迎卢少君的老婆。这样，四个人就分成了两对：卢少君和他的老婆，柳岸和何开来。卢少君似乎完全摆脱了他和柳岸的嫌疑，柳岸和他是没关系的，柳岸和何开来有关系。何开来忽然很奇怪，他为什么要帮卢少君和柳岸骗他的老婆？他看了看卢少君的老婆，又看了看柳岸，不知所以地笑了笑。柳岸说，你笑什么？何开来赶紧说，没笑什么，没笑什么。柳岸说，你就是喜欢笑，我第一次看到你，你也是笑了笑，你是一只不怀好意的笑面虎。何开来说，是的，是的。

柳岸的热情好像还没有挥发完，饭后，又开始清扫房间，先是清扫了厨房，然后拿拖把拖了一遍客厅，然后用抹布擦了一遍自己的房间，然后走进卢少君的房间，帮他擦地。卢少君的老婆连忙说，我来擦，我来擦，怎么可以让你擦呢。柳岸说，没关系的，房间的卫生都是我干的。卢少君的老婆说，怎么可以让你干，你又不是他们雇的保姆。柳岸说，男人懒，我不干房间就很脏，你没见过原来他们三个男人住的时候，有多脏。卢少君的老婆说，怪不得卢少君的房间这么干净，真是谢谢你了。柳岸说，哪里话，既然住在一起，就应该互相照应。卢少君的老婆就和柳岸争抹布，但是柳岸不让，卢少君的老婆只好走出了房间。

卢少君的老婆站在客厅里，看着柳岸在房间里干活，很有些不自在。后来证明，柳岸在卢少君老婆在的时候，跑到他房间，帮他擦地，是很愚蠢的一个举动。当然，柳岸也有可能是故意的。卢少君的老婆似乎有一种自己的领地被别人侵占的感觉，她走到了柳岸的房间门口，朝里面看了好一会儿，目光很警觉地停留在她那张双人席梦思大床上，卢少君的老婆又想了好一会儿，大概在想这句话该不该说，末了，还是说了，是故作轻松说的。

卢少君的老婆说，柳岸，我发现你确实很会过生活。

柳岸说，是吗？

卢少君的老婆说，你的床也特别大特别舒服。

是的，是的。柳岸说着，好像忘记了什么，隔了好一会儿，补充说，哦，对了，我们可以换一下房间，你和卢少君睡我的大床，我睡卢少君的小床。

卢少君的老婆不好意思地说，床怎么可以随便换？

柳岸说，只要你不介意，我无所谓的。

卢少君的老婆摇头说，不可以，不可以。

既然卢少君的老婆不愿接受她的好意，柳岸也就算了。擦完地，柳岸洗了澡，换了衣服，来到何开来房间，对他大有深意地眨了几眼，何开来不懂她是什么意思，柳岸朝卢少君的房间说，嫂子，你和卢少君早点休息，我跟何开来出去走走。说着，也不经何开来同意，拉了他就往外走。

何开来说，你这是干吗？

柳岸说，我们回避，让他们好好做爱呀。

何开来说，呵呵，你还想得挺周到的。

柳岸说，我们去雕刻时光坐坐。

雕刻时光是一个酒吧，就在前面的小巷内。从房间到酒吧，沿墙一带是暗路，在暗中，柳岸忽然靠近了何开来，并且紧紧抓住了他的手，何开来几乎可以感觉到她的心跳了，何开来想，我是替你们做掩护的，怎么好像来真的。何开来被抓着手，有点不习惯，说，你害怕？柳岸说，抓一下手不行吗？何开来说，你想抓，当然也可以，可是我的手不是你想抓的，只是临时替代品吧。柳岸说，不一定，抓着你的手也蛮好的。

柳岸显然是雕刻时光的常客，服务生都认识，见了她，立即把她引到了后面一个隐蔽的座位，大概是她的专座。柳岸说，两扎啤酒。何开来一点也不想喝啤酒，想要点别的什么，但柳岸一定要他喝啤酒，何开来也只好陪她喝啤酒了。

柳岸喝啤酒的功夫相当不错，不一会儿又要了一扎。喝了酒，柳岸好像完全放松了，双手支着下巴，目光也放肆起来，盯着何开来看。

何开来说，你这样看我干吗？

柳岸说，我在研究你想什么。

何开来说，我什么也没想，只是陪你喝酒。

柳岸忽然掏出手机，何开来以为她要找什么人，很高兴地想，你快找吧，那样我就解放了。但是，柳岸很神秘地说，给你念个段子。

何开来说，念吧。

柳岸就念，饥渴的我，无法抗拒你的诱惑，跟你亲密接触时，你令我产生了阵阵无法言表的快感，感觉地球在旋转，很想和你大干一场，又怕将肚子搞大……啊，亲爱的啤酒。

柳岸念完，自己就笑个没完，大概是非常好笑，笑得胸部都抖了，何开来说，很好，很好，怪不得我不喜欢啤酒，原来啤酒是男的。

柳岸说，很搞笑吧？

何开来说，很搞笑。

后来，柳岸就把自己喝醉了，喝醉了的柳岸又想起卢少君的老婆，柳岸说，你觉得卢少君的老婆怎么样？

何开来说，别人的老婆，我没感觉。

柳岸说，我真伟大。

何开来说，是的。

柳岸说，我把自己的床都让给他们做爱。

何开来说，是的。

柳岸说，他们在我的床上做爱，我没地方睡了。

何开来强迫柳岸回来的时候，柳岸还在胡言乱语，她的身体被啤酒泡软了，何开来几乎是拖着她回来的，拖到房间，额上都冒汗了。这样拖着柳岸，何开来的身体也应该产生一点感觉的，硬了或者软了，但是，没有，除了额上冒汗，什么也没有，何开来就觉着很无聊。何开来想，柳岸，卢少君，卢少君的老婆。何开来倒过来又想了一遍，卢少君的老婆，卢少君，柳岸。这跟我有什么关系？何开来自言自语说，我 ×。

卢少君的老婆大概是来侦察的，侦察的结果显然相当危险。卢少君不久就被迫搬回了学校住，就是说他的老婆不允许他在外面男女同居，卢少君离开时，表情很有些晦涩，就跟托孤似的，跟何开来说，柳岸以后就归你一个人了。何开来说，柳岸还是你的，我替你当看守，不允许别的男人进来。卢少君说，柳岸不错的，你又没有老婆，应该好好考虑。何开来狠狠敲了敲卢少君的肩膀，说，你他妈的，你的女人，给我当老婆，像话吗？卢少君一本正经地说，不要乱讲，我和柳岸真的没有一点关系。

卢少君搬走，何开来还是高兴的，因为他可以搬进他的房间住。柳岸对卢少君这样被老婆逼走，很有点不屑，同时又深为自己感到委屈。

柳岸说，他老婆真的怀疑我？

何开来说，那当然。

柳岸说，那当然？

何开来说，她不怀疑你，难道怀疑我吗？

柳岸说，他老婆应该感谢我才对，卢少君是跟我同住一屋才不乱搞的。

何开来说，是的。

柳岸说，你知道卢少君为什么乱搞吗？

何开来说，不知道。

柳岸说，他是因为怕老婆才乱搞的。

何开来说，是吗？

柳岸说，他老婆外表斯文，其实是个虐待狂，一生气就拿针扎他，卢少君说，他害怕和老婆做爱。

何开来说，卢少君连这种秘密也告诉你？

柳岸得意地说，他需要倾诉，我是他倾诉的对象。

何开来说，那你就是圣母了。

4

其实，三个人同居一屋，是一个社会，两个人同居一屋，才是同居，卢少君走后，何开来的同居生活才刚刚开始。

柳岸似乎把他当作了另一个卢少君。第二天，何开来还在睡觉，柳岸就来敲门，何开来睡意蒙眬地说，干吗？柳岸说，打扫房间。何开来说，我还在睡觉，我不扫。柳岸说，不是你扫，是我来扫。何开来说，我要睡觉，我不要你扫。你这头猪，我偏不让你睡。柳岸就使劲敲门，何开来只得起来开门，然后又快速躲回被窝，虽然何开来的动作很快了，但柳岸还是看见了他光着的大腿。好在柳岸已经不在乎他穿不穿衣服，还笑眯眯地要掀他的被子，何开来捂着被子，赶紧说，不，不，不能这样。

何开来一时还不适应和柳岸这么亲近。柳岸擦完地板，并没有离开的意思，这儿看看，那儿看看，好像在找什么。何开来探着脑袋说，很干净了，你在找什么，找灰尘吗？柳岸说，我找衣服，你有什么衣服要洗。何开来说，没有，没有。柳岸说，我可不喜欢你那么脏。柳岸把堆在椅子上的衣服一件一件提起来看，然后也不问何开来，就拿走了。

柳岸的这些动作，把她和何开来的关系搞得有点暧昧。这样不好，一点也不好。何开来坐在床上想，两个人，一男一女，同住一屋，应该什么关系也没有。这是一项原则。不过，这项原则是刚刚想起的，但一经想起就是一项原则了。何开来觉得他和柳岸之间必须有点距离，可是这距离似乎突然间消失了，何开来想了半天，才发现是少了卢少君，原来他和柳岸之间隔着卢少君，现在卢少君搬走了，他搬进了卢少君的房间，他就变成了卢少君。

柳岸帮他擦地、洗衣服，然后，似乎就自动获得了一种控制何开来的权利。首先是他必须九点钟起床，何开来向来是十一点才起床的，九点就被柳岸叫醒，一天都昏昏欲睡。何开来说，你饶了我吧。柳岸说，不行，男人不能睡懒觉，男人睡懒觉要阳痿的。何开来说，我宁可阳痿，你让我睡吧。但是，柳岸就是不让他睡。其次是要求何开来每天换洗内衣，这件事虽不太难，但也容易忘记，有时何开来已经在外面了，会突然收到柳岸的短信：你又忘了换内衣！！！柳岸一连用三个叹号表示她的不满，回来一定还要挨她的训斥。第三是柳岸严重关注他和异性之间的交往，何开来和一个叫李青的女人常通电话，聊一些不着边际的废话。柳岸一点也不掩饰她的严重关注，她是哪儿的？她漂亮吗？你们是什么关系？甚至直截了当问你们有没有性关系？柳岸问这样的问题，毫无心理障碍，脸上总是堆着笑，弄得何开来若是不说实话，就对不起她似的。何开来说，你问这些干什么？

柳岸说，我只是好奇，你不想说就算了。此后，何开来就不敢当着柳岸的面，给女人打电话，怕她又来问你们有没有性关系。

柳岸大概是在扮演一个妻子的角色，至于丈夫，先是卢少君，现在是何开来，就是说，丈夫是谁，并不太重要，重要的是她在做一个妻子。作为一个妻子，柳岸也算得上是个不错的妻子，但何开来实在不懂，她不好好做一个研究生，而热衷于做一个妻子，柳岸肯定是有毛病。何开来想，她会不会有进一步的要求，譬如做爱，作为丈夫，何开来是有做爱的任务的，好在柳岸说过做爱很虚无，她不喜欢做爱，如果她喜欢做爱，以柳岸的性格，她大概会主动要求的，万一柳岸要求做爱，怎么办呢？何开来觉着这是个问题，他一点也不想做卢少君的替代品，无论如何，他和柳岸是不能做爱的。

直到现在，何开来对柳岸的印象其实还是不错的。若不是丁伟告诉他，柳岸不是研究生，而是旁听的，何开来还以为她是个有点怪异的另类女生。

本来，何开来回到北京，第一个要见的人就是丁伟，但丁伟在他回京之前，就去广州实习了。这几日刚回来，何开来见到丁伟，立即把他和柳岸同居一屋的情况汇报了一遍。丁伟说，好呀，好呀，你们上床了没有？何开来说，没有。丁伟说，你真傻，她都把你当老公了，还不赶紧上。何开来说，看来，你们没有关系，我还以为你们有关系呢。丁伟说，有关系，你也可以上的。何开来说，你就这样糟蹋你的同学。丁伟说，同学？她不是同学。何开来说，不是同学？怎么不是同学？丁伟说，她是旁听的。何开来就迷惑地看着丁伟，可是柳岸说她是中文系的研究生，她还瞧不起我这个旁听的。丁伟又肯定地说，她是旁听的。我和她是在东门的酒吧认识的，她说，她参观了北大，北大真好，在北大读书真好。我说，你想在北大读书，很方便的，你来旁听就是了。然后她就来旁听了。何开来说，这就对了，怪不得我总觉得她不像一个研究生。

在食堂吃了饭，丁伟建议去看看柳岸，何开来轻蔑地说，一个假冒伪劣产品，有什么好看的？丁伟说，你好像很生气？何开来说，她骗了我。丁伟说，不就是假冒一下研究生，她是个女人，肯定不是假的，我们去看女人。何开来想想也是，柳岸是研究生还是旁听生，跟他有什么关系，况且柳岸也不是想骗他，她想骗的人应该是卢少君，只不过顺便也骗骗他而已。何开来这么一想，就想通了，转而跟丁伟说，你见了柳岸，可不要揭穿，否则她就没法跟我同住下去了。丁伟说，那当然，看来，你还是很想跟她同居的。何开来说，是吗？是吗？

柳岸不在房间，手机也关了。丁伟说，她在听课？何开来说，不可能，她从来不听课。丁伟说，那她待这儿干什么？何开来说，不知道。丁伟没看见女人，有点不甘心，就一直在等，但是过了十点，柳岸还没回来，丁伟很失落地骂了一句脏话，就回去了。

柳岸到了深夜一点才回来，这个时间，对何开来也不算晚，他还在看电视，所以柳岸这个时间回来，他也没有任何感觉，他继续在看电视，连头也不抬一下。

柳岸说，你还没睡？

何开来顺口说，等你呀，你没回来，我哪敢睡。

柳岸说，这话我还是蛮喜欢听的。

何开来是说着玩的，但柳岸的口气却很正经，何开来就没法再胡说了，抬头看了看柳岸，发觉她的脸竟异常地伤感，其中又混杂着疲惫和兴奋。何开来说，你怎么了？

累死了。柳岸吐了一口长气，在另一张沙发坐下，又重复说，累死了。

何开来应该问她为什么累死了，但何开来什么也没问，他握着遥控器连续换了三个频道。

柳岸莫名地就有一股怨气，说，何开来，你一点也不懂得关心人。

何开来又换了一个频道，说，对不起，你要我干什么吗？

柳岸说，我不要你干什么，你也不关心一下我晚上去哪儿了？

何开来说，嗯，你晚上去哪儿了？

柳岸说，我的法国男朋友回来了，住在昆仑饭店，我去看他了。

何开来说，好啊，难怪连手机也关了。

柳岸说，你找我了？

丁伟来看你了，等了很久。何开来说着，突然像贼似的朝柳岸偷看了一眼。

柳岸对丁伟似乎毫无反应，说，你这样看我干吗？

何开来说，没干吗。

柳岸说，是不是怀疑我和男朋友……

何开来说，是啊，男朋友来了，而且是从法国回来，也不陪他过夜，还回来干吗？

我们是有爱无缘。柳岸说了就拿双手遮住脸部，大概是表示她正在伤心，不想让人看见。这样，何开来看见的就是她的一双手了。大约过了一分钟，柳岸在手掌后面说，你想听我的故事吗？因为隔着手掌，柳岸的声音显得压抑、低沉，简直就是呜咽了。

何开来害怕这种声音，赶紧说，当然想听了。

柳岸松了手说，我四岁就爱上他了，你相信吗？

何开来摇头说，我不相信。

柳岸说，真的，他比我大十五岁，我四岁的时候，他抱着我玩，我就很有感觉，我的记忆是从他开始的。

何开来说，我不懂。

柳岸说，我自己也不懂。他是我表哥，我十二岁那年，他结婚了，我妈妈带着我参加他的婚礼，我看见他挽着新娘，我上前也要他那样挽着，他就一手挽着新娘一手挽着我，但是，他把我当小孩，一会儿就不理我了，我感到特别绝望，一个人走到了外面，外面就是河，我眼一闭就跳了下去。至今他们都以为我是不小心落水的，其实我是自杀。

说到自杀，柳岸的眼睛亮了，眼睫毛一闪一闪地在跳，显然，自杀是一件很激动人心的事情。柳岸好像怕何开来不相信，又强调说，真的，当时我就是想死。

何开来说，你这不是恋爱，这是恋父情结。

柳岸说，你不懂，不要乱说。

何开来就不说了。

柳岸又拿手掩了脸，很孤独的样子，等她拿开手，何开来看见她的脸上挂了两行眼泪，眼泪是从内眼角溢下的，一直滑到嘴角，然后转了个弯，消失了，可能是滑进了嘴里。

何开来说，你怎么哭了？

柳岸恼怒地说，你别管我。

柳岸这个态度，好像是何开来惹她哭的，何开来觉着他并没有做错什么，他看了看柳岸，索性溜回了房间。

不一会儿，何开来听见了柳岸洗澡的声音，就是说，她已经不哭了，何开来就觉得他溜回房间是很正确的，如果他看着她哭，没准柳岸就会哭个没完，女人基本上都是这样，那是很无聊的。

柳岸洗了很长时间的澡，起码比平时长两倍的时间，何开来听着流水的声音，就睡着了。但后来又被柳岸叫醒，柳岸边敲门边叫，何开来，你睡了？何开来说，睡了。柳岸说，你不要睡。何开来说，不睡，干吗？柳岸说，你不要睡，起来。何开来只得起来，开了门，何开来立即感到有股香气朝他袭来，那是某种香水的气味。柳岸穿了一件睡衣，半透明的，何开来半闭着眼睛，刚要睁开，又很有礼貌地闭上了。柳岸说，我不要你睡，我要你陪我。何开来嗯了一声，忽然觉着鼻子发痒，很想打一个喷嚏，但是，朝女人打喷嚏是极不雅观的，何开来就拼命忍着，痛苦得连眉毛也皱了，柳岸见他这样，不客气地责问说，你是不是讨厌我？不是的。何开来连忙说，这一说，喷嚏就忍不住了，何开来转身背着柳岸打了一个响亮的喷嚏。

何开来说，对不起。

柳岸说，没关系，打喷嚏还是可以原谅的。

打了喷嚏，何开来对香水就没感觉了，何开来说，你睡不着啊？

柳岸说，你不是明知故问嘛。

何开来说，是明知故问，你晚上真的不应该回来。

柳岸说，不说了，我跟他已经没有关系，都结束了。

何开来说，那就结束了。

柳岸说，你是不是很高兴？

何开来想，我为什么很高兴？这跟我有什么关系，但何开来还是说，当然很高兴，你们结束了，我就有机会啦。

柳岸说，你真的喜欢我？

何开来说，喜欢。

柳岸说，我也喜欢你。

柳岸说着，气就有点喘了，而且合了眼，明显是一种等待的姿势。何开来这才觉着不好了。当然，亲她一下，然后做一次爱，也不是不可以，但是，柳岸刚刚和男朋友分手，她心里难受，想随便找个男人替代一下，何开来若是合作，就成代用品了。何开来代人喝过酒，代人写过文章，甚至代人擦过屁股，但代人做爱，还确实没有做过，当然，代人做爱也不是不可以，一般来说，代人做事，总是一种奉献，如果你愿意，何开来，你愿意吗？何开来这样问自己，但是没人回答。何开来真是感到左右为难了。

柳岸等急了，或许是等烦了，说，何开来，你不想亲我吗？

想不了了之是不行的，何开来必须表态了，何开来说，想，当然想，但是……

柳岸说，但是……什么？

何开来说，但是，你会后悔的。

柳岸说，我不后悔，我喜欢你。

何开来说，是吗？

柳岸说，你不知道吗？你这个傻瓜。

你今晚脑子不清楚，睡觉去吧。何开来一只手搭着柳岸的肩膀，推了推她，但柳岸站着不动，何开来另一只手又搭着她的另一个肩膀，轻轻地但坚决地把她推回了自己的房间，睡吧，好好睡吧。何开来不等她回答，就带了门出去。

何开来回到床上，想再睡时，却发现一点睡意也没了，而且，他的身体似乎也在抗议，他为什么不和柳岸做爱？事实上，做一次爱比拒绝做爱更简单一些，他没有理由拒绝的，当然，反过来说也是可以的，我为什么要和她做爱，不做不是更好吗？是的，不做更好，一个男人和一个女人，用生殖器把他们连在一起是很可笑的。当然了，这些都是托词，仅仅是一种说法，问题的实质是他不想和柳岸做爱。

这就很没意思了。

5

这个晚上，对后来还是有影响的。此后的几日，何开来就不愿见柳岸，大部分时间待在学校，可是，同居一屋，不见面是不可能的，何开来见了柳岸，说话就相当地慎重了，再也不敢胡言乱语。倒是柳岸，好像什么事也没有，洗了澡，照样穿着睡衣往何开来房间跑，追着问，你好像在故意躲着我。何开来说，没有啊，我在做一本书，到处找资料，很忙。柳岸说，你就是在躲着我，好像我要吃了你似的。柳岸说着，龇牙咧嘴做了一个吃人的动作。何开来说，你别吃我，我的肉不好吃，酸。柳岸说，算你有自知之明，你的肉肯定很酸，不过，我还是喜欢吃酸的。何开来说，那你的法国男朋友一定是酸死了。柳岸说，你吃醋了？虽然是问号，但柳岸的语气是很肯定的，何开来刚想说当然吃醋了，但立即又忍了回去。那一忍就像真吃了醋，表情是酸的，柳岸看着何开来，满意地说，你不用吃醋，我跟他没关系了，我喜欢的是你。何开来说，不可能的，我还不够酸，你不会喜欢的。柳岸说，你够酸了，你只是嘴上流氓，骨子里是个很酸的酸文人，那个晚上，柳岸停顿了一下，脸忽然红了，她看了何开来一眼，脸又不红了，那表示羞涩的红，似乎是从别的地方飘过来的，在她的脸上意外地停了一下，又立即飘走了。柳岸继续说，那个晚上，我是想跟你做爱的，我真的很伤感，就想随随便便做一次爱，不管跟谁，但是，你没有乘虚而入，你是个君子，如果你跟我做了，第二天我可能就很讨厌你，你从我房间出去的那一瞬间，门响了一下，我产生了一种震动，全身都震动了，那比做一次爱更强烈，我知道，我真的喜欢上你这个酸文人了。

何开来说，我不是君子，你搞错了。何开来确实觉着他不是君子，君子应该是想做爱的，但因为某种理由忍着不做，就是说君子的前提是忍，而何开来是根本不想做。

柳岸说，我没搞错，你别想躲着我，我会追你的，直到把你追到手。柳岸是笑着说的，有点像玩笑，所以何开来也不用表态，柳岸说完，就笑着回自己的房间了。

现在，何开来被女人追求了，而且是一个比男人更直接的女人。何开来的感觉是不习惯，在男女方面，从来都是何开来追求女的，然后由女人说，好还是不好；现在颠倒过来，何开来的男性角色似乎受到了挑战。何开来简直是想逃跑了，何开来想，我是不会找柳岸这样的女人的。

那段时间，何开来确实很忙。他在做一本书，叫《成功学》，这到底是什么学问，何开来也不知道，大概跟狗屎差不多。他只要照书商的吩咐，收齐资料，再略做改动就行了。何开来忙了半个月，花了几百元的资料费，书就做成了，何开来打电话给书商，准备一手交货，一手拿钱，不料书商说，《成功学》他不做了。何开来说，为什么？书商说，有人抢先做了，市面上已经有好几本《成功学》。何开来说，可是我已经做了，单是资料费就花了好几百。书商说，没关系，那几百元下次合作的时候，补偿给你。何开来放了电话，觉着被书商耍了，但他拿书商也没有办法，他们之间没有任何协议，书商对他这样的雇工可以为所欲为，就算书商把他耍了，他也没脾气，毕竟他的生计是完全依赖书商的。何开来看着他花了半个月做成的《成功学》，现在成了一堆真正的狗屎，就愤怒地把它撕烂了，碎片从房间扔到客厅，满地都是，何开来又踩上几脚，好像报复了书商似的，狠狠骂道，我 × 你妈！我 × 你妈！

这件事，对何开来是非常严重的，拿不到钱，可怎么生活？何开来垂头走出了地下室，外面很亮，他觉着脑袋搁在脖子上有点重，他就那么垂着头，走到了三角地，那儿有许多各色各样的广告，媒体招聘的、公司招聘的、租房的、找家教的，何开来来回看了两遍，抄了几个电话号码，又垂着头回到房间。何开来想，去媒体当个记者或者编辑，也不错。就打电话，对方说，你是北大的？何开来说，嗯。对方说，哪个专业的？何开来说，中文。对方说，本科的？还是研究生？何开来硬着头皮说，都不是，我是旁听的，但是……对方一听是旁听的，就不让他再说了，对不起，我们不招旁听的。何开来没有勇气再打第二个电话，他朝扔满了碎片的地上翻了翻白眼，索性躲到了床上，好像只要睡上一觉，就可以完美地解决生计问题。

柳岸回来，看见扔了满地的碎纸片，以为何开来出了什么事，惊慌地大叫，何开来！何开来！何开来躺在床上，听到了柳岸的叫喊，但他只想一个人躺在床上，柳岸的叫喊，只当是没听见。可是，柳岸急促地敲门了，接着简直是捣了，何开来不开门是不行了。

柳岸喘着气说，你在睡觉？

何开来说，在睡觉。

柳岸说，出什么事了？

何开来说，没什么事。

柳岸说，看你这样子，好像不想跟我说话？

何开来耸了耸肩，说，对不起，我有点烦。

柳岸说，那我说点高兴的事情你听，我碰到任达老师了，他请我喝了咖啡。

何开来说，他请你喝咖啡，我有什么好高兴的？

柳岸说，任老师问我住哪儿，我说跟何开来同住一屋，他想象不出我们是怎样同住一屋的，以为我们是同居，他说了你很多好话。

何开来说，什么好话？

柳岸说，他说你很有才华，小说写得很好，以后要成大器，还说我们住在一起也很好，金童玉女，才子佳人。

任达教授夸他是才子，何开来还是很高兴的。

柳岸说，高兴了吧，任老师还问你最近在做什么。

做什么？何开来指着地上的碎片说，就做这个。

柳岸这才发现地上的碎片是他刚做的《成功学》，是你自己撕的？

何开来说，是的。

为什么撕了？

本来就是垃圾，不撕了干吗？

撕了好，撕了好。

柳岸好像是在祝贺。何开来说，好什么好？

你应该好好写小说。你不应该做这种东西。

不做这种东西，我靠什么生活？

写小说啊，等你小说出版，钱就滚滚而来了。

这确实是我的梦想。可是，我还没写，就先饿死了。

有那么惨嘛。

就那么惨。

我不会让你饿死的。

何开来长叹了一声。说，我得走了，我不能在这儿再待下去了。

你要去哪儿？

我不知道。

你不愿意跟我同住了？

不是的。

那你为什么要走？

不走，我靠什么生活？

我不会让你走的。

那你养我？

对。

你养我干吗？还不如养一条狗。

我喜欢，你比狗可爱。

柳岸跑进房间，随即手里抓了一把钱出来，送到何开来面前，说，一千，你先拿着。

何开来说，干吗给我钱？

给你用啊。柳岸说，然后，几乎是命令了，从明天开始，你就好好给我写小说，什么也不用管。

你还真的养我？

你不接受？

我没有理由接受。

你真酸，我只是不想让你的才华浪费在书商身上，等你成了著名作家，可别忘了我。

原来你还是挺喜欢作家的。

那当然，我是中文系的研究生，不喜欢作家，喜欢谁？

你是中文系的研究生？何开来想，你不说这一句多好啊。

你想什么？

没想什么。

你想了。

没想。

何开来想，幸好你不知道我在想什么。

柳岸说，那就把钱拿上。

何开来说，好吧，你不妨把我想象成一家公司，这是你的投资，会有回报的。

柳岸说，谁稀罕你的回报。

有一个女人愿意帮你，当然是不错的，而且柳岸的做法，完全符合才子佳人的古典模式，何开来就准备写小说了。何开来把自己关在房间里，想了三天，却一个字也没有写出来，这三天，他只是坐在电脑面前发呆，脑子一片空白，何开来就有点急，觉着他其实是不会写小说的，他一点也想不起原来的那几篇小说是怎么写出来的，这事情就有点严重，他来北大旁听，本来就是准备当作家的，结果是发现自己不会写小说，那感觉就像自己打了自己一个耳光。更糟糕的是柳岸已经把他当作一个才子了，连看他的眼神也有了几分崇拜的意思。这三天，柳岸甚至比何开来还更关心他的写作，柳岸平时并不自己烧饭，她和何开来都去食堂吃，但是，为了何开来的写作，柳岸开始自己烧饭了，夜里还专门为他烧一次夜宵，何开来几乎成了她唯一的生活中心。柳岸这样做，也是很有成就感的，养一个才子，在房间里写作，无论如何是一件相当崇高的事情。

如果何开来的写作顺利，自己也觉着是个才子，那他接受柳岸的关心也就心安理得，可是他一个字也没有写出来，看见柳岸，不觉就心虚了，尤其是当柳岸问他写了多少字，何开来只好支吾说，没有多少字，还没有进入状态。

第四日，何开来坐在电脑面前继续发呆，不知怎么的，柳岸居然溜到了他背后，也不知道她是什么时候进来的，何开来发觉时，她正站在背后窃笑，何开来像是见了鬼，有点恼火，同时又有点紧张，一时就不知道怎样反应，简直是不知所措了。柳岸说，你这么紧张干吗？不就是我站在背后嘛。何开来说，我不是紧张，我是奇怪，你是怎么进来的？门是关着的啊。柳岸说，我是小妖精，穿墙而入的。何开来说，你站在背后干吗？柳岸�’着嘴，做出很迷人的姿态说，看你写作。何开来看着她的嘴，立即就想到做爱方面去了，说，写作怎么能看？写作和做爱一样，都是很隐秘的，不能看的。柳岸说，是吗？柳岸抑制不住就笑了起来，以至于她说的第二个"是吗"，被笑声拖得很长，含含糊糊的不像是说话，而像是呻吟了。这样的笑总是有感染力的，而且柳岸没有停止的意思，笑得腰都软了，无法支撑了，暂时只能趴在何开来的肩上，两个乳房刚好也搁在了何开来的肩上，何开来就是通过乳房感受她的笑声的，柳岸的笑似乎不是从嘴里发出的，而是从乳房发出的，她的乳房在肩上笑得颠三倒四的，似乎随时要掉下来。何开来一伸手，就抓住了乳房，柳岸立即爆发出一声短促的尖叫，好像乳房被抓破了似的，然后顺势倒了下来。

如果不是柳岸在关键时刻说了那么一句话，何开来和柳岸肯定就做爱了，何开来已经在柳岸的上面，但是，柳岸好像要明确这次做爱的方向，突然开始了宏大叙述，柳岸说，我爱你，何开来说，嗯。柳岸说，我要嫁给你，做你老婆。何开来说，嗯。柳岸说，我不读研究生了，就做你老婆。听到这句话，何开来的身子就僵在上面，不动了，好像一架机器，突然断了电。柳岸说，怎么啦？何开来说，没了。没事的，没事的。柳岸微笑着，并且伸手来挑逗，可是，何开来就是没了，无论怎么挑逗也没用。柳岸叹气说，怎么就没了呢？何开来不好说都是被你恶心的，那就只有自贬了，穿了裤子，何开来说，我确实是不行的。柳岸说，你是不是太紧张？何开来说，是的。我想写东西的时候，总是特别紧张。柳岸很大度地说，那就等你写完东西再来吧。

何开来对这次失败的做爱还是耿耿于怀的，他先是在心里责怪柳岸愚蠢，不该在这么关键的时刻说这么愚蠢的话，继而又觉着自己是不是有病？他为什么对柳岸的研究生身份那么敏感，她是不是研究生有什么关系，他是跟女人做爱，又不是跟研究生做爱，柳岸的研究生身份虽是假的，但是，千真万确，作为一个女人，柳岸绝对不是假的，而且是个相当不错的女人。这么说来，这次失败的做爱，何开来应该负有主要责任。无论如何，他至少犯了两个错误，第一，他不该伸手抓柳岸的乳房，即便她的乳房在他的肩上像桃子一样掉下来，也不该伸手去抓；第二，既然他伸手抓了柳岸的乳房，就不该阳痿，不管是什么理由，都不该阳痿，在女人面前阳痿，是极不道德的。

何开来想，×，我不只是写不出东西，连做爱也不会了。这么一想，何开来就有点烦躁。他不想坐在电脑面前发呆了，想出去走走。何开来沿墙走到东门，然后穿过未名湖，来到了西门，何开来好像很有目的，其实他根本不知道自己来西门干什么。他在门口站了五分钟，看见对面的发廊，何开来伸手摸头发，很长了，现在，何开来知道他来西门干什么了，他要理发。

理发的结果很是出人意料，洗头的时候，小姐俯在他耳边说，先生，做一次按摩吧。何开来情绪还很低落，不说好，也不说不好，小姐就算他默认了，把他带进了按摩室。何开来躺在床上，让小姐在他身上乱摸，何开来的身体渐渐放松开来，竟然充满了欲望，接着就是何开来在小姐的身上乱摸了，好像做按摩的是他，享受按摩的是小姐。小姐说，先生，你想要我？何开来说，嗯。小姐说，那要另外加钱的。何开来说，嗯。小姐说，三百。何开来说，嗯。其实，此刻，何开来的脑子里并没有钱的概念,他是在完事后,才想起他是个穷光蛋,嫖娼对他来说,是很奢侈的,他是拿着柳岸的钱来嫖娼的,他没和柳岸做爱,却拿着她的钱来嫖娼了,这是一件奇怪的事情,何开来被自己搞糊涂了。完了事后,他就坐在那儿呆想,我为什么那样做?我为什么那样做?我为什么啊?小姐见他这样,说,先生你不满意吗?何开来说,不,我很满意。小姐说,那么下次再玩。何开来说,好的。小姐说,我给你呼机号码,下次你想玩的时候,呼我。何开来说,好的。

从发廊里出来,何开来还是相当困惑,他又问自己说,我为什么那样做?好像那样做的并非自己,而是另外一个人,一个他不熟悉的完全陌生的人。

6

柳岸对何开来还是那么好。一个想跟你做爱还没有做成的人,对你总是很好的。何开来一直没有搞清楚,他为什么不和柳岸做爱?他关在房间里,好像已经不是为了写作,而是躲避柳岸。此后的十几日,他照样一个字也没有写出来。写不出东西是很难受的,比性压抑还难受。何开来无聊得天天在电脑上挖地雷,或者玩扑克牌。何开来很害怕被柳岸看见,就像一个怠工的职员害怕被老板看见。何开来把门锁上,轻易不让柳岸进来,但柳岸还是看见了,柳岸看见何开来没有写作,而是在玩,脸就拉下来了,训斥说,你没在写?何开来不敢看柳岸,盯着电脑说,写不出来。柳岸说,你根本就没在写。何开来说,写不出来才没写。柳岸说,你没写,怎么写得出来。何开来说,别说了,别说了。但是柳岸还要说,你为什么不写?何开来垂了头,没有回答。柳岸说,我不许你在电脑上玩这么无聊的游戏。何开来说,嗯。柳岸说,你反正不写,就陪我出去走走吧。何开来想了想,摇头说,不,不想走。

柳岸转身回了自己的房间。不一会儿,何开来看见柳岸挎着包气鼓鼓地出门了，才抬头嘘了一口长气，好像是解放了，但随即他又发现，心里的闷气并没有嘘出去，反而是更加郁闷，连挖地雷的兴致也没了。他从电脑前站了起来，在房间里走来走去，好像在思考的样子，何开来想，×，怎么就写不出来。他茫然地看着墙壁，觉着自己的脑子就跟墙壁一样，一片空白，什么也没有，一无所有。

其实，何开来这个比喻是不准确的，墙壁并非一无所有，是有东西的，上面停着一些正在睡觉的蚊子。后来，何开来看见了，精神为之一振，他去客厅找了苍蝇拍，很有快感地打死了好几只蚊子，有几只趁机逃到了客厅，何开来追到客厅，开了灯，又看见更多的蚊子，何开来几乎是兴奋了，足足打了好几十分钟。回到电脑前，何开来竟有些莫名地兴奋，不停地把桌子的抽屉拉来拉去，好像这也是很有快感的一种运动。这其间他看见了一张字条，上面写着一个传呼号码，一时想不起是谁的了，何开来就停止了拉抽屉的动作，专心想这是谁的传呼号码，但想了许久也没有想出来，就在他不再想的时候，突然又想起了这是发廊小姐的传呼号码。何开来又非常奇怪，他不和柳岸做爱，却当了一回嫖客，他怎么跟发廊小姐做爱了？这事情就像他没跟柳岸做爱一样，也是糊涂得很，不过，有一点是肯定的，柳岸在关键时刻使他丧失了欲望，发廊小姐却成功地勾起了他的欲望。这么一想，何开来似乎也就想通了，想通了的何开来，想都不想就呼了发廊小姐一次，等回电这会儿，他试图回忆一下小姐是什么样子的，但一点也想不起她是什么样子的了，何开来觉着极其好笑，好像上回他嫖的不是小姐，而是空气。

小姐很快回电了，小姐说，你好。何开来说，你好，我是某某。小姐说，哦，大哥啊，你想我了？何开来说，是啊。小姐说，过来玩吧。何开来拿着电话，愣了愣，说，还是你来我这儿吧。

何开来一点也不知道，他为什么要把小姐叫到自己的房间，他只是愣了愣，就把小姐叫到了自己的房间。从结果看，他是想把自己和柳岸的关系搞糟。可是，这对他又有什么好处。小姐进屋时，何开来已经不认识了，他很陌生地看着小姐，小姐说，怎么？大哥，不认识了。何开来只得说，哪里，哪里。小姐微笑着偎了过来，替他解了衣服，在他身上轻轻地按摩，何开来又觉着身体渐渐放松了开来。做完事情，小姐上卫生间时，不料柳岸刚好从外面回来，如果柳岸晚回来五分钟，大约小姐就走了，但柳岸刚好早了五分钟回来，看见小姐，柳岸站在门口就不动了，小姐显然也被柳岸弄得惊慌失措，来不及上卫生间，就逃回了何开来的房间，低声说，有个女的。何开来最初的反应就像偷情被老婆抓住，也是惊慌失措，但他毕竟是男人，马上就镇定了，说，没关系，是同屋。小姐说，可是，她站在门口，很凶的。何开来说，不会吃了你的，我送你出去。

何开来送小姐出门时，柳岸确实还在门口站着，一副要吃人的样子，小姐几乎是夺门而走的。

何开来说，你回来了。

柳岸冷笑了一声，哼。

何开来说，你站在门口干吗？

柳岸又冷笑了一声，哼。

柳岸这个态度，何开来就不知道怎么说了。

柳岸又哼了一声，然后开始审问，她的声音是嘶哑的，好像已经哭过了，柳岸说，刚才这个女人是你的什么人？

何开来说，朋友。

什么朋友？

很一般的朋友。

哼，很一般的朋友？我看你们很不一般，她是干什么的？

我不太清楚。

你不清楚，要不要我告诉你她是干什么的？

她是干什么的？

柳岸轻蔑地说，她是个妓女。

何开来太吃惊了，吃惊得脸色都灰了，脱口而出说，你怎么知道？

柳岸说，她一看就是个妓女。

何开来语无伦次地说，哦。

柳岸说，她真的是妓女？你承认了？

何开来这才发觉自己上当，但已经迟了，他把脸涨得血红，想说点什么，结果什么也没说出来。

柳岸说，你居然把妓女带到房间里来，你等着瞧吧。

柳岸当然不再给何开来烧饭、拖地、洗衣服，这是可以想到的，这些不算，她让何开来等着瞧的主要内容是，她每天都带一个男人回房。柳岸下午出门，晚上就带着一个男人回来，一天换一个，那么多男人，也不知道她从哪儿找的。柳岸的打扮也不同寻常，她穿着开胸很低的衣服，露三分之一个乳房在外面，裙子又极短，似乎整个大腿都毫无遮挡，脸上搽了粉，涂了口红、眼影，浓妆艳抹的比色情场所的小姐还要艳俗，然后挺着胸示威似的出门。柳岸第一夜带回来的男人，是个老头，头发都白了，大概是个教授，柳岸虽然故意叫得很响，但老头明显不行，何开来听见老头不停地在道歉，对不起，对不起；柳岸第二夜带回来的男人，操着日语，大概是日本人，这狗日的好像很厉害，柳岸的尖叫几乎使何开来想起了南京大屠杀；柳岸第三夜带回来的男人，是个胖子，全身都是肉，他的喘气声比柳岸的叫声还响，好像他马上就要断气了，死了；柳岸第四夜带回来的男人，是个会说中文的美国人，这家伙一直在叫，×，×，×，好像他不是用阳具做爱，而是用嘴；柳岸第五夜带回来的男人……柳岸这样做，大概以为就是狠狠惩罚了何开来。实际上，柳岸的目的确实也达到了。柳岸一上床就大呼小叫，何开来在隔壁听着她叫床的声音，根本无法睡觉，脑子里全是她和男人做爱的动画，好像中间这堵隔墙是不存在的，他就站在柳岸的床前，看着他们做爱。何开来觉着快要被柳岸逼疯了。

因为睡不好觉，何开来越发变得沮丧、抑郁、萎靡不振，何开来不得不找柳岸交涉了。

何开来说，柳岸，我们谈谈。

柳岸说，谈什么？

何开来说，你越来越漂亮了。

柳岸说，是吗？

何开来说，是的，这证明做爱并不是虚无的，至少有美容的功能。

柳岸说，这个不用你说，我知道。

何开来说，我很高兴你有那么多男人。

柳岸说，怎么了，只许你们男人乱搞，我们女人就不行？

何开来说，行，都行，但是，你影响了我，你叫床的声音太响了，你吵得我睡不着觉。

柳岸说，不叫床，还有什么意思，我就是要吵得你睡不着觉。

何开来说，不开玩笑，我是很严肃跟你说的，我从来没有这么严肃过。

看何开来这么严肃，柳岸又羞又怒，说，那你想怎么着？

何开来说，如果你继续这样，那我们就不能同住一屋了，要么你搬走，要么我搬走。

柳岸说，你以为我想跟你同住一屋？你先说吧，你是不是有钱继续租这个屋子。

何开来说，这个不用你管。

柳岸说，哼，别忘了你还欠我一千块钱。

何开来说，我还你。

柳岸就等着何开来还她钱，可是这一千块钱基本上用在小姐身上了，何开来只好说，我现在没钱，我去借钱还你。

何开来出了门，脑子里搜索着到底可以向谁借钱，他第一个想起的人是任达教授，然后把所有的熟人都盘点一遍，最后还是回到任达教授，算起来他和任教授的关系比较好，而且任教授对他颇为欣赏，向他借钱一定是没问题的。但如何开口却是问题，何开来忽然想起了沈从文，他在北大旁听时，也曾向郁达夫求援，郁达夫请他吃了一顿饭，好像还送了他五块大洋，并且建议他实在活不下去，不妨去当小偷。沈从文的故事给了他很大的勇气，其实，借钱并不丢脸，若是日后成为名人，甚至就是一则佳话了。何开来这样安慰自己，就给任达教授打了电话，任教授高兴地说，何开来啊，很久没见你了，我们找个茶馆聊聊，我请你。

任教授一见面就兴致勃勃地问他和柳岸同居的生活，任达还记得柳岸在他的课堂里尖叫，现在的男人全都精神阳痿。和这样的女孩同居一屋，一定是很有意思的。任教授说，我见到柳岸了，真羡慕你啊。任达向来是这样无拘无束、没大没小的，何开来想说这种生活只是在想象中有意思，其实也没什么意思的，但任教授那么有兴致，免得扫兴，就不说了。何开来和任教授在茶馆坐了两个小时，除了同居生活，自然也谈文学，直到结束，何开来也没敢开口问任教授借钱，有几次都话到嘴边了，又忍了回去，原来向人家借钱是很难说的。

回到房间，柳岸见了何开来，不客气地说，何开来，你借到钱了吗？

何开来说，对不起，还没有。

柳岸说，那你什么时候还我钱？

何开来说，你给我一点时间。

柳岸说，我给你的钱，你是花在小姐身上的吧？

何开来恼怒地说，是的，又怎么样？

柳岸说，我给你一个赚钱的机会，你干不干？

何开来说，什么机会？

柳岸说，你陪我睡觉，一次一千。

何开来说，你有那么多男人，还要我干吗？

柳岸说，我就要你，一次一千。

何开来说，别开这么无聊的玩笑。

柳岸说，不是玩笑，我说真的，你找小姐要花钱，对吧，我要你，我也花钱。

何开来说，柳岸，我不过欠你一千块钱，别这样侮辱我。

柳岸说，我不认为这是侮辱，你找小姐，你认为你是在侮辱小姐吗？

何开来说，你说真的？

　　柳岸说，我说真的。

　　何开来愤怒地说，干，我干。

　　何开来一把抓过柳岸，扔到床上，又一把撕了她的衣裙，奇怪的是柳岸并无反抗，何开来愤怒进入的时候，看见躺在下面的柳岸，哭了。

过客显然是一个成熟的网虫，在他看来，
网络是一个比梦更遥远的地方，大概它就
是天堂，起码它离天堂比较近……

谁的身体

W   U   X   U   A   N

Z   I   X   U   A   N   J   I

X   U   A   N   B   A   I

1

过客显然是一个成熟的网虫，在他看来，网络是一个比梦更遥远的地方，大概它就是天堂，起码它离天堂比较近，或许就十公里，相当于从中关村到西直门，乘公共汽车一小时内便可到达。所以当一条浮在空中的鱼想从杭州赶来，与他见面，过客谢绝了。

过客说，我们这样待在网上，不是已经很好，见面就免了吧。

一条浮在空中的鱼说，不能免，我想见你。

过客说，还是免了吧。

一条浮在空中的鱼说，你不想见我？

过客说，我？你说的我，究竟指什么？

一条浮在空中的鱼说，不要咬文嚼字好吗？我就是我，我想见你，我爱你。

过客说，我也爱你，可是我是谁？我是过客，过客是谁？过客是两个汉字。我就是两个汉字，我应该仰着脸对同样是汉字的一条浮在空中的鱼说，我爱你。

一条浮在空中的鱼说，你是谁？你是神经病。

也不见得过客就是神经病，也许过客是有道理的，哲学家们早就把人分成了两部分：肉体和灵魂。并且根据这种逻辑，人类又制造出了电脑，也分成两部分：硬件和软件。以前，过客对这种分法不甚了了。但电脑的诞生反过来强有力地证明了哲学家们是对的，是伟大的，人是分成肉体和灵魂两部分的。过客关了那个叫 OICQ 的聊天工具，低头看了看自己的身体，他看见的是自己的下半身，一条浮在空中的鱼想见的就是这具身体吧。可是过客对自己的身体越来越迟钝，甚至相当陌生了。上卫生间小便的时候，过客握着自己的阳具，听着尿流冲进抽水马桶的哗哗声响，突然想起了诗人一指，这位名字也像阳具的诗人，正在竭力倡导下半身写作，一指说，所谓下半身写作，就是肉体的在场感，注意，甚至是肉体而不是身体，是下半身而不是整个身体。过客觉着一指说得很好，这样撒尿离写诗也就相去无几了。过客这样想着，就比撒尿更响地笑起来。

你笑什么呢。李小妮在她自己的房间里问。

过客说，没笑什么。我在镜子里看见了自己，觉得很好笑。

真是神经病，你把我吵醒了。

李小妮的责备确实是带着睡意的，过客说，对不起。

过客刚才说了谎，他是被自己的谎言提醒，才转身照一照镜子的，他看见了他的上半身，上半身有头有脸，这个人其实叫傅生，过客只是他的网名，或者说是他灵魂的称呼。傅生看着镜子里的自己，看了好一会儿，直至感到厌恶为止。

傅生在中关村的一家网站当程序员，这是时下最热门的职业之一，月薪八千元，在北京也是高薪阶层了，他应该是个成功人士，不知道为什么把自己叫作过客，大约是读过鲁迅的《过客》吧。那位鲁迅似的，约三四十岁，状态困顿倔强，眼光阴沉，黑须，乱发，黑色短衣裤皆破碎，赤足着破鞋，胁下挂一个口袋，支着等身的竹杖。这过客其实跟傅生毫无关系，傅生远不是这般沧桑、深刻，深刻得乞丐似的。傅生是一位令人尊敬的白领，虽然那白领因为长时间不洗，从脖子后面镶了一道黑边，不是百分之百的白领了，但那道黑边也只是说明他脏，并不能取消他是白领的资格。镶了黑边的白领下面是西装和革履，上面是脖子撑的一颗大脑袋。那脑袋长得很是幼稚，就像一颗婴儿的脑袋，刚刚从子宫里艰难地钻出来，脸以及额头都呈血红色，还皱巴巴的，头发也像婴儿的胎毛，稀稀的，脑门上尚且空着，而且表情也像婴儿，眼睛总是眯着的，似乎一点也不习惯子宫外面的世界的光亮。傅生一直不喜欢自家的这副尊容，由此也讨厌可以照见自己的镜子。如果身体不是生来如此，而是可以随便更换，他早换一副别样的了，比如过客的那样。其实，他的样子还是蛮有意思的，甚至是可爱的，尤其是他笑起来的时候，十分可爱，皱巴巴的脸上就像婴儿一样天真无邪又不知所以。与他同住一屋的李小妮就很喜欢他的这副傻样，不止一次当着傅生的面恭维：你的脑袋好玩，抱着这样的一个脑袋就像抱着一个大头娃娃，肯定很好玩的。尽管是玩笑，但李小妮的意思还是明白的。

等傅生从卫生间出来，李小妮又说，你把我吵醒了，你这个傻瓜。

李小妮把"傻瓜"这个词含在喉咙里，睡意蒙眬地吐出来，听起来就很有点意味。傅生只得在他房门口停了一会儿，准备说点什么，但结果什么也没说，就回自己的房间了。

傅生本来和一指合住一屋，是租的，二居室，月租两千元，就在圆明园对面，上班很近。一个月前，一指说，我的房间要让给一位女士住，你没意见吧？傅生说，没意见，当然没意见，不是你女朋友吧？一指含糊地说，不能说是，也不能说不是，不过，你想搞，也可以搞。然后李小妮就搬来了。李小妮搬家的过程是在傅生上班时完成的，傅生回来，一指房里住的已经是李小妮了。李小妮非常自然，见了傅生，笑眯眯地说，你好，你就是一指说的傅生吧？傅生说是。李小妮说，以后就我和你同住一屋了。傅生说好。李小妮又多看了几眼傅生，随后笑眯眯地将目光集中在傅生的脑袋上，傅生被看得不自在，说，笑什么呀？李小妮干脆就弯了腰笑将起来。傅生又说笑什么呀？李小妮歇了气，说，对不起，我想起一件好玩的事情，就忍不住笑了。傅生想，她刚才看的是我的脑袋，我的脑袋还能使她想起什么好玩的事情？后来他才知道李小妮笑的其实就是因为他的脑袋好玩。傅生觉着这个李小妮真有意思，也陪她笑了一下。

傅生说，一指呢？一指搬哪儿去了？

李小妮说，我也不知道。

傅生说，他没帮你搬家？

李小妮说，帮了，搬完就走了。

傅生说，你们是诗友吗？

李小妮说，诗友？不是。

傅生说，一指写诗，我以为你们是诗友。

李小妮又坚定地说，不是。

傅生就不问了。回房关了房门，平时他是连门也懒得关的，现在他把房门关上了，显然他意识到了李小妮的存在，他是和一位叫李小妮的女人同居一屋了，这个据一指说你想搞也可以搞的女人，他还不知道跟她如何相处。有点恍惚，有点莫名其妙，但也有点兴奋，毕竟李小妮是个女人，而且又那么陌生。傅生突然觉得房间变大了，充满了他和李小妮的各种可能性。这感觉是一种傅生喜欢的感觉，便上网找一条浮在空中的鱼说一说，不对，说一说的应该是过客了。

过客说，告诉你一个好消息，我和一个女人同居一屋了。

一条浮在空中的鱼说，你干吗告诉我这种消息，开玩笑的吧？

过客说，不开玩笑，我真的跟一个女人同居一屋了。

一条浮在空中的鱼说，情人？

过客说，不是，一个陌生人。

一条浮在空中的鱼说，莫名其妙。

过客说，对了，那感觉就是莫名其妙。

一条浮在空中的鱼说，真的是陌生人？

过客说，也不能说完全陌生，我已经知道她叫什么名字了。

一条浮在空中的鱼说，有意思。

过客说，对了，跟一个我只知道名字的女人同居一室，其余我又一无所知，多有意思啊。

一条浮在空中的鱼似乎感到了陌生女人的威胁，说，她长得漂亮吗？

过客说，还行吧。

一条浮在空中的鱼说，你说具体点。

过客想了想，才发现这是个难题，原来一个女人是很难说的，他大学读的是计算数学，他只能向一条浮在空中的鱼提供一组数字，该陌生女人年龄约二十三岁，身高约一米六二，体重约五十公斤，五官端正，没明显缺陷，乳房挺大，但具体有多大，没有量过，臀部尚未仔细观察，不详。

一条浮在空中的鱼说，你一定盯着人家屁股仔细观察过，不好意思说吧。

过客说，没看过，真没看过，那有什么好看的，那不过是个拉屎的地方。

虽说没什么可看，但既然同居一屋，你想不看人家的屁股也是不可能的。当晚，傅生就在客厅里看见李小妮的屁股了。李小妮趴在长沙发上看电视，屁股微微弓着，成了最引人注目的部位。好像她看电视不是用脑袋，而是用屁股看的。李小妮又翘了一下屁股，说，你躲房间里干吗？傅生说上网。可以跟你商量一件事吗？李小妮说着坐正了身子，不等傅生回答，又接着说，能不能帮我在卫生间里装面镜子。傅生说，你上卫生间也照镜子？李小妮说，嘻，原来你很幽默。傅生说，我本来就幽默。李小妮说，你们都不照镜子？房间里连一面镜子也没有。傅生说，我们照镜子干吗？李小妮说，我带了镜子，帮我装上吧。

其实，男人比女人更喜欢照镜子。卫生间装了镜子后，傅生上卫生间就多了一件事：照镜子。只是他不像女人，没有任何实用目的。他是对着镜子凝视，直至发呆，那是全神贯注的自我关注吧。好像他要看的不是自己的形象，而是灵魂。据说动物从不照镜子，猩猩们在镜子里看见自己，便很厌恶地离开。人所以比动物高明，原因大约就是人喜欢照镜子吧。傅生从不照镜子到对着镜子发呆，这说明他迅速从动物进化成了人。可惜他照完镜子又把照镜子的事忘了，还以为照镜子是女人的事，他是不喜欢照镜子的。

再说那镜子装好之后，李小妮像一辈子都没照过镜子似的，立即提了化妆袋，上卫生间左顾右盼，对着自己的脸涂涂改改起来，似乎原来的那张脸是副赝品，不修改一番就拿不出手。但是这么晚了，化了妆又给谁看？房里仅傅生一人，应该是给傅生看的，可也不一定，化妆可能也像艺术，只是为了自己，而不一定非要给别人看的。傅生不懂这一点，觉得李小妮有点奇怪，连睡觉也要化了妆睡，是不是准备梦里送给谁看？

傅生想完，就回房上网了。

2

李小妮的到来，傅生最初的感觉是房间变大了。但是没几天，傅生又觉着事实上房间是变小了。譬如，现在他就不能穿着裤衩在客厅里晃来晃去，以前跟一指使用的口头禅：操，用在李小妮身上似乎也不合适，时时得提防着这个字不小心脱口而出，这就弄得傅生嘴生，面对李小妮，好像连话也不会说了，好像患了初恋失语症的少男似的。

这就给李小妮提供了一种错误的信息，以为傅生爱上了她。既然人家爱上你了，何况又是同居一屋，你总得也给人家一些暗示和机会。女人给男人的机会，通常是让他干活，先是体力活，然后当然也是体力活。李小妮嫌一指留给她的铁床没有人味，要傅生替她买一张席梦思床。傅生说，席梦思，那么大的玩意儿，我哪搬得动？李小妮说，叫搬运工嘛。傅生说，既然叫搬运工，就不用我替你买了。李小妮说，这些活应该你们男人干，一个女孩连床都得自己买，不是太丢份了。这话很有点潜台词。大约就是从这句话开始，傅生觉着他对李小妮是没有意思的，当然也不只是李小妮，他对别的女人也是没有意思的。比较有兴趣的还是上网，网上的女人，这跟眼见的女人是完全不同的，网上的女人其实是由想象构成的，譬如一条浮在空中的鱼，它几乎是一句超现实的诗，可能绝望也可能是过于幸福而浮在空中，你能想到它是一个女人吗？

不过，席梦思床傅生还是替她买了。李小妮的回报也是丰厚的，她看见傅生房间里堆满了脏衣服，床上的被子也像是从垃圾堆里捡来的，一点也不像白领的生活，就干起了通常妻子才干的活，帮他洗衣服。李小妮以前可能从未帮人洗过衣服，洗着傅生的脏衣服时，仿佛触摸到了傅生的身体，就有了一种亲近、温暖的感觉，她大概就是在替傅生洗衣服时，觉得爱上傅生了。

傅生肯定不知道李小妮洗一次衣服，会有这样的感觉。对他来说，除了帮他洗衣服，李小妮似乎只是他和一条浮在空中的鱼网上聊天的一个话题，自从李小妮与过客同居一屋，一条浮在空中的鱼对她就充满了兴趣，不停地要过客描述她的长相。过客说：

我不是作家，我没有肖像描写的能力。

一条浮在空中的鱼教导说，你就像作家那样，使用比喻嘛。

过客就试着使用比喻，但想了半天，还是想不出李小妮究竟像什么。过客说，我确实不是作家，我不会使用比喻，她大概像个女人吧。

一条浮在空中的鱼又问，你们互相有交往吗？

过客说，有啊，我帮她买床，她帮我洗衣服。

一条浮在空中的鱼说，气死了！气死了！你怎么能帮她买床，她怎么能帮你洗衣服。你应该帮我买床，我应该帮你洗衣服。

过客说，你买床干吗，你不是浮在空中吗？

一条浮在空中的鱼说，我妒忌得要从空中掉下来了。

过客说，别掉下来，你知道我爱的是你，我对身边的女人不感兴趣。

一条浮在空中的鱼说，那我们见面，好吗？

过客说，干吗见面？见到的不就是身体吗？

一条浮在空中的鱼说，那身体不是你吗？

过客说，那身体也许是我，可一上网我就把它丢了，你还见它干吗？

一条浮在空中的鱼说，你不是用身体在打字吗？

过客说，是的，可是你见不到它。

一条浮在空中的鱼说，你觉得这样最好？

过客说，是的。

傅生其实也不太清楚他为什么不想见一条浮在空中的鱼，大概他觉着自己是条成熟的网虫。成熟的网虫只活在想象中，如果见面，那想象的生活无疑就毁了，所以不见面是一条原则。但也不一定，也可能是傅生怕被一条浮在空中的鱼看见。傅生上卫生间又照了一回镜子，自己把自己观看了一遍，若说他自恋，是不对的，他照镜子若不是用哲学的眼光，起码也是以网虫的眼光照的，他在镜子里看见的不是自我，他看见的那具身体，在他看来几乎是多余的，他想把它扔掉。傅生揪着自己稀稀的头发，试图将脑袋从脖子里拔出来，但是没有成功。其实反过来把镜子扔掉也是可行的，没有了镜子，就看不见身体，既然身体看不见了，那跟扔掉也就没有太大差别。

可镜子是李小妮的，要扔掉得经她同意，傅生说，李小妮，跟你商量一件事，可以吗？

李小妮说，当然了，什么事？

傅生说，能不能把镜子扔掉？

李小妮说，干吗扔掉？

傅生说，看见自己很烦。

李小妮说，你太好玩了，怎么有这种感觉？

傅生说，在镜子里看见自己，确实很烦，扔掉吧？

李小妮说，那不行，你什么都可以扔，但镜子不能扔，你扔掉镜子，我就看不见自己了。

傅生说，干吗要看见自己？

李小妮说，怎么不能看见自己？

李小妮说着，突然感到自己和傅生说的都很深奥，深奥得自己也不懂了。这深奥自然来自傅生，她就盯着傅生看，先是奇怪，然后是陌生，再然后是欢喜。就像一部使用了陌生化手法的小说，陌生化是要产生美的，美是要产生爱的，那瞬间她再次感到爱上傅生了。

傅生一点也不知道那瞬间竟然被人爱了，他失落道，既然你不愿扔，那就算了。

李小妮说，你是不是嫌自己丑，照镜子不好意思啊？

傅生说，就算是吧。

李小妮说，其实你很可爱，女人很喜欢的。

傅生说，是吗？

李小妮说，是的，你成家了吗？

傅生说，没有。

李小妮说，那总有女朋友吧？

傅生说，没有。

李小妮满意地笑了笑，随后突兀地说，我也没有。

傅生若把话题再深入一点，也许就两人都有了，但这时傅生的电话响了，傅生就回房接电话。电话是一指打来的，傅生说，操，搬哪儿去了？也不告诉我。一指说，你和李小妮怎么样了？傅生说，没怎么样。我在时光酒吧，你和李小妮一起来吧。傅生有点不想去，说，现在几点了？一指说，不迟，才十二点，快点来！傅生犹豫了一下，说，好吧。

傅生走到李小妮房门口，说，一指叫我们去泡吧。

李小妮说，一指？我不去。

傅生就非常意外，说，你和一指不是朋友吗？

李小妮说，朋友？是朋友，但是我不去。

傅生若说，那么，我也不去，也许就有故事了。但傅生一个人去了。时光酒吧就在南面不远的一条小巷里，去的通常是一些北大的学生，一指也经常光顾那里，一边喝着咖啡，一边高谈阔论诗歌什么的，他的下半身写作大概就是在那儿扯淡扯出来的。一指见了傅生，说，李小妮呢？傅生说，我正要问你，她一听说是你，就不来。一指

"呵呵，呵呵"了四下，以示他们的关系就是这么含糊不清的，傅生也就没兴趣问了。

一指说，今晚我特无聊。

傅生说，无聊就写诗。

一指说，写诗是手淫，今晚我想做爱。

傅生不知道怎样续他的话题，只好翻两下眼白，表示他是一个白痴，不懂。一指说，你怎么还是这副死相，跟女人同居了那么些天，也一点改进没有，李小妮跟你真的没有一点事？

傅生说，没有。

一指说，晚上我去跟李小妮睡觉，你没意见吧？

傅生说，没意见。

一指说，那么走吧，我们两个没什么好聊的。

一指和李小妮其实平淡得很，互相聊了几句天，一指就到了傅生房间，说，今晚我睡你这儿了。傅生说，你不是来跟她睡吗？一指说，说着玩的，哪能当真？不一会儿，一指就和傅生挤在一米宽的铁床上睡了。睡了一会儿，傅生又被一指挤醒，他好像刚做了一个梦，一指把腿撂到他的腿上，傅生就醒了，很是失落。现在，他讨厌的不是自己的身体，而是一指的身体，而且一指还像猪那样打着呼噜，傅生不客气地踢了他一脚，一指停顿了一下，又更响地打起呼噜来，傅生又狠狠踢了他一脚，一指才嗷嗷着问你干吗？傅生说，你应该去跟李小妮睡，我替她买了席梦思床，宽得很。一指说，你们床都准备好了，还是你去吧，我在你房间手淫算了。两人这样让来让去，让得都不想睡了，忽然，李小妮在她自己的房间里说，你们两位正人君子，让完了没有，谁来跟我睡呀？一指说，操，你都听见了？正笑着，又听见李小妮哭了，傅生吃了一惊，说，开玩笑的，干吗当真？不想李小妮干脆放声大哭起来，两人一时不知所措，都呆呆地听着。

第二日，傅生想表示一下歉意，但看着李小妮已灿烂如初，早忘了昨夜曾大哭过一场。傅生觉着没有必要，也就不提。

3

当李小妮知道傅生整夜趴在电脑前是和一条浮在空中的鱼网恋，觉得傅生实在是幼稚得可爱。网恋那玩意儿，她也玩过的，不过是爱情泡沫而已，还互相见过面，及至一见面，网上的激情就像春梦一样了无痕迹了。不过，网恋也是好的，一次一次的网恋就像彩排，为真正的爱情提供经验。所以李小妮对一条浮在空中的鱼并没有什么感觉，那是一条虚幻的鱼，可以作为引子，开始她的爱情旅程的。

那夜，楼里不知出了什么故障，突然停了电，傅生的网上生活也随之中断。傅生在黑暗里待了一会儿，除了上网，就想不起还有别的什么事情可干。操。傅生准备去北大南门的网吧上网，李小妮说，你要去哪儿？傅生说，我去网吧。李小妮说，你别去，我一个人害怕。傅生说，你也一起去吧。李小妮说，别去了，待在黑暗里聊聊天不是挺好的。傅生只得留下来陪她。

傅生坐在客厅里，闭了一下眼睛，又睁了一下眼睛，发现睁眼闭眼都是黑的，就有点决定不下到底该睁眼还是闭眼，及至李小妮端了蜡烛来，这个问题才得以解决。蜡烛短而胖，红色的，就是酒吧里常用的那种，它自身的红颜色似乎比它上头的那团光亮还吸引人，傅生就有些兴奋，说，你怎么有蜡烛。李小妮说，上回过生日留下的，想不到还有用场。李小妮穿了睡裙，黑色的，黑夜的黑，是那种松松宽宽一伸手便可以掀起来的，就像掀开黑夜的一角，露出里面动人的白，其实不掀它也是不存在的，它是黑夜的一部分，李小妮就剩了脸、脖子、胸口以及双臂，浮在黑夜之上，况且又是烛光，就那么一团白，似乎也是穿了黑睡裙的什么身体，这烛光，这黑夜以及黑睡裙，使李小妮获得了一种虚幻的性质。傅生难免不为所动，不知什么时候，两人就抱在了一起，傅生的手掀开了黑夜的衣角，李小妮说，抱我进去。李小妮的声音也像一种幻觉，傅生就抱她进去。这也如同傅生所有梦遗的春梦，往往中途半端，傅生的身体颤抖了，而后就僵那儿不动。李小妮说，怎么了？傅生说，没什么。李小妮说，你不要我？傅生说，不……不……李小妮即刻明白了，安慰说，没事的。没事的。

后来虽经李小妮的诱导，傅生的身体又发动起来，但傅生的感觉很枯燥了，像是在完成一种非常枯燥的运动，尽管运动的效果不错，李小妮发出了呻吟，一种由痛和快合成而节奏强烈的声音，可傅生听起来总觉着是肉体的另一种呼噜。

这个夜晚实在是一个糟糕的夜晚，它像梦，但又不像，梦醒了便忘，这个夜晚却注定要留在傅生的记忆里，而且是关于下半身的记忆，他的下半身似乎没什么可自豪的，几乎给他带来了耻辱。后来，他不愿跟李小妮第二次做爱，是否跟身体的恐惧感有关？事毕，李小妮说：

你在网恋，是吗？

傅生说，是的。

李小妮说，我不许你网恋。

李小妮可能觉得傅生已经和她做爱，便归她裙下，为她所有了。但傅生说，那不行。

李小妮说，她比我好吗？

傅生说，不知道，没法比。

李小妮说，她叫什么？

傅生说，一条浮在空中的鱼。

李小妮说，好怪啊，她是干什么的？

傅生说，不知道。

李小妮说，她漂亮吗？

傅生说，不知道。

李小妮说，你什么都不知道，这也叫恋爱？

傅生说，恋爱要知道这些干吗？

李小妮说，那你们怎么爱啊？

傅生说，就是不断地说话。

李小妮说，那你爱她什么？

傅生说，爱她什么？好像是个问题，我不知道。

然后，李小妮又问网恋的经过，傅生说很简单，她问我怎么称呼，我说就是过客。她说不对，所有人都是过客，过客不能是称呼。我说，那——我不知道，从我还能记得的时候起，我就只一个人，我不知道我本来叫什么。她说，那么，你是从哪里来的？我说我不知道，从我还能记得的时候起，我就在这么走。她说，那么，我可以问你到哪里去吗？我说，当然可以，但是，我不知道。不等我说完，她就抢了说，从我还能记得的时候起，我就在这么走。我说是的。她说，看来，你是真过客，不是冒牌货。就这样开始了。

李小妮说，好像在背台词。

傅生说，是的，当时我刚看过《过客》，窗口上还打开着呢。

李小妮说，你们准备见面吗？

傅生说，她是想见我。

李小妮说，你不想见？

傅生说，是的。

李小妮说，见见吧，我也想见。

傅生说，不想见。

李小妮似乎得到了保证，抱着傅生准备睡了。傅生说，你睡吧，我回去。李小妮说，你不陪我？傅生说，我习惯一个人，两个人睡不着。那你回去吧。李小妮失望地转过身去。傅生回到房间，在暗中坐了许久，觉得什么地方有点不对，他怎么跟李小妮做爱了？他并没想过要和她做爱的。当然做爱也不是什么大事，做了也就做了，问题是什么地方有点不对，而且没什么劲，似乎还不如手淫，手淫充满了自由和想象，是一种艺术，就像写诗。傅生就想起了一指，独自笑了一下，又想起李小妮是他带来的，至今也不知道他们什么关系。他和李小妮做爱了，是否就算有了关系？傅生想了想，觉得这样的结论是很庸俗的，正确的结论应该是没有关系。

但是，傅生下这样的结论，无疑是在逃避现实，李小妮绝不认为

吴玄自选集
谁的身体

他们没有关系。此后的几日，他们不可避免地搅在了一起，李小妮甚至在傅生上网的时候，也陪在了边上，傅生不大好意思当着她面与一条浮在空中的鱼谈情说爱，只得心不在焉地窜来窜去看一些文章。李小妮比他还记挂着一条浮在空中的鱼，不停地说，你怎么不跟她谈恋爱？傅生说，你坐边上，我怎么谈？李小妮无所谓地说，不就是网恋，你以为真的恋爱？我会在乎？傅生说，可是我在乎。李小妮说，我想看你们怎样网恋，谈吧。傅生说，网恋不是谈给你看的，要看，你自己跟她谈吧。李小妮高兴地说，真的？不管我说什么，你不能反对。傅生说，好吧。李小妮就面带笑容抢了键盘，现在她是过客了。

过客说，小宝贝，想我了吧。

一条浮在空中的鱼说，今天你好亲热。

这客说，今天我高兴。

一条浮在空中的鱼说，高兴什么？

过客说，我跟一个女人同居。

一条浮在空中的鱼说，我知道你跟一个女人同居，你不是说过？

李小妮大为意外，瞪着傅生问，你什么都告诉她？傅生说，我只告诉她跟一个女人同居一屋，这跟同居是两个概念。李小妮说，那好吧。

过客说，我跟她做爱了。

李小妮打完这行字，喘着气等待对方的反应，可一条浮在空中的鱼平淡得很，说，我知道你们早晚要做爱的。

过客说，你没意见吧？

一条浮在空中的鱼说，我没意见，但是感到悲哀。

过客说，我虽然跟别人做爱，但我爱的依然是你。

一条浮在空中的鱼说，这我知道。

该阻止李小妮胡说八道了。傅生说，够了，跟她说再见吧。

李小妮说，你不高兴了？

傅生也不想明确表示不高兴，李小妮想试探一下，又重复一遍"我虽然跟别人做爱，但我爱的依然是你"，我说得没错吧。傅生说，行了，行了。李小妮讨了个没趣，就闷闷地离开了。

李小妮感到傅生对他并不在意，偷偷流了一回泪，忍着两日不理傅生。可是李小妮白忍了，傅生根本没有感觉。到第三日，李小妮实在不想忍了，她必须问个明白。

李小妮说，你还在生我的气？

傅生说，生气？没有，我干吗生气？

李小妮说，我只是觉得那样好玩，你真的那么在意网恋？

傅生才想起她指什么，说，我早忘记你说什么了。

那就好。李小妮说，你知道我爱你吗？

傅生吃惊地看着李小妮，他看见李小妮的脸十分严肃，他痛苦地摇了摇头。

李小妮又十分严肃地问，那你爱我吗？

傅生说，我不习惯这么严肃。

李小妮就笑了笑，说，那你爱我吗？

傅生也笑了笑，说，我想没有。

李小妮说，既然你不爱，为什么还跟我做爱？

傅生说，对不起，我不知道为什么。

李小妮不问了，用沉默逼问，看来没有个理由是不行的。傅生回忆了一下，说，也许因为停电，因为黑，可能还跟蜡烛有关，红蜡烛，我想那是一次偶然。

傅生这样强调蜡烛，李小妮觉得好笑，说，你不觉得是我引诱你，让你失足？

傅生说，你的口气像网上的女人。

李小妮说，你很真实，我喜欢，真的很喜欢。

然而李小妮还是搬走了，一指又搬了回来。跟她搬来的时候一样，也是傅生上班时搬走的，她的来去，傅生觉得就像一指玩的一场阴谋。对于傅生的指责，一指是这样反驳的，你他妈的，做爱怎么能只做一次，起码也得做得不想做了，才不做。傅生懒洋洋地说，我一次就不想做了。

4

一条浮在空中的鱼给过客发了一封让他大为惊异的"伊妹儿"。

过客：

　　我喜欢你的坦诚和直率，你什么都告诉我，是我最引以为荣的，但是，你也很残忍，你告诉我你跟一个女人同居一屋，你又告诉我你跟她做爱了，你这个傻瓜，你为什么要告诉我这些？你一点也不了解女人。

　　当我知道你和别的女人做爱，我受不了了。网上的爱情开始也许只是一场游戏，可我陷得太久太深，每当我想疯狂的时候，原来我面对的却是虚无，这种灵和肉的分离我不能再坚持下去，现在我痛恨网络。过客，我要见到你，没有身体的爱情是荒谬的。

　　晚上，我在看电视剧《封神榜》，哪吒自杀后，灵魂飘飘忽忽地无处着落，看到这里，我哭了。我们待在网上有魂无体，不也是这样吗？所以我要回到我的身体，我一定要见你。

　　我明天下午五点到京，来机场接我，请不要害怕，我绝不是恐龙。

　　不好了，不好了，明天恐龙就要从天而降。傅生面对屏幕自言自语着，一会儿，他真的害怕了，想想一条浮在空中的鱼要以身体的形式出现在他的面前，无论如何不是愉快的事，他得阻止她来京，就发"伊妹儿"。

一条浮在空中的鱼：

　　也许是因为厌恶自己的身体，我才选择待在网上，现在，我的身体只能面对电脑屏幕，而无法面对真实的你。一旦见面，这场虚拟的爱情肯定就完了，让我们永远待在网上，好吗？

不多久，过客的OICQ响了，一条浮在空中的鱼说，见面有那么可怕吗？

过客说，我想是的。

一条浮在空中的鱼说，就算虚拟的爱情完了，但真实的爱情诞生了，不好吗？

过客说，我们只是网虫，真实的爱情跟我们无关。

一条浮在空中的鱼说，我不懂你的意思。

过客说，这样说吧，你要见的那个人并非是我，我跟他没有关系。

一条浮在空中的鱼说，你这个说法不成立，你是怕我见到跟你同居的女人吧？

过客说，她搬走了，现在我跟一个男的同居一屋。

一条浮在空中的鱼说，不骗我？

过客说，我什么时候骗过你？

一条浮在空中的鱼说，我相信你，告诉你，我想好了对付她的办法，可惜她又搬走了。

过客说，什么办法？

一条浮在空中的鱼说，其实很简单，只要你一见到我，就会从她的身边离开的。

过客说，你就因为这个要见我？她不是已经走了？

一条浮在空中的鱼说，当然不是，我想你都快疯了。你这个傻瓜，知道吗？明天见，拜拜。

然后给她发任何信息，都没有回应了，气得傅生在房间里嗷嗷乱叫，他的叫声被一指听见，一指说，你发情？傅生说，不是我发情，是一个网妞发情，她一定要见我。一指说，这不是好事吗？傅生说，可是我不想见。一指说，那我替你见吧，好就带回来，不好一脚踢开。傅生说，行。一指说，她是干吗的？傅生说，跟你一样，可能也是从事下半身写作的。一指说，好哇，让我看看她写的东西。傅生便打开她发来的"伊妹儿"，一指看了一遍，又看一遍，脸上严肃了许

吴玄自选集
谁的身体

多，傅生说，怎么变正经了？一指说，她写得很好，没有身体的爱情是荒谬的，写得多好啊。傅生说，那就归你了。

看来一指确实对一条浮在空中的鱼发生了兴趣，一个小时后，一指又嘻嘻哈哈过来说，你真愿意把她转让给我？傅生说是的。一指说，那么我就是过客了？傅生说是的。一指说，你别后悔。傅生说不后悔。一指说，你们在网上都说了什么？你先把你们的过去转让给我。这一问把傅生难住了，过客和一条浮在空中的鱼似乎有很长的过去，又似乎什么都不曾有过，他们始终是两个词，两个会说话的词，说的全是没有任何意义的废话。原来网恋就是由废话构成的，电脑一关，什么也没有留下，你能想起的顶多也就是一些废话的碎片，就像两个酒鬼，酒酣耳热滔滔不绝，酒醒之后什么也不记得，你唯一能说的就是一句，我醉了，网恋就是那么一种类似醉酒的状态。傅生茫然地说，过去？有过去吗？一指说，你不愿转让，就算了，还是你自己去接吧。傅生说，你要不去，就拉倒，我才不去。一指说，你真是一个电脑怪胎。傅生说，我把这等好事都转让给你，你还骂我。一指说，我是觉得夺人之爱，有心理负担。傅生说，不是夺，是我免费送的。

一指卸下了心理负担，对一条浮在空中的鱼进行了充满激情的身体想象，很快就达到了贴肉的诗意状态。当夜他赋诗三首，只是写得太下半身，不便引用。因为写诗浪费了时间，一指睡到第二日中午才起床，饿着肚子冲了一个冷水澡，一指的脑子被冷水浇得清醒过来，想下午怎么接一条浮在空中的鱼呢？他的第一个反应是打电话问傅生，但转而一想生怕傅生改变主意不让他接了，又取消这个念头。如果举着一个牌子，上书"一条浮在空中的鱼"，这样简单是简单，可也太没有创意了，一指想了许久，突然灵感爆发，他高兴得在床上跳了三跳，摸了三下天花板。如果在自己胸前写上一行怪模怪样的字：一条浮在空中的鱼，在机场出口一站，简直就是一件行为艺术的作品，还怕一条浮在空中的鱼见了不兴奋得死去活来？一指找了一件宽大的白汗衫，上街专门买了彩笔，用红、黄、蓝三原色，将"一条浮在空中的鱼"这行字，大小不等整行不一地写在白汗衫上，一指很满意自己的创作，满意得忘记了吃中饭。然而单是汗衫奇特还是不够的，一指的灵感开始波及全身，他觉得脑袋也得改头换面，修理修理。看见前面有一家理发店，他就走了进去，其实他还不知道干什么。小姐说，洗头？那就洗头吧。一指愉快地说。一指的脑袋被小姐的长指甲搔着，很快长发上覆盖了一层泡沫，一指安闲地欣赏着壁镜里的自己，他的欣赏从最突出的部位——鼻子开始，而后往上是眼睛、眉毛以及额头，而后跳到鼻子下面的人中、嘴巴以及下巴，而后对整张脸做整体的注视，应该说每个部位都不错，没有明显的毛病，但这张脸放在人群中也不是那么引人注目的，虽然披到脖子的长头发，把他与相当的一部分人区别了开来，但现在长头发的人也太多了，算不上什么特点。一指看久了总感到什么地方不对，若穿上那件白汗衫，这上半身可能就更不对了，过于平淡而且不谐调。如果头发不是黑的，而染成红的或者黄的，可能好些，但现在染头发的人也太多了，也算不上什么特点。一指利用排除法，终于知道了他的脑袋应该什么样子，光头，对，剃光头。一指说，叫理发师，给我剃个光头。小姐说，你要剃光头？一指说，对，剃光头。小姐说，剃光头就不用洗头了，浪费钱。一指高兴地说，嗨，我也是刚想到的。小姐关心地说，想好了，那么漂亮的头发，剃了就没了。一指说，想好了，剃光头。

一指剃了光头，换上写了"一条浮在空中的鱼"的白汗衫，面目果然非同寻常了，一条浮在空中的鱼？小姐迷惑地念着，然后再看他的光头，赞叹道，好酷啊。

一指就这么酷地打的到了机场，接客的人都闲得无聊，自然把目光都集中到了他身上，大家也像理发店的小姐迷惑地念着：一条浮在空中的鱼？再仔细看那光头确乎也像某种鱼头，就觉着这形象大有深意或觉着神经病。一指看着那么多人表情丰富地观看他，感到十分受用，仿佛是个名人了，心里不禁感慨，自己写了那么多年诗，居然默默无闻，不想这不经意的创举，竟吸引了几乎所有人的目光，原来想引人注目也是很容易的。一位年轻的女士甚至被吸引过来了，好奇地问，你是行为艺术家吗？一指想若说不是她会离开的，就随口说，是的。女士点点头，立即自我介绍她是某报的记者。一指说，哦，记者。女记者说，请问你这件作品表达了什么主题？一指说，主题嘛，行为艺术的主题是含糊的，多向度的，可以做多种多样的理解，我这件作品由两部分组成：光头和汗衫上的诗句，一条浮在空中的鱼，是超现实的，鱼不在水中而浮在空中，它是无法生存的，令人绝望的，如果从环境的角度理解，我想我表达了对水污染的忧虑。女记者满意地又点点头，一指很得意自己居然这般信口开河胡说八道，确实是已经够格的名人了。又一个更年轻的女人被吸引过来，站他面前细声说，过客。一指像听到暗号，赶紧拿眼看她，那女人眼里闪着灼人的光芒，说，我是……一指抢过说，一条浮在空中的鱼。不知怎么的，两人的身体就贴到一块嘴对上嘴，狂吻了起来。好像他们不是头一次见面，而是久别重逢，早做过一千年的情人似的。

临走，女记者还笑嘻嘻地拉着一指问，请问这个场面也是你行为艺术的一部分吗？一指说，对不起，这是秘密。拉了一条浮在空中的鱼，赶快上车。

一条浮在空中的鱼说，我们的见面好精彩啊。

一指想叫一条浮在空中的鱼，发觉她的名字是不适合叫的，建议她改叫鱼儿，一条浮在空中的鱼就变成了声音暧昧的鱼儿。一指及时地告诉鱼儿，为了让她一眼看见，如何把自己弄成这副样子，以及女记者误认他为行为艺术家的插曲。鱼儿就感动得抱了他的光头，放在自己怀里。后来鱼儿躺在一指的床上，还动情地说，看到你胸前的名字和这么酷的光头，我激动得快晕倒了。鱼儿一点也没想到一指事实上不是过客，一指的扮酷，无疑获得了巨大的成功。回到房间，你可以想象他们首先要干的事情是什么。

5

傅生看见一条浮在空中的鱼的时候，似乎一点心理准备也没有，其实他应该想到一指会把她带回来的，看着这个那么陌生的女人，而他们在网上居然谈了那么长时间的恋爱，傅生觉得有点可笑，更可笑的是现在她和一指在一起，好像很亲密了。一指也出乎意料地变了一个人，这么个光头和写着"一条浮在空中的鱼"的白汗衫，显然是刻意为她而备的，这样就是过客了吗？傅生觉着倒更像个流氓。傅生忍不住就笑起来。

一指介绍说，我的同屋，他叫傅生，是位电脑专家。

一条浮在空中的鱼点了点头说，你好。

傅生说，你好。

一条浮在空中的鱼说，你是刚搬来的吧？

傅生说，不是的，我一直住这儿。

一条浮在空中的鱼就诧异地看了一眼一指，一指不知道她干吗诧异地看他，就莫名其妙地看着傅生，傅生才发觉自己说漏了嘴，但也不知道怎样弥补，便礼貌地点点头，躲回房间了。

一条浮在空中的鱼说，你不是告诉过我，你跟一个女人同居一屋？

是吗？一指说，一指说完马上想，傅生这傻瓜，连这种事也告诉她。

一条浮在空中的鱼说，你告诉我，那女人刚刚搬走，他才搬来的。

一指说，是的。

一条浮在空中的鱼说，那他怎么一直住这儿？

一指说，他是一直住在这儿，我们俩一直住在这儿，实际上根本没有女人在这儿住过。

一条浮在空中的鱼说，原来你骗我的？

一指说，是的。

一条浮在空中的鱼就拿拳捶一指的胸，你好坏啊，你骗得我好苦。

一指想，若不是自己聪明，就露马脚了。聪明的一指想，应该多做爱少说话，尤其不要让鱼儿和傅生说话。

躲在房间里的傅生，听到这样的对话，又觉得很可笑，他没想到一指会来真的，真的把她接来了。现在他是过客，同时也是个骗子。这场网络爱情，意外地变成了一场骗局。这样想着，傅生就陷入了不安之中，觉着这骗局也有他的一份，他应该告诉一条浮在空中的鱼真相，然后她和一指无论怎样，都跟他无关了。

但是怎么说？傅生出来看了看这个女人，看了看之后，傅生就不想说了，这个女人陌生得跟他似乎毫无关系。在他看她的时候，她也没有反应，傅生又躲回了房间，坐在电脑面前默想了一会儿，试图把这个陌生女人和一条浮在空中的鱼连在一起，但没有成功。傅生就有点恍惚，像往日一样照常上网，呼了三遍：

过客：一条浮在空中的鱼，你在吗？

过客：一条浮在空中的鱼，你在吗？

过客：一条浮在空中的鱼，你在吗？

一条浮在空中的鱼没有回应，傅生就很气，像被恋人抛弃了那样，翻着眼白，突然，他对着电脑大叫了一声：

一条浮在空中的鱼，你在哪儿？

叫我吗？那个陌生女人吃惊说。

傅生吓了一跳，不知道自己为什么这么大叫。那个陌生女人又问，叫我呀。傅生只得开了门，尴尬地说，你就是一条浮在空中的鱼？陌生女人说，是呀。傅生又尴尬得不知下面该怎么说，愣在那里不动。一指见他这样，感到不妙，机灵地说，我们喝酒吧。立即拉了他出去买酒。

一指说，你怎么了？

傅生说，没什么。

一指说，你干吗大叫？

傅生说，我也不知道，是一次意外吧。

一指看他恢复了正常，松了口气说，刚才我真害怕。

傅生说，刚才她应的时候，我有点不知所措。

一指说，你是不是也喜欢她了？

傅生说，我觉得很陌生。但你应该告诉她，你不是过客。

一指说，那不行，我已经是过客了。

傅生说，这样你是骗子，我也是骗子，太过分了。

一指说，你那些网上的事，没事的。

一指买的是××牌的干红葡萄酒，这种红色的液体更像某种隐秘的欲望，还买了鱼片、牛肉干、花生米、开心果等。傅生看见货架上的红蜡烛，好像回忆起了什么，说，点蜡烛喝酒吧。一指说，你也这么伪浪漫了，那就点蜡烛喝酒。不久，葡萄酒的颜色就爬到了他们的脸上，现在，傅生应该算认识一条浮在空中的鱼了。一条浮在空中的鱼就是面前这个女人，跟李小妮一模一样的女人，仅仅是衣服的颜色有所不同，李小妮是黑色的，她是红色的。傅生有点奇怪，他们居然网恋了那么长时间，现在认识了，网恋也就结束了。两个认识的人是不可能网恋的。比如他和李小妮。那个停电的夜晚，他和李小妮做爱，后来因为不想继续做爱，李小妮搬走了。傅生又有点奇怪，他为什么建议一指买红蜡烛，模仿那么糟糕的一个夜晚。或许这个夜晚更糟糕，他把一条浮在空中的鱼送给一指，同时一指就成了过客，他就什么也不是了，纯粹是一个局外人。一条浮在空中的鱼似乎也不喜欢他插在中间，但是，跟她网恋的毕竟是他，他再次感到良心上的不安，不能这样对待她。

一条浮在空中的鱼好像准备回首网上的往事了，这让一指十分为难，一指只好堵住她的嘴，主动发问。

一指说，你原来想象的过客是什么样子的？

一条浮在空中的鱼说，就你这样，不过不是光头。

一指比着傅生说，有没有想过是他那样的。

一条浮在空中的鱼摇摇头，没想过。

一指就得意忘形地看着傅生笑，不料傅生一本正经地说，其实他不是过客，我才是过客。

一条浮在空中的鱼说，是吗？

傅生说，是的，在网上跟你恋爱的人是我，不是他，你没感到网上的过客和你见到的过客不一样？

一条浮在空中的鱼说，本来就不一样。

一指说，对，对。

傅生说，我觉得网恋必须建立在陌生之上，见面是很愚蠢的。

一条浮在空中的鱼说，我不同意，见面太有诱惑了，就是"见光死"，我也想冒一下险，不过还好，我们的见面比想象的还好。

一指说，对，对。

傅生发现一条浮在空中的鱼根本不相信他是过客，现在不是道德问题，而是如何证明他才是过客。傅生说，虽然你不相信，但我确实是过客，我不想见你，然后他说他要见你，我以为他说着玩的，没想到他真来接你，过客就变成他了。

一条浮在空中的鱼微笑说，是吗？

傅生说，这有点荒唐，我觉得很对不住你。

谢谢，你这么一本正经地开玩笑，非常幽默。一条浮在空中的鱼很开心地笑着。

一指也笑着说，他就是这样的，有时候幽默得人要死。

傅生本来是不想当个骗子，冒着被一指臭骂的风险才说这些的，结果却成了幽默大师。看来他要证明自己是过客，是没希望了。原来网络时代的爱情，身体是可以随便替换的。傅生看看一条浮在空中的鱼，又看看一指，就同样开心地笑起来。

后面的事情就没意思了。事实上，傅生无法证明自己是过客，一点也不幽默，他一直以为自己是过客，而一条浮在空中的鱼竟不承认他是过客，那么他是谁？傅生就有点接近鲁迅先生的过客了，因为鲁先生的过客头等难题也是不知道他是谁。但傅生活在信息时代，到底比鲁先生的过客幸运，他的前面不是坟，而是电脑。可这个夜晚，电脑跟坟似乎也没有太大差别，失去了一条浮在空中的鱼，过客就成了流浪汉，摁着比巴掌还小的鼠标，艰难地在无数的网站间踉跄而行，连讨杯水喝的可能也没有，而那些地方就像鲁迅说的，就没一处没有名目，没一处没有地主，没一处没有皮面的笑容，没一处没有眶外的眼泪。过客憎恶他们，过客不想去。

傅生就对着电脑发木。

忽然，一指的床响了，接着一条浮在空中的鱼就"过客、过客"地叫唤起来，傅生从椅子里弹了起来，但即刻又坐了回去，一会儿，一条浮在空中的鱼的叫唤声还加了感叹词，唉过客唉唉过客唉唉……那声音比文字更抒情更直接，对身体很有冲击力，傅生的身体就被叫大了。

傅生的身体从房间里溜了出来，站在圆明园对面，此刻，身体是如此让人难以承受，好像被一条浮在空中的鱼叫起来，反抗他的灵魂了。傅生垂头看了看下半身，痛苦地骂了一句，他妈的。

傅生转了个弯，沿着中关村大道往南走。傅生走着走着，觉着这具身体并不是他的，他想起了一句很精彩的成语：行尸走肉，形容的就是它。今夜，它好像摆脱了控制，要单独行动了，它在中关村大道上快速地走着，其实它没有目标，只是一种冲动，它要走。车从它的身边流过，车明显比它走得快，它愤怒了，准备跟车比一比速度，它开始奔跑了，它发觉跑比走要好，跑就是两条腿的运动。但是，不一会儿它就跑不动了，站那里喘气，眼也被汗水模糊了，一辆出租车停在了它面前，它莫名其妙就上了车，坐在副座上继续喘气，司机说，去哪儿。它说，不知道。司机说，那怎么走？它说，往前走。司机走了一会儿，又问，上三环吗？它说，上。司机把车开上三环，车速就陡然加快，好像要飞了，窗外的景物都虚幻起来。它觉得这样很好，有一种类似做爱的快感。现在，它知道它要干什么了。当司机再次问上哪儿，它说，哪儿有小姐就去哪儿。小姐？哪儿没有？司机就很亢奋，说，要什么档次的？当然要好的。那你上××饭店吧，那儿小姐好，不过价格贵，一次八百。怎么找？司机见它并不在行，教导说，你最好开间房，然后上歌厅挑，看中了带走。

照司机的指示，它先开了房，然后上歌厅，那儿的小姐确实是好，好得让它晕头转向，不知道怎样确定好的标准。实际上，在它尚未确定好的标准时，反被小姐带走了。一个小姐见它又呆又傻，上来挽了它的手说，几号房？它说，几号房。走吧。它就被小姐带回了房间，小姐说，你先洗澡。

它洗完澡，小姐也洗澡。这房间到处是镜子，它在镜子里看见了一个人，这个人应该叫傅生，傅生在镜子里茫然地看着它，仿佛就在做梦，它怎么从房间里出来？怎么到了这个地方？这是什么地方？它是谁？傅生又被这些哲学似的问题缠着了。

小姐坐到了床上，说，好了。

傅生想酝酿酝酿，说，你叫什么？

小姐说：小红。

傅生说：不对。

小姐说：那就小花。

傅生说：不对。

小姐说：那就小白菜。

傅生说：不对。

小姐说：那你觉得我应该叫什么？

傅生说：我给你取个名字吧。

小姐说：好呀。

傅生说：你叫一条浮在空中的鱼。

小姐说：呀，好怪的名字。

傅生说：不好吗？

小姐说：蛮好，蛮好，那你叫什么？

傅生说：我叫过客。

小姐说：过客？好像听说过。

傅生说：当然听说过。

小姐说：不对，不对，你不叫过客。

傅生说：那我叫什么？

小姐做了一个非常亲昵的动作，笑着说，你叫嫖客。

傅生看着小姐，突然泄了气，什么兴趣也没了。

章豪应该是时下被称作"网虫"的那类人。网虫虽然也还算人，但生活基本上与人是相反的。

虚构的时代

WUXUAN

ZIXUANJI

XUANBAI

1

　　章豪应该是时下被称作"网虫"的那类人。网虫虽然也还算人，但生活基本上与人是相反的。章豪的时间表是这样的，早上五点至下午一点睡觉；下午一点至下午五点，上班，包括洗脸、刷牙、吃中饭等；下午五点至晚上九点，没有固定内容；晚上九点以后开始上网。因为晚上九点以后，网络信息费按半价计算，这就决定了章豪是喜好夜间活动的那一类虫子。章豪在网上待到早上五点，然后从书房足不出声地溜进卧室，尽管足不出声，很照顾老婆了，但灯一亮，老婆还是要被惊醒的。渐渐地章豪的老婆诺言也就养成了早上五点起床的习惯。诺言揉揉双眼，看章豪进来了，将揉清楚了的眼睛白章豪一眼，就上卫生间坐马桶上，以示她的不满。章豪只当是没看见，随便剥了衣服，钻进老婆躺过的被窝，听着老婆方便的嘶嘶声，很快就打起呼噜来。

　　章豪成为网虫，开始诺言并不觉着有什么不妥。这玩意儿很时髦，似乎还代表着未来，好像是要赶一赶的。章豪上网还是她鼓动的，本来他对电脑毫无兴趣，只是看着周围的人都买，也买一台搁书房里，都一年多了，也没开过几次机，而且左看右看，形状都像一个刚切下来放桌面上的猪头。章豪悔之不及地说，嘻，这辈子最愚蠢的就是花一万多块钱，买这么个猪头搁在家里，好像供神似的。诺言却不这么认为，说，现在流行上网，你也上网吧，听说电脑主要就是上网用的。上网？章豪也听说过的，而且周围早已有人眉飞色舞地网上如何如何了。章豪也就心动，据说上网还要安装一只"猫"，便去电脑公司买了猫，上网了。

也许章豪天生是个网虫，上网的第一夜，就在书房里不出来了，等第二天诺言醒来走进书房，章豪兴奋地说：

老婆，我知道了，这网络才是我应该待的地方。

为什么？

因为网络就像地狱，人在上面就像鬼，有魂无体。

诺言高兴地说，那你以后就夜夜不要睡觉，上地狱吧。

章豪上网或者说上地狱，大约也正是时候，这段时间，章豪经常无所事事，若有所思，很深刻的样子，就连平时爱谈的女人，也懒得说了。这样子在十年前曾经很流行，但进入90年代以后，大家都用身体生活，不过这种很深刻的心灵生活了。章豪倒不是怀旧，他才三十岁，还未到怀旧的年龄。章豪很深刻的样子，大概是用身体生活得累了，需要调整。比如男人都爱好的"泡妞"，章豪无所谓了，又比如男人和女人都爱好的钱，章豪也无所谓了，这两样东西都无所谓，确实也没什么有意思的。

难道上网就有意思吗？那也不见得。头一阵新鲜感过后，章豪觉着也没什么意思。网上除了胡说八道，其实什么也没有。但人总得有个地方待呀，章豪还是选择待在网上。

章豪在网上的内容固定两项：一项是玩四国军棋，还有一项就是闲聊。章豪对那种以军级大小人吃人的游戏（司令吃军长，军长吃师长，以此类推），乐此不疲，上网必先玩上半天，他就像一只嗜血的动物，目光贪婪地盯着屏幕，四处攻击，还不停地在对话框里输入一个字：杀！杀！杀杀杀！这"杀"字，短促有力，很是快感，仿佛就看见白刀子进红刀子出，又仿佛听见子弹呼啸而去的声音，简直可以跟另一个同样短促有力的"操"字媲美。但"杀"的结果也如同"操"，多数是操的人先完蛋。章豪眼睁睁看着自家的大本营燃起熊熊火焰，屏幕上跳出一行字："面对滚滚乌江，痛心疾首，非吾不能，天亡我也。"说罢横刀自刎。自刎许多次之后，已是后半夜了，章豪带着一点无聊和悲壮，进入聊天室。这儿不分昼夜，永远有聊不完的天，只是他还不擅长打字，老找不着键盘上的字母，就像口吃的人，好半天才能说出一句结结巴巴的话来，弄得人家都懒得跟他聊。等到他能够运用手指熟练地表达自己，已是好几个月以后的事了。慢慢地他发现在聊天室里，只会打字是不够的，还得有一个有意思的，最好是能够让人找到话说的名字，才能脱颖而出。几个月来，他用了数十个名字，都没怎么引人注意，比如西楚狂士、东部流氓、乡巴佬、臭豆腐。有一次，偶然在屏幕上看到"失恋"这个词，接着又看到"柏拉图"这个词，组合起来便是"失恋的柏拉图"，他便信手拈来当作自己的名字，不料找他说话的人就异常地多了。

再后来，他就遇上了"冬天里最冷的雪"。

2

在网上，章豪当然不是章豪了，而是"失恋的柏拉图"。不过，关于柏拉图，他知道的并不比一个中学生多，也就知道他不太正常的脑子里有个理想国，还有就是他的恋爱方式非常著名，被专门命名为"柏拉图式的恋爱"。但是，既然章豪叫"失恋的柏拉图"了，好像跟这位想入非非的哲学家也有了一点关系，起码他的恋爱方式应该是柏拉图式的了，而且是处于永远的寻找之中。

这名字已经规定了闲聊该从什么地方开始，网虫们见了，都是问你失恋了吗？失恋的柏拉图就动用现成的网络表情，或微微一笑，或翻箱倒柜，或号啕大哭，说是的是的。说得多了，也就得心应手，而且每次版本不同，几乎可以编一本失恋大全了。失恋的柏拉图就在这种大家都喜欢而且擅长的爱情话语中，遇见了"冬天里最冷的雪"。

冬天里最冷的雪（微微一笑）说：呵呵，失恋的柏拉图。

失恋的柏拉图（很迷惑地）问，你笑什么？

冬天里最冷的雪又（微微一笑）说：你叫这样的名字，当然要失恋了。

失恋的柏拉图又（很迷惑地）问：为什么？

冬天里最冷的雪说，因为你是失恋的柏拉图嘛。

失恋的柏拉图说，是啊，是啊，而且我是在永远的寻找之中。

冬天里最冷的雪说，能谈谈你的失恋经过吗？

章豪觉得冬天里最冷的雪这名字挺好，挺女性，也乐意跟她谈谈，他想起柏拉图那个著名的假说，这样的假说拿来闲聊是很好的。失恋的柏拉图就说：

说来话长哪。

长就长点，我要听。

这得从上帝说起。

那就从上帝说起。

你肯定知道吧。人最初是圆形的，有四耳、四臂、四腿、两张脸和两个生殖器。

冬天里最冷的雪打出一串笑脸符号，表示她开心地呵呵笑了。

谁说的？

柏拉图。

继续往下说吧。

这种像足球一样的生物，天天在天国里滚来滚去，上帝看了很烦，一怒之下就把人一劈两半。

上帝这么残忍哪。

也不见得，人这样被劈成两半之后，一半为男，一半为女，这一半总是想念那一半，想再合拢一起，常常互相拥抱不肯放手，于是就有了爱情。

你真能扯，爱情是这样产生的？

是的。从前人的生殖器都是在后面，生殖不是因为做爱，而是把卵下到土里，像蝉一样。就是爱情把上帝也感动了，他才替人想出一个办法，把人的生殖器移到前面，这样，男人和女人就可以做爱了。

冬天里最冷的雪又打出一串笑脸符号，呵呵地笑起来。失恋的柏拉图觉得成功了，就不失时机地问，你是女孩吗？

冬天里最冷的雪没有表情说，你觉得我是男的吗？

章豪想了下，敲着键盘故意说，是的。

冬天里最冷的雪突然就不理他了，说，我走啦，再见。聊天室随即公告："冬天里最冷的雪轻轻地离开了。"章豪就像突然被人掴了一个耳光，而掴他耳光的人，掴完之后便跑得无影无踪了，所以他只有捂着被掴的脸独自发呆，寻思被掴的理由。柏拉图的假说显然已吸引了她，那么她为什么还要走？说她是个男的，就算错了，也没什么可生气的，而没什么可生气的，她却生气了，这就说明她有病，不过，这病也有点性格。这样想着，章豪就对冬天里最冷的雪产生了兴趣，再说这名字，不只表示她纯洁，而且冷艳，这样的女人，假如她是女人，行为怪僻，也就不足怪了，章豪倒是希望再次遇见她。

好在这愿望第二个晚上就实现了，失恋的柏拉图看见冬天里最冷的雪也在，眼睛一亮，问候道：你好。

你好。

昨天为什么突然就走了？

我有急事，不好意思。

半夜三更除了尿急，还有什么急事？

冬天里最冷的雪又打出一串笑脸符号，说，你真好玩。

既然好玩，为什么不跟我玩？

我不知道。不过，我得告诉你，你昨夜的谈话很吸引我。

是吗？

是的，你是否也像柏拉图那样，是个哲学家？

不是。

虽然你不是，我还是想听听你关于这个世界的看法。

失恋的柏拉图（嘲笑）道，你真是个了不起的女人，居然关心整个世界，好像这个世界是你的衣服似的。

笨蛋，我是在考你。

那好吧，让我告诉你，这个世界不过是上帝屙的一堆大粪。

又胡扯。

冬天里最冷的雪又要走了。不过这回不是冷冰冰地走，而是要求互告"伊妹儿"地址，以便长久交往。走的时候，还拉着失恋的柏拉图的衣角，依依不舍地走。

3

章豪的老婆想做爱了。

可是章豪成了网虫，这类虫子的最大特征就是喜好在网上找异性聊天，而忘了做爱。长此以往只怕要蜕化成无性别的虫子。诺言记得他上网以后总共只做过一次爱，而且还例行公事似的，一点激情也没有。这让她感到怨而且怒，又难以启齿，虽然是夫妻，也不能放下淑女的架子，说，章豪，别玩电脑了，过来与我做爱。夫妻当然是要做爱的，即便不想做爱，也应该做，若不做爱，便会感到中间隔着一点什么。诺言觉着她和章豪中间，已经隔着一点什么。以前，章豪尽管在许多方面不太像话，但做爱还是卖力的，所以夫妻过得还像那么回事。现在，究竟怎么回事呢，诺言睡觉，他上网，他来睡觉，诺言则起床了，有些时候，诺言看见他来睡觉，也想温存一会儿，可章豪好像刚从另一个世界回来，恍惚得很，不知道身边还有一个等待他的妻子，连话也懒得说，蒙头便睡。弄得她也只好抑郁地去楼下空地上，与一群老太婆一起练香功。

诺言就很生电脑的气，可电脑又不是女人，跟它争风吃醋也没什么来由。毕竟章豪也不过玩玩电脑，还不像时下许多男人到外面花天酒地，章豪到底还是好的，令人放心的，只是像个孩子一玩起来就昏天黑地没完没了，需要调教而已。这夜，诺言洗了澡，换了睡衣，在床上躺了好些时间，然后叫唤章豪。章豪"嗯"了一声。诺言娇声说，别玩了，你过来。章豪说，我正忙呢。诺言便来到书房，倚在章豪肩上。章豪正猫腰一动不动地玩四国军棋，手摁着鼠标点击自家的司令，杀气腾腾地从边路吃下去，也不知吃了对方的什么东西，不一会儿，就让对方的炸弹给炸没了。章豪显出一副很沮丧的表情，对着屏幕说，操，操，操。诺言说，别玩了，你要输了。章豪并不理会，又搬出军长去吃，嘴里继续自言自语道，操，操，操。好像他不是在进行一场你死我活的战争，而是在做爱。诺言觉着他这样子十分好笑，就耐心等他输得一塌糊涂，然后将气息呵进他的脖颈里。章豪说，你不睡觉？我睡不着。诺言又将气息呵进他的脖子，章豪也不懂她的意思，又准备接着玩另一场战争游戏。

诺言烦躁道，你天天玩这种小孩游戏，无聊不无聊？

有点。

你再这样下去，我就不理你了。

那我该怎样？

给我睡觉去。

章豪见老婆生气，仰头发了一会儿呆。好像不知道老婆干吗要生气，他又没有惹她生气，他也没想着要惹她生气，他几乎就忘了还有个老婆。既然老婆生气了，他就关了电脑，照老婆的指示，睡觉去。

章豪靠在床上，并没有睡着，又继续发呆，等到诺言伸过手来，并滚到他怀里，才知道老婆是想做爱。他习惯性地将老婆抱住，准备履行丈夫的责任，突然他觉得找不着自己的身体了，这种感觉持续了好一阵子，也不见消退的迹象。章豪就有点紧张，放了老婆，装着尿急的样子，开灯上卫生间撒尿。撒尿的当儿，好像是有点什么感觉了，但卫生间回来又没感觉了。章豪就很沮丧，让灯亮着，茫然地注视着老婆。

诺言见他这样子，迟疑了一下，问，你在想什么？

章豪说，没想什么。

你是不是不喜欢我了？

我可没想过这个问题。章豪说着，很抱歉地笑了笑，诺言便又滚到他怀里。

章豪想，这爱是要做的，拒绝做爱那是对老婆的莫大伤害，他可不想伤害老婆。尽管怀着这样良好的愿望，但章豪就是找不到自己的身体。

诺言说，你怎么啦？

章豪说，没怎么。

你还爱我吗？

爱的。

我们有多久没亲近了？

好像也没多久。

还没多久？我觉得我们已经很陌生了，你再这样，我就要不认识你了。

我不就是在书房玩电脑嘛。

诺言忽然从章豪身上起来，分开一道距离，怀疑道，你就是在玩电脑吗？

不玩电脑，玩什么？

我觉得你是在躲避我。

不是的。我确实是在玩电脑。

诺言看了看章豪，本来还准备说什么，但又忍回去了，转身泄了气说，我睡了。

这卧室的气氛就有点尴尬，而且凝重，这样的气氛章豪是不适应的。他在床上又待了一会儿，看老婆似乎睡着了，便蹑手蹑脚地回到书房，打开电脑，刚要重新上网，又突然止住了，对着这个猪头似的东西沉思起来。半天，章豪自言自语道，操，我怎么不会做爱了呢？又半天，章豪好像想通了，大约不是不会做，而是不想做，既然爱也不想做，那么还做什么呢？

4

章豪发觉自己对冬天里最冷的雪有点想入非非。这几乎是由名字引起的，譬如说吧，想起冬天里最冷的雪，也不管实际的天气如何，就觉着漫天里雪花飞舞，那么究竟哪片雪花是最冷的，她是如何地与众不同？章豪的想象力就这样被规定，多少有点初恋情怀了。

但是慢着，冬天里最冷的雪是男是女？尚待确定，从语态猜测，她好像是女的，可也不一定，网上从来是真假不辨，你以为女的他恰恰是个男的，冬天里最冷的雪若是男的，章豪是无法容忍的，那么就假设她是个女的，一个与章豪一样半夜三更在网上穷聊的女人，又是怎样的一个女人？是否也像章豪一样无所事事，穷极无聊，企图从生活中逃出来，而客居网上。

也许冬天里最冷的雪也同样这般想象着失恋的柏拉图。她先给失恋的柏拉图发"伊妹儿"了。

失恋的柏拉图：

　　如果我就这样不加掩饰地告诉你，我对你一见钟情，请你不要吃惊，事实上确实是这样的。

　　看到你的名字，我就对你感兴趣了，但是让我倾心的是你的胡说八道，多么有趣的想象。若是我不忍心立即跑开，我就跑不了，但是立即跑开也是跑不了的。这感觉来得这样突然、强烈，是我生来的第一次，我是否是你的另一半呢？

　　给我回信呀。

章豪是第一次收到网上情书，当然很激动，但激动的反应已不像十八岁的少年，跑到无人的大自然里，手舞足蹈，以帮助消化爱情。章豪现在激动的反应是坐在电脑面前，放大瞳孔，好像要从屏幕里面看见冬天里最冷的雪，而且也只激动一会儿，便恢复正常了。恢复正常了的章豪，还有些惭愧，让冬天里最冷的雪感到多么有趣的想象，可是柏拉图的，就是说她一见钟情的人是柏拉图，而不是章豪。但章豪也有理由激动，毕竟情书是写给失恋的柏拉图的，失恋的柏拉图也许不是章豪，但总有某种关系。

章豪就以失恋的柏拉图的名义，给冬天里最冷的雪回信。

冬天里最冷的雪：

也许我的感觉比你更强烈，我还没听你说话，只看你的名字，就已经一见钟情。你可以从我的言谈中判断我是男的，我确实是男的，但我还无从判断你是男是女，你可不要来要我，你若是男的，这样给我写信，我会恶心的。期待着你的回音。

没想到冬天里最冷的雪，为了证明自己的性别，干脆发了一张照片给他。章豪看到照片，眼睛花了好些时间，她似乎比想象中的雪还漂亮一些，纯情一些。都说网上无美女，她怎么就长得这么漂亮？！难道是网上下载来的明星照，拿来骗他的，这样的事章豪听说过，但即使是骗他的，章豪也愿意受骗。这总比看到一个丑陋的冬天里最冷的雪好，假设照片就是冬天里最冷的雪吧。她随意地站在草地上，嬉笑着，好像刚刚来到这个星球上，正跟他章豪说着什么好玩的事儿。照片几乎是抓拍的，就是说照片相当真实，未经艺术处理。她寄这样的照片，表示她很自信，确信自己是个美女，这样的女孩在生活中肯定是很矜持的，对男人十有八九是懒得搭理的，更别说主动写信。可到了网上，就不一样了，就完全放开了，看来，女人在网上和在生活中是很不一样的。那么，到底是网上的女人真实，还是生活中的女人真实？章豪思考了一会儿，最后发现思考这样的问题是很愚蠢的。

章豪也想马上回寄一张照片给她，但他不知道怎样把照片变成数码存进电脑，然后怎样寄给她。既然不能马上回寄照片，这就给他提供了思考的时间，章豪觉着互相看到照片或许是不好的。譬如说吧，看到照片这么漂亮，自然是欢喜的，但是，她的形象也就定于一了，若是没看到照片，便有无限的可能。无限总比一要好，章豪就决定不寄照片给她了，还是上网聊天吧。

准确说，现在不是聊天了，他们是恋人了，应该叫谈恋爱了。

失恋的柏拉图（轻轻地吻了一吻冬天里的雪）说，你真漂亮，太漂亮了。

谢谢。

我为你可惜了，干吗要放弃这么美好的形象，而选择待在网上，在网上可是无人知道你是这么漂亮啊。

你不是知道了吗？

其实我是不知道的，我看到的不过是一张照片。

你也寄一张照片给我，好吧？

失恋的柏拉图表示他不会寄。冬天里最冷的雪就教他怎样用扫描仪将照片输入电脑，然后寄给她。

我没有扫描仪。

你去找，广告公司都有。

还是别寄吧，我长得很酷，你看了就会爱上我的。

我没看就已经爱上你了。

既然已经爱上了，就不用寄了。

该死的柏拉图，你欺负我，你要失恋的。

打是亲，骂是爱，你骂吧。

我不只骂，你等着，我还会找到你……

听你的口气，好像是要杀了我。

不是的，我找到你，是要吻你。

章豪就在电脑面前窃笑，觉得网上的女人实在比生活中的女人有意思。就说冬天里最冷的雪，她肯定爱上了失恋的柏拉图，一个从未谋面的人，已经渴望着吻他了，这就证明爱情不仅仅是两半分开的身体吸引，爱也可以是没有身体的，仅仅有语言就足够了，或许单是有一个名字就足够了。

章豪觉得这样的爱情挺有意思。

5

　　诺言是很生电脑的气了。不只生气，简直是愤怒，趁章豪上班不在，就想整整电脑，都是这该死的，使她成了时下最时尚的一类：电脑寡妇。诺言盯着这个毫无生气的机器，就像盯着与她争夺男人的第三者，心里充满了扑上去抓它个头破血流的欲望。但是无论怎样盯着它，电脑总是黑着屏幕毫无表情，诺言就觉着心里堵得慌，恶狠狠地捏起拳头，可拳头落在显示器上却轻轻的，毕竟是花了一万多元买来的，砸烂它还是不忍。诺言叹了几口气，无可奈何地坐在电脑面前，好像是在对电脑说，我们谈谈吧。说着伸手去启动电脑。电脑发出一阵类似嘲笑的声音，然后才进入桌面，诺言漫无目的地点击、点击、点击，意外地就点到了冬天里最冷的雪发给失恋的柏拉图的信件和照片，诺言就像自己的隐私被人偷看了似的，脸连带耳朵都红将起来。诺言看了一遍又看一遍，见冬天里最冷的雪居然肆无忌惮地朝她露出笑脸，就气出一口痰来，"啪"的一声吐到冬天里最冷的雪的脸上，冬天里最冷的雪的脸蒙了一口痰就变形了，但是那口痰慢慢地滑下去，她又露出那张笑脸来，好像比原来更灿烂了。诺言就只有当着冬天里最冷的雪的面，抑制不住地把眼泪流下来。许久之后，诺言才发现对付雪的唯一办法就是将电脑关掉。

　　章豪回家的时候，诺言心里是很愤怒的，但她竭力做出一副什么也没发生的样子，只是将脸拉得比往常长些。可章豪已经迟钝，这脸上增加的长度他也没发觉。饭后照例一头埋在电脑面前，诺言在客厅里将电视机的频道翻来覆去摁了许多遍，觉得该给他点颜色瞧瞧了，脚步很重地走进书房，冷冷地瞟一眼章豪。章豪还不知道她为什么这样异常，电脑就被生硬地关闭了。章豪莫名其妙地看着诺言，正要骂她神经病，倒是诺言先骂开了。诺言骂道：让你玩！让你玩！让你玩！

　　章豪想是自己天天玩电脑，老婆生气了，就从椅子里站起来，准备抱抱老婆，不料诺言赶紧后退了两步，目光恼怒地盯着他看，章豪这才感到事态有点严重，一时不知如何是好。诺言见他窘住，"哼"了一声，回到卧室里去。

章豪赶进卧室，诺言早已坐在床沿严阵以待，看见这副架势，章豪就有点生理上的厌恶，但是忍了。

诺言说，你在网上，都干了些什么？

章豪说，干什么？下棋、聊天，还干什么？

聊天？跟谁聊天？

我哪知道跟谁聊天？

冬天里最冷的雪是谁？

冬天里最冷的雪，你怎么知道？

人家给你写了那么多信，还寄照片，我当然应该知道了。

不就是这些东西，你都知道了，我哪知道她是谁？

诺言露出一种怪异的笑，一种章豪看不懂的笑，说，你好厉害啊，你跟人家谈恋爱，居然不知道她是谁？！

章豪呵呵地笑了两声，坐下说，这哪里是谈恋爱，完全是一种虚构，网络的生活就是虚构，你怎么拿网上的事情当真呢？

诺言说，我不懂你的意思。

章豪说，我的意思是网络不是现实，进入网络就是进入了一种创作状态，就像那些作家们，在网上大家都是作家，他们互相合作完成各种各样的故事。你的老公并不在网上，在网上的是失恋的柏拉图，他跟我的关系不过是人物跟作者的关系，就像孙悟空跟吴承恩，贾宝玉跟曹雪芹的关系一样。

那么说你跟曹雪芹、吴承恩他们一样，是个伟大作家了。诺言挖苦道。

章豪笑笑说，这可不敢，我们相同的仅仅是都在虚构中生活。他们是永恒的、伟大的，我们是即兴的，只是一种游戏。而且我也完全缺乏想象力，失恋的柏拉图还很不像一个人物呢。

你不要说得玄乎其玄，我关心的是你在背叛我，你在网上谈恋爱。

既然你那么在意，以后我在网上不谈恋爱就是了。

　　章豪的这句话显然只是哄哄老婆的，在网上不谈恋爱，还谈什么呢？然而，或许诺言正期待这样的保证，这架也就没必要再吵下去了，况且网上的恋爱，也许不是恋爱，就算是恋爱吧，确实也仅限于谈，身体是无法接触的，这就保证了老公的身体还是忠诚的，没有身体的恋爱，顶多也就是意淫而已，可以归入春梦一类，做个春梦就不必太计较了吧。诺言不觉放松了表情，章豪见老婆气消了，顺势揽进怀里，亲了几口，诺言就激动起来，吵架也就算是有了成果。

　　诺言似乎是要进一步扩大成果，准备做一场爱，这意思由身体传达过来，章豪觉着实在是一种负担。上回老婆想做爱，他的身体却不听使唤，章豪对自家的身体就有点反感，而且差不多把身体给忘了。这与老婆的要求，就有矛盾，但是，作为丈夫，确实有做爱的义务。章豪便在脑子里叫，起来，起来，起来。这样地叫过许多遍，章豪身体里的某种东西被叫醒了，终于起来了，赶忙做起爱来，但不久就感到了累，而且动作重复、单调，令人厌倦，章豪抬起头来，目光直直地看着墙上，忽然，他看见了自己趴在穿衣镜里，样子像只蛤蟆，很好笑。章豪最终把好笑的感觉忍回去了，一边做爱一边笑是不严肃的。

　　章豪想，这就是章豪，章豪在做爱，样子像蛤蟆。

6

　　冬天里最冷的雪可能是个电脑高手，她自己制作了一个主页，名为"红炉一点雪"，就像盖了一幢房子，在网上有个家了。这家还是一幢乡间别墅，里面有客厅、书房、起居室，还带花园，就像时下大款们居住的地方。主页画面也就是别墅的大门吧，是一幅国画，一枝老梅树干积着一小堆雪，这表明冬天里最冷的雪有着某种古典情怀，那么屋内的布置也就可想而知了。此后，失恋的柏拉图就不用在公共聊天室里泡，而可以安逸地住在"红炉一点雪"里，做一个阔气的网上贵族了。

　　当冬天里最冷的雪首次邀请他来这儿，失恋的柏拉图着实吃了一惊，仿佛就在梦里。冬天里最冷的雪问，喜欢吗？

喜欢，太喜欢了。失恋的柏拉图突然激动起来，（拥过冬天里最冷的雪）说，吻你一千遍。

冬天里最冷的雪（痴痴）道，我感到了你唇上的热度。

我们做爱吧。

别这样问我，抱我起来。

失恋的柏拉图将冬天里最冷的雪抱进了起居室。

冬天里最冷的雪（遗憾）道：可是我们没有身体。

想象一下吧。想象我们都有身体。

我好像看见你了。

我也好像看见你了。

在很久以前……

在很久以前……

我们合二为一。

我们合二为一。

失恋的柏拉图和冬天里最冷的雪，这对被上帝强行劈开的男女，终于成功地合二为一，恢复了人的最初形状：球状。现在，这个球在虚幻的床上混沌地滚来滚去。多么幸福的一个球啊。

章豪终究不是失恋的柏拉图，章豪是有身体的，这样的想象难免要使身体产生反应，就像青春期的春梦。章豪感到受不了了，在一阵强烈的幸福感里面，"啊"地叫了一声，好像遭人谋杀死去一般。

失恋的柏拉图（附在冬天里最冷的雪耳边悄悄）说，我好像是在地狱里。

为什么是在地狱里啊？

因为我们没有身体，是游魂。

那么，我们是在过着前世的生活。

现在我明白鬼为什么要投胎了。他们需要身体。

为了爱情？

是的，现在，我是多么渴望你的身体。

我也是。

为什么爱情要身体，爱情为什么不可以是灵魂的事业？

你问得真有意思，我们不是有身体，也许我们应该见面了。

但是见面的愿望，只是一时的心血来潮，到第二日下午上班，章豪觉着并不想和冬天里最冷的雪见面。他非常聪明地发现，网络是一种生活，生活是另一种生活。这两种东西最好是不要纠缠在一起。网上爱情和四国军棋，都是游戏。当然，生活也是一种游戏。不过，它们是不同的，有不同的游戏规则。

章豪的办公室也是一个聊天室，上班的内容也就是聊天，主题似乎永远只有一个，那就是无聊。在办公室章豪通常拒绝聊天，沉默得很是深不可测。同事们很难想象他在网上是那样的侃侃而谈胡言乱语。章豪想，我在办公室怎么就懒得说话？章豪觉得这是一个问题，思考了很长时间，结论是出人意料的，原来在办公室里是用嘴说话，而嘴是最不诚实的，所谓口是心非嘛。而在网上是用手说话，手显然比嘴诚实，心里想什么，手就说什么，比如说，他想做爱，手就说我们做爱吧。若是换成嘴说，可能就完全两样了，没准会说成我们喝点水吧。这样的口是心非他是时常经历的。章豪觉得这个结论有点意思，竟独自笑了。同事们见他一个人莫名其妙地笑，就笑他神经病，然而又觉着过分，就找他闲聊，以弥补过错。譬如说——

章豪，听说你也上网了。

嗯。

泡到妞没有？

当然。章豪忽然兴奋起来，说，她已经要求见面了。

见了没有？

没有。我不想见。

你要是说见，她可能又不敢见了，网妞都这样。

我也上过这样的当。

是吗？

为了证明冬天里最冷的雪是否真想见面，晚上，章豪主动提出见面。冬天里最冷的雪确实犹豫不决，不断问，好吗？见面好吗？如果章豪说好，也许就见面了，但是章豪说，那就别见吧。冬天里最冷的雪说，我是害怕网上的爱情是否可以生活中继续。章豪说，你这话就像我说的，你跟我一样，都是网虫，生活在虚构中的人。

网虫的本质就是虚构。下网后，章豪在书房里来回走了三圈，然后自己对自己说，见面？干吗见面？还不如想象见面。

7

诺言说，以后我不许你上网了。

章豪说，这怎么可以，上网是新生活，你怎么能不许我过新生活。

你不能待在网上了，你应该回到生活中来。

是吗？

现在，你除了上网，对什么都不关心。

是吗？

我可不想当什么电脑寡妇。

是吗？

你知道你老婆现在在做什么？

不知道。

你把老婆忘了。你这样下去，哼……

老婆的这一声"哼"意味深长，有点叫人害怕，章豪就不说话。诺言又说，你别在家里玩电脑了，我宁可你出去玩。

有什么好玩的？

那你就陪我吧。

好吧。

说好了？晚上陪我去迪厅。

好吧。章豪想想，好像又不对。问，为什么去迪厅，而不是别的什么地方？

我喜欢。

好吧。

章豪就被拖去蹦迪，这玩意儿以前也玩的，在想丢掉脑子的时候，就来蹦迪。就是说他相当熟悉这种炸弹似的声音，光怪陆离的灯光和疯狂的男女，世界末日的景象。但这回是被老婆拖来的，章豪一点也不想蹦，在靠边的所谓雅座坐下，要了两罐啤酒。不一会儿，一个陌生男人过来，诺言立即站起来打招呼，就是说他们是熟悉的，陌生的是章豪，那男人直着嗓子朝诺言喊，可他的喊叫被另一种更强大的声音也就是迪厅的音乐，砸得支离破碎，什么也听不见，只见诺言很兴奋地笑着，也是直着嗓子朝章豪说了一句什么，便跟了陌生男人进入舞池，只一瞬间，诺言就淹没在舞池里，再也找不着了。

章豪对面的位子空了出来，只一会儿，一位小姐款款而来，也不经章豪同意，就在空位上坐下，脸上堆满了笑，嘴巴张着，像一个红的圆圈，当然是跟章豪说话，章豪也把嘴巴张得大大的，问，你说什么？小姐就伸过脖子来，嘴巴几乎要贴着章豪耳朵。这回章豪听清了，小姐说，陪你蹦迪好吗？章豪说，不好。小姐说，那就陪你聊天。章豪哭笑不得说，怎么聊？小姐见生意不成，从位子上弹起，转眼蹦到了别处。

喝完两罐啤酒，又要了两罐，又喝完，还不见诺言回来，章豪转了个身，面朝舞池，所有的人似乎都被光影肢解了，无数的手臂，无数的大腿，无数的脑袋，无数的乳房，在心跳达到二百、血压达到三百的声音里翻滚、挣扎、沉浮。在大家都疯了的时候，你一个人不疯，是很无聊的。章豪看了一会儿，便闭上眼睛，躺在椅子上，不久就睡着了。

你居然躺在这儿睡？章豪被推醒的时候，听见诺言这样说。

不跳了？

先歇会儿。

诺言很是亢奋，好像无法止住运动了，坐在位子上，身体还在扭动、颤动、抖动，她确实得歇会儿了。章豪又要了两罐啤酒。

诺言边喝边说：睡着了？

嗯。

了不起。诺言嘲讽道。

也没什么了不起，越是喧嚣，越是安静嘛。

是不是想着你的网上爱情？

没有。

一起跳吧。

不想跳，你跟别人跳吧。

终于等到了回家。诺言虽然蹦得很满意，但对章豪的表现不满意，所以还是不满意。

章豪觉得已尽职尽责，如释重负道，现在，我可以玩电脑，不陪了吧？

我就是不让你玩电脑，才拉你出去的。不能玩电脑！

你饶了我吧。章豪恼怒地说。

诺言也恼怒地说，你是否觉得电脑比老婆重要？

没比较过。

我先警告你，你再玩电脑，我马上出去找人玩儿。

既然老婆比他还生气，章豪只好忍着不生气。要命的是若是顺着老婆，就不能玩电脑，章豪就很羡慕那些比他小几岁还没老婆的网虫。

8

老婆是权威的，老婆说不让玩就不让玩。而且老婆像个克格勃，严密监视着章豪，使他无法靠近电脑，更别说上网了，这就使章豪的生活出现了前所未有的混乱，甚至出现了精神分裂的前兆，譬如失眠、头痛、抑郁、厌世，不能上网留下的时间，就像一堆垃圾堆积在生活之中。

这样的生活显然是不能忍受的，尤其是失眠。因为失眠，章豪总觉着还没有睡，所以就整日睡在床上。头也是在床上痛起来的，痛的感觉像绳子扎在脑袋上，有时也像针一样深入脑子的中央。章豪就要发泄一点什么，譬如对着穿衣镜，像一头困兽嗷嗷乱叫。

这就不可避免地影响到诺言，诺言忍了一些时间，终于忍无可忍，譬如在某个深夜，在章豪辗转反侧将她弄醒的时候，骂道，神经病。章豪说，你才神经病。诺言本来是想重新入睡的，但这样一吵，就睡不着，那么就应该好好地吵一架了。

诺言说，你不要睡，你去上网吧。

章豪说，好。

你快去网上谈情说爱，不要影响我睡觉。

我只是想上网，是否谈情说爱，倒不重要。

你去，以后我们谁也别管谁。

这可能不像吵架，而像一场谈判，谈判的结果应该是章豪赢吧。从此又可以上网了，但代价也是不小的，就是诺言不理他了。也许不是代价，而是他所渴望的，被老婆缠着无论如何不是件愉快的事，没老婆多好哪。

章豪一上网就收到了五封"伊妹儿"，都是冬天里最冷的雪发的。因为这些信，这几天被老婆监视着没上网，似乎完全改变了性质，好像是故意考验她、以证明她是如何地思念失恋的柏拉图。冬天里最冷的雪一会儿想象他出差了，一会儿又想象他生病了，甚至想象他可能突然死亡了。冬天里最冷的雪被自己的可怕想象所折磨，说，你若是死了，我将在网上为你建造一座纪念馆，然后我也死去。看到这些话，章豪很是愧疚，这几天他只是想着怎样上网，似乎并不怎么想念冬天里最冷的雪。

但思念也不妨虚构一些。当他们重逢，失恋的柏拉图解释说，我确实是生病了。

冬天里最冷的雪说，你也想我吗？

想。我躺在病床上，不想你还想什么？

生病，也不告诉我。

我也没准备要生病，怎么告诉你？

要是我能照顾你，多好。

你这样想，我就很感动了。

这些天，我终于明白了我是多么爱你。

我也是。

若是看不见你，我会死的。

若死，就一起死。

我们见面吧，我无法忍受网络的虚拟了。

虽然章豪对见面有点别扭，但既然这么说了，见面的要求也就不可拒绝，当他们互告了住址，发现原来就住在同一城市里，见面并不困难，这样，见面的要求就更不可拒绝了。及至约定明晚在帝国大厦六十二层楼顶茶座见面，才发现原来他们是不认识的。章豪感到有点荒唐，说，这样吧，我左手拿着柏拉图的《理想国》。冬天里最冷的雪说，那我就右手拿着《理想国》。

下了网，章豪对着电脑露出了几丝微笑，他确信冬天里最冷的雪是爱上失恋的柏拉图了，这究竟是什么爱情？但不管怎么说，总可以证明恋爱确实是说出来的。或许这就是未来的恋爱模式。

章豪就坐在电脑面前，想象着即将到来的约会，直到察觉老婆出现在背后，才转身看看老婆，说，你起来了。但诺言不准备跟他说话，脸上是几千年前早描述过的表情：冷若冰霜。好像她一眼就看见了章豪脑子里的想象，随即掉头走了，房门的响声似乎很愤怒。这样，章豪的想象不可避免地改变了方向，晚上的约会好像是对老婆的背叛，好像是一场婚姻的结束和另一场婚姻的开始。其实不是这样的，约会不过是一种想象的终点。章豪甚至还没有用身体谈一场恋爱的准备，先与老婆吵架，然后跟另一个女孩约会，不过是时间上的巧合，这样的吵架和这样的约会，都是游戏，都是没有意义的，而且都是章豪不愿意的。

章豪这样想着的时候，就对晚上的约会也厌倦了。

9

　　章豪睡了一整天的觉，睡得脑子糊糊的，起来吃了一包方便面后，总感到有什么地方不对，但又不知道什么地方不对，心里很有点不安，老半天才发觉原来老婆没回来。不回来就不回来吧，找到了原因，章豪也就心安了。习惯性地打开电脑，又猛地想起与冬天里最冷的雪约好晚上见面，看看时间，怕要迟到了，章豪骂一句混蛋，就赶紧赴约。

　　帝国大厦是这个时代的象征，就像一具阳物挺立在城市的胯部，那地方是大家都熟悉的、去过的，站在楼顶俯视全城，很觉得人是有蚂蚁那么了不起的。章豪赶到顶楼，慌乱地扫视了一遍茶座，见没有右手拿着《理想国》的女孩在这儿坐等，松了一口气，让小姐领到一个靠窗的空位坐下，先要了一杯太湖出产的"碧螺春"。这样一边喝茶一边等着，是很合适的，章豪渐渐地沉静下来，突然想起自己忘了带柏拉图的《理想国》，这怎么可能确认坐在这儿的章豪就是失恋的柏拉图？章豪又骂一句自己混蛋。

　　不久，冬天里最冷的雪出现了，章豪看见她的右手如约半举着《理想国》，就像机场里接客的人举着纸牌子，样子有点可笑。这本书是不合时宜的，多余的，她的手也是不应该半举着的，章豪就立即庆幸自己忘了带书。她站在门口，目光在茶座里缓慢地移过来移过去，显然是在寻找同样的另一本书。章豪就起身朝她走去，但是冬天里最冷的雪并不认识他。章豪朝她微笑，她惊疑地后退了一步。章豪说，冬天里最冷的雪。冬天里最冷的雪说，什么意思？章豪说，不是你的名字？冬天里最冷的雪说，你怎么知道？章豪说，我就是失恋的柏拉图。冬天里最冷的雪就疑惑地盯着他的手看，章豪说，不好意思，我的《理想国》在路上丢了。冬天里最冷的雪这才觉着这个人就是失恋的柏拉图，但对他的左手没有拿着《理想国》还是不满意。

　　章豪替她也叫了一杯"碧螺春"，然后互相开始飘忽的注视。章豪首先想到的是照片，她与照片有些像，又似乎不像，不像的原因大约是眼前的冬天里最冷的雪距离太近了。茶座的光线暗淡的、恍惚的，近乎玻璃外面的夜色，但就是这样的光线，冬天里最冷的雪还是太逼真了。逼真得使章豪感到紧张，冬天里最冷的雪大概也是同样的感觉吧。章豪想说点什么，可突然似乎忘了怎样说话，他已习惯对着电脑用手与她交谈，而一旦改变方式面对面用嘴交谈，肯定是不习惯的。章豪的嘴张了一下，又闭上，目光从她身上往下，落在桌面的茶杯上，见杯中的茶叶在水中渐次张开，鲜活起来，终于找到了话说。他说：

喝茶吧。

冬天里最冷的雪说，嗯。

章豪喝了一口，冬天里最冷的雪也喝了一口，章豪又喝了一口，冬天里最冷的雪也再喝一口，章豪不好意思再喝了，说，碧螺春挺好喝的，而且很女性化。

冬天里最冷的雪说，我不懂。

章豪找到了一点感觉，说，碧螺春的香味，很像女孩浴后散发出来的体香。

是吗？我倒没感觉。

然后又没话了。关于碧螺春，章豪其实说得不错的，给碧螺春做广告词也是蛮好的。这样的语言，若是在网上，大约是可以获得赞赏的，面对面不知道为什么就没有反应。

一杯茶喝完，冬天里最冷的雪沉默了一会儿，好像在等待，又好像在思考，又一会儿，鼓起勇气说，我们走吧。

章豪跟在身后，一直从帝国大厦六十二层下到底层。出了电梯，冬天里最冷的雪迅速伸出手握了握，说，再见。

章豪目送她混入人群，直至踪影全无。

章豪感到需要放松一下，上洗手间方便了一回，出来确信再也不会见到冬天里最冷的雪了，才恢复到正常状态。刚才他是很尴尬的，很紧张的，这尴尬和紧张，显然来自于身体，而不是灵魂。选择在茶座见面实在是愚蠢之至，如果选择在舞厅跳舞，或者就在公园里散步，让身体运动，紧张感或许就随运动释放了，而在茶座里除了说话，还能做什么？而让两具陌生的肉体说话，自然是困难的。

这样的见面是应该忘掉的。

10

这次见面的效果是奇特的。

当章豪重新坐回电脑面前，先是发木，发呆，继而恍惚，恍恍惚惚，然后张开嘴巴，像死了一般，然后就是大彻大悟，可能还是禅宗的那种顿悟。顿悟的结果：一是失恋的柏拉图与冬天里最冷的雪的见面是虚幻的，不真实的，是肉体的一种虚构；二是帝国大厦以及茶座、碧螺春是虚幻的，不真实的，是物质的一种虚构；三是章豪的身体以及时间、空间是虚幻的，不真实的，是上帝的一种虚构；四是网虫以及灵魂、语言是虚幻的，不真实的，是章豪的一种虚构。

顿悟了的章豪还是决定做一只网虫。

失恋的柏拉图和冬天里最冷的雪继续在网上见面。

冬天里最冷的雪（愧疚）道，请原谅，我这样走掉。

失恋的柏拉图（微笑）说，不用原谅，这样更好。

我确实渴望来到你身边的。

我也是。

其实爱是需要身体的，我需要你的拥抱，你的吻，还有做爱。

我也是。

可是……

可是，我们是网虫。

唉，网虫很像蜘蛛，只能各自织一个网，孤独地面对世界。

网虫不是孤独地面对世界，而是待在网上，然后将世界忘掉。

也许网虫是一种病的名称。

也许吧。

然而老婆回家了，听到开门声，章豪匆忙下了网。老婆是被一个男人扶着回来的，扶她的男人，章豪是陌生的，这使他有点吃惊。老婆好像喝了酒，一脸的醉态，看见客厅里的沙发，挣脱了扶她的男人，腰一软，歪在沙发上不动了。陌生男人好像拥有了什么权利，朝章豪不客气地说，给她泡杯浓茶。虽然那口气让章豪不舒服，但还是照他的话，给老婆泡了一杯浓茶。陌生男人又不客气地说，诺言交给你了。好像诺言是他拿走的一件东西，现在物归原主了。章豪说，好的。陌生男人就不理章豪，拍拍诺言的肩膀，我走了。诺言睁了睁眼，喉咙滚出一串的咕噜声，含混道，你别走哇。

　　陌生男人走了之后，章豪面对老婆，反倒不知所措。章豪说，去睡吧。诺言低沉道，别管我。章豪没事可干，就开始想象诺言这一天的生活，她应该是和陌生男人一起过的，他们一起喝酒，也许还一起跳舞。诺言是很喜欢跳舞的。两个人，一男一女，一整天时间，可以干多少事啊，也许还一起拥抱、接吻，也许还一起做爱。奇怪的是，章豪这样想着的时候，并不生气，似乎与他无关的。

　　诺言看见茶几上的浓茶，端起来喝了两口，又清了清嗓子，说，你坐这儿干吗？

　　章豪说，你喝醉了。

　　我没醉，你坐这儿也好。我们是应该好好谈谈了。

　　嗯。

　　我再也无法忍受这样的生活了。

　　是吗？

　　你去网上谈恋爱呀。诺言突然呵呵笑起来，目光在客厅里寻找起来，问，他走了？

　　章豪说，谁走了？

　　送我回来的人。

　　走了。

　　诺言又呵呵笑起来，说，你怀疑我们吗？

　　不怀疑。

　　你混蛋。诺言狠狠骂了一句，站起来就走，经过书房门口，一眼瞥见里面的电脑，就改变了方向。不一会儿，章豪猛地听见电脑主机砸在地上的巨大金属声响，章豪被这声响所震惊，就像刀片一样迅速快捷地切走了耳朵。章豪冲进书房，看见老婆正趴在显示器上弓着背呕吐。

　　章豪觉着一个时代结束了。

图书在版编目（CIP）数据

玄白：吴玄自选集 / 吴玄 著. -- 北京：作家出版社，2018.2
（浙江小说10家丛书）
ISBN 978-7-5063-9921-0

Ⅰ．①玄… Ⅱ．①吴… Ⅲ．①中篇小说 – 小说集 – 中国 –
当代②短篇小说 – 小说集 – 中国 – 当代 Ⅳ．①I247.7

中国版本图书馆CIP数据核字（2018）第030590号

玄白：吴玄自选集

作　　者：	吴　玄
统　　筹：	张亚丽
责任编辑：	赵　超　周　茹
装帧设计：	薛　怡
出版发行：	作家出版社
社　　址：	北京农展馆南里10号　　邮　　编：100125
电话传真：	86-10-65930756（出版发行部）
	86-10-65004079（总编室）
	86-10-65015116（邮购部）

E-mail:zuojia@zuojia.net.cn
http://www.haozuojia.com（作家在线）

印　　刷：	河北画中画印刷科技有限公司
成品尺寸：	152×230
字　　数：	261千
印　　张：	18.75
版　　次：	2018年2月第1版
印　　次：	2018年2月第1次印刷

ISBN 978-7-5063-9921-0
定　　价：42.00元

作家版图书，版权所有，侵权必究。
作家版图书，印装错误可随时退换。